著
百門一新
Isshin Momokado
絵
宵マチ
冷酷な
狼皇帝の契約花嫁
～「お前は家族じゃない」と捨てられた令嬢が、
獣人国で愛されて幸せになるまで～

カイル
ガドルフ獣人皇国の狼皇帝。
獣人の性ゆえに伴侶を
探していたところ、
思いがけずサラと出会い…。
サラ
バルクス辺境伯家の四女。
容姿のせいで家族から
虐げられてしまう。
実は、秘密の力があって…！
Characters

アドリエンナ
バルクス辺境伯家の三女。
マーガリー
バルクス辺境伯家の長女。
ギルク
皇帝付き護衛部隊のリーダー。
フラネシア
バルクス辺境伯家の次女。

「この国でお前が動物に脅かされず、生きられる方法がある」

「は、はい、それならその方法で――」

カイルが頭を起こし、その美麗な顔で威厳溢れる様子で見下ろしてきた。

「それなら俺の伴侶になるといい」

「…………はい？」

冷酷な狼皇帝の契約花嫁

～「お前は家族じゃない」と捨てられた令嬢が、獣人国で愛されて幸せになるまで～

著　百門一新
Isshin Momokado

絵　宵マチ

目次

序章　最強にしてたった一人の狼皇帝

獣人皇国では、〝運命〟という言葉がよく使われる。

七年前に自ら選ぶようにして、母と同じように他界していった最後の家族だった兄。

そして――カイルは軍人から、皇帝となった。

『孤高の狼皇帝』

『新しい皇帝は冷酷で恐ろしい……』

なんと言われようが自分はこの皇国を守る。

それが獣人族の最強であると民に期待された皇族の義務。

それでいてカイルは、兄の望む平和な皇国を守るのだ。

だが、皇国の〝運命〟だとか〝つがうべくして生まれた相手がいる〟だとか、そんな迷信は信じられない。

いや、信じたくない。

兄は出会ってもいなかった伴侶のために、カイルを置いて逝ってしまった。

その悲しみが癒えないからこそ、彼の理性は運命を否定する。

これが兄の導きだったのかは、知らない。

カイルの軍人時代の直属部隊の部下であり、現在は皇帝の護衛部隊であるギルクたちを連れて移動していたところ、ふと、兄の顔が浮かんだ。

兄の領地の方角へ顔を向けた時、行かなければ、となぜだか思わされた。

狼の直感、それに従って間違ったことはなかった。

カイルは部隊の進行方向を、兄の領地へと向けるよう手で指揮を執った。

そこに、彼の心の傷も、孤高であることへの寂しさも薄めさせてくれるような異種族との出会いが待っているとは、この時は思ってもいなかった。

第一章　嫌われし「金色を帯びた」令嬢は、捨てられる

サラ・バルクスは貴族である。

エルバラン王国の辺境伯である名門バルクス家の四番目の娘、末子として生まれた。そして、今年で十八歳を迎えるに相応《ふさわ》しい大人の面影を強くしていた。

コルセットを締めずとも、リボンを巻くだけで魅力的に仕上がる細い身体《からだ》。女性たちがうらやむようなほっそりとした腕。

背中で大きく流れているプラチナブロンドの髪は金色にきらめき、日差しを知らないような白い肌によく映えた。

その瞳は、見事な〝金〟である。

この国では他にない髪と瞳の色は、どんな質素なドレスでも美しく華やかなものに見せた。さぞ社交界で目を引くだろうと思われる——なんてことは、残念ながらなかった。

『なんと、おぞましい』

人々は、サラのプラチナブロンドの髪を見ればざわめき、黄金を宿した瞳と目が合うと憎しみとも思える非情な眼差《まなざ》しを向けた。

『人にはない色だわ』

『そんな子がアイボリーヌ様から生まれるなんて……』

『さぞショックを受けて、おつらくていらっしゃるだろう』

つらいのはサラの方だ。同情もされずひたすらのけ者扱いにされ、この国に彼女の人権はほぼないに等しい。

エルバラン王国では〝金〟を宿す髪と瞳は、忌み嫌われた。

そのため、サラは隠すようにして屋敷に閉じ込められた。

社交界デビューは貴族の義務だ。忠誠を示すために国王へ顔を出さなければならず、もちろんサラも従ったが、それは最悪だった。

サラは多くの貴族の奇異の目に晒《さら》され、心臓が痛くなるような囁《ささや》き声に包まれた。そして威厳を保っていたはずの国王が、あからさまにおぞましいものを見たような態度をとるのを見て、はっきりと自分の立場を認識させられた。

同時に、思春期の彼女は『自分はとても醜いのだ』と思い込んだ。

大人になる前に、少女が社交界入りを果たすはずの晴れ舞台。

サラはその日絶望した。唯一の救いはこっそりと守り続けてくれていた、一部の使用人たちの存在だった。

『実の子ですのに、あんまりな扱いです』

見ていられなくて手を差し伸べたことがきっかけで、彼らはサラに情を覚えたみたいだ。

サラに関わったからって何も不幸なことなど起きなかったら、ただの言い伝えだと思ったかもしれない。

だから社交界デビュー以降、サラは〝それ〟を知られることがもっと恐ろしくなった。

（隠さなくちゃ……）

この国でとても嫌われる対象として【魔女】は語り継がれている。

ある日、突然外からやって来たその魔女は、金色の髪をもっていたそうだ。

そして彼女は恐ろしい魔法の使い手だった。この国はたった一人の魔女を相手に、長き戦いを強いられることになる。

王子は蛙に変えられ、王家は血を絶えさせられそうになった。

嫁いでくるはずだった姫は魔女にさらわれ、魔法の塔に閉じ込められた。

魔女は国内を好き放題に混乱へと陥れた。高笑いしてあちらこちらに現れては、先々をどんどん不幸に落としていった——。

それは誰もが知っているとても長いお話だ。

一冊の本に描かれて語り継がれていた。そうして金色の髪や瞳には、魔力が宿っていると言われているのだ。

母は赤茶色の髪をしていたが、サラは姉妹の中で唯一明るいプラチナブロンドで生まれた。髪の〝金〟に加え、さらに色味の強いはっきりとした黄金色の瞳のせいで、令嬢ではない扱いをされた。

三人の姉がいるが、意地悪で、傲慢にもサラを顎でこき使った。

母の名誉のために『血のつながりなんてない』という罵倒はさすがになかったものの、その目と態度でそう語っていた。

「サラ様、マーガリー様たちがいらっしゃいます」

姉たちの衣装ルームの一つを掃除していたサラは、やって来た老執事の言葉に驚く。

生地にリボンの柄はあるものの、貴族の令嬢にしては質素すぎる飾り一つないドレス。作業のためざっと一つ結びにしているだけの髪は左右からこぼれ落ち、肌の美しさを見なければいいところの町娘だ。

「ま、まぁ、お姉様たちが⁉　どうしましょう」

指示されていた整理整頓は、まだ終わっていない。

辺境伯の娘として、姉たちは多くの男性から贈り物などが届いた。彼女たちから『いらない』とされたものが、この第一衣装ルームへ一緒くたに放り込まれる。

（なんて、もったいない）

そうは思うものの、口答えなどできるはずもない。

義務的に出席しなければならない社交の場へ行くことや、貴族の来訪を考えて、殴られたことはない。

けれど、軽くはたかれるだけでもサラには恐怖だ。

痣《あざ》はできなくとも、痛いものは、痛い。実の妹なのに、サラはいつもそんな扱いをされてきた。

「でも、今はまだマーガリーお姉様は見合い中のはず……他のお姉様たちも、ご挨拶とそのあとのお話にも同席されるはずよね？」

「はい。しかし休憩になって、ご一緒に移動されたと」

どうして、とサラが不安になって見つめると彼も難しそうな顔をする。

「何か入り用でもできたのでしょう」

それは、いったいなんだろう。

そう思っている間にも荒々しい足音が近づいてきた。

「サラ！　いるんでしょう！」

次女、アドリエンナのまくし立てるような声にサラの肩がはねた。

老執事がサラをかまっているとしられては、彼の身が危ない。

「今はここにっ」

サラは衣装ルームの扉を閉めて音がもれないようにすると、下がっている衣装の後ろへと彼を慌てて隠した。

「サラ！」

同時に、両開きの扉が開かれる。

姉妹の中で最も存在感と威厳もある長女マーガリーの大きな声に、サラはびくっとした。手を下げつつ、おそるおそる姉たちに視線を向けた。

「……ご、ごきげんよう、マーガリーお姉様、アドリエンナお姉様とフラネシアお姉様も……」

そこには三人の姉が揃《そろ》っていた。どちらも母譲りの淡い緑色の瞳をしている。

サラが委縮しつつ見つめ返すと、彼女たちのつり上がり気味の目が細められる。疑われたのかしらと思って、サラは強く緊張した。

「サラ、扉を閉めるなと指示したはずよ」

マーガリーの長女に相応しい落ち着きのある声に、サラは肩の力が抜けた。

「は、はい、ごめんなさい……」

長女は、妹たちと違って女性として身長にも恵まれていた。豊満な胸がその腕にのる様子は、同性もどきっとさせる。

佇まいだけでも色気を漂わせるのは、どうすれば美しく見えるのかという彼女の積み重ねた努力の結果でもあった。プライドの高さゆえ化粧からファッションセンスまで、侍女任せにせず自分で専門的に磨いた。

そこはサラも純粋に尊敬していた。比較的顔立ちも整っているから、彼女の研究の積み重ねで仕上げられた高貴な感じは、意地悪そうながら社交界で男性を魅了している。

すると左右から、彼女と比べると少女っぽさがまだ残る次女と三女が、ここぞとばかりに顔を出して偉そうに続けた。

「どの使用人も守っていることだわ、不正をしないように、とね」

「サボらないようお母様も指示していたでしょうに」

二女のアドリエンナと、三女のフラネシアだ。

四女である末子のサラよりも先に成人した二十一歳と二十歳。彼女たちは一歳違いで、よく一緒にいた。

長女のマーガリーはストレートの髪だが、二人は父に似て癖毛だった。

三人揃って母と同じ赤茶色の髪を、父は『美人の証だ』と言ってよく褒めた。そして彼とそっくりな癖毛のアドリエンナとフラネシアは、背丈も、そしてものの考え方だってとても似ていた。

会話の息もぴったりで、話している時の仕草もそっくりだ。

姉のような美人路線は目指せないと早々に諦《あきら》め、ファッションで自分たちをかわいく見せる方向へと走った。その服や髪型の感じもやはり似ているため、訪問してくる〝結婚相手の候補者〟たちにも双子だと勘違いされた。

「いやらしいわ。仕事を休憩するために閉めたのね」

執事の件を勘づかれなかったようだと、サラがほっとしたことが気に食わなかったようだ。

長女に密告し、発破をかけるみたいにアドリエンナとフラネシアが口を揃えた。

サラは慌てた。するとマーガリーが、衣装ルームに踏み入ってカツンッとヒールを鳴らした。

「違いますお姉様っ、わ、私、お仕事はちゃんとしていました」

「お黙りなさい。言い訳は恥だと教えたはずよ。これくらい労働でもなんでもないのだから休憩なしでできたはず。次は開けておきなさい」

ばっさりと言われて言葉が出なくなった。気をよくして、次女と三女が左右からまた、息ぴったりにはやし立ててくる。

「あなたはできない子だもの。嘘よ」

「昔からそう。掃除も片づけも、全然だめ」

サラはいつだって必死にやっている。

真向から否定されて彼女の胸は切なく締めつけられる。見てくれないから、わからないだけだ。

けれど頭ごなしに否定されるのはいつものことだった。

サラは悲しくなったものの、ぐっとこらえてマーガリーを見上げた。忠告にとどめてくれたということは時間がないのだ。それはサラにとっても好都合だった。

「何かご用があっていらしたのですよね。私、お力になります」

「もちろんよ。力になってちょうだい」

察した物言いを好んでいるマーガリーが、満足そうにうなずく。

「バフウット卿《きょう》からのプレゼントを捜しに来たの」

「あら？　でもそれはいらないと……」

「ちょっと、サラ、お姉様のご意向を察しなさいな」

アドリエンナが「むふふ」と口に手をあて、言ってくる。

「それがいることになったのよ。今日、来ているの、彼なのよ」

「えっ」

サラは驚いた。バフウット卿といえば、ラブレターと贈り物をマーガリーに送るも、鼻にもかけられていなかった紳士だ。

「マーガリーお姉様に熱烈だから、どんな相手なのかと思って、会ってみたらびっくり！」

「意外とイケメンだったの！　義兄様になるなら、私たちも彼なら大歓迎だわ！」

「そ、そうでございますか……」

とすると二十五歳の長女も、ようやく結婚する気になったのか。

これで少しは男性をとっかえひっかえの際の愚痴や、癇癪《かんしゃく》も収まってくれるといいなとサラは密《ひそ》かに思う。

「いいから、とっとと捜しなさい。サラなら覚えてるでしょ」

マーガリーが胸の下にあった腕を一つほどき、言う。

急ぎみたいだ。責任をもって預かったものをしまうのは当然のことだ。サラはしまった場所を思い返しながら歩きだす。

するとと姉たちが、部屋の中に入ってきてきょろきょろした。

サラは心臓がどっとはねた。まずい。執事が隠れていることを察知されたら、大変だ。

「――ま、まだ荷物が床にありますから、足を引っかけてしまっては大変ですわ」

咄嗟《とっさ》にそう告げた。アドリエンナとフラネシアが真っ先に嫌な顔をしたものの、彼女たちはよくこけてヒールをだめにするものだから「確かに」と顔を見合わせる。

「バフウット卿のところに戻るのに、お気に入りの靴が変わってしまうのは嫌だわ」

「そうね。私たちはここで待ってるから、急ぎなさい。マーガリーお姉様を待たせてはだめよ」

彼女たちが止まってくれた。

よかったと内心勝利の声を上げ、サラは急ぎ捜しますからと言いながらお目当ての箱を手に取った。

それを持って慌てて駆けて戻る。

すかさずそれを差し出したら、マーガリーが満足そうに受け取った。けれど彼女は長い赤い爪のせいか、妹たちに開けるよう指示した。

「まぁ見てっ、今思うと添えられているこのメッセージカードもよくない？」

「センスがいいコサージュだわ」

二人は箱の蓋をむしり取るように開け、中に入っていたものを取り出してきゃーきゃー騒ぐ。

マーガリーがそれを受け取って「確かに」と言った。

「これでいいわ。よくやったわ、サラ」

胸を撫《な》で下ろしたサラは「でもね」と続いたマーガリーの目が、怖い感じになったのを察知して心臓がぎゅっとした。

「仕事をサボっていたのは見逃せないわ。――アドリエンナ」

「ほんとですわよね、お姉様。ほらサラ、まだここにも箱があるじゃない！」

出番がきたと残酷にも楽しげに、アドリエンナがスカートをぐっと握ってもち上げ、プレゼントの箱を蹴り飛ばした。

それが飛んでいき、積み上げられていた別の箱の山を崩した。

姉が言うのだからすべて正しい。そう思っているアドリエンナに続いて、フラネシアも参加し、蹴り飛ばされる箱や物は一つでは済まなかった。

二人によって箱はどんどん蹴り上げられる。さげられていた衣装たちの一部にもあたって、サラは悲鳴を上げた。

「ああっ、ああ、お姉様たちおやめくださいっ」

箱の角にあたって破れでもしてしまったら、また母に怒られてしまう。

サラは咄嗟《とっさ》に止めようとして走った。だが、フラネシアが振り返りざま彼女の頬を打った。

「あっ」

そのままサラは尻もちをついてしまう。ドレスが周囲に積み上げられていた箱にぶつかり、がたっと騒々しい音を立てた。

「大袈裟ねぇ。ちょっとどかしただけじゃない」

「大きな声を出さないでちょうだい。一階のバフウット卿のお連れ様にでも聞こえてたらどうするの？」

去るべくマーガリーがドレスを揺らしながら、妹たちを呼ぶ。

もう用もないと言わんばかりに彼女が離れていく。そこに続こうとした直前、アドリエンナとフラネシアがサラを憎しみの目で睨《にら》みつけた。

「サボるのはよくないわ。次は私の机の上を片づける約束でしょ。いいから、とっととこっちを済ませて」

「我がバルクス家を呪ったのだから、これくらい罰を受けるのは当然よ。おかげで男児を産めないんじゃないかって、私たちの嫁ぎ先だってまだ探せていないんだからっ」

吐き捨てられ、まったく気味が悪い愚痴が遠のいていく。

――金色の髪と瞳には、魔力が宿っている。

そう言い伝えられて嫌われているおかげで、女性しか生まれなかったのはサラのせいだと言われる始末だ。

（そんな力はないの、そんな〝強い力〟は……）

サラは頬を押さえたまましばし座り込んでいた。姉たちが完全に離れてくれるまで、老執事を出してはいけない。

けれど『私のせいじゃないんです』と言っても、家族はわかってくれない。

理解するつもりがないのだ。まるでサラを敵扱いだ。

家族が『自分たちの家族じゃない』と思っているように、いつしかサラも、髪の色さえ違っている家族を、家族だとは感じなくなっていた。

でも、生きている。

それが大事だと、サラは強く生きる使用人たちの姿を見て学んだ。

（隣の国に行って、それでもだめなら、もっと遠くの国を目指せばいい）

大人まで我慢する。

両親たちもさすがに親として世間の目を考え、渡航などが難なくできる年齢までは手を出さないだろう。

二十歳になったら保護義務もなくなる。

大人になって、屋敷を出て、そしてサラは一人で生きていくのだ。

バルクス家という家名もない、ただのサラとして生きていく。親の許可がなく好きに動けるようになるまで、あと二年と少し――。

今は雪の下で春を待つ花のように、じっとこらえよう。


けれど、想定外のことが起こって計画自体が飛んでしまった。

突然の事態に見舞われ、サラは途方に暮れていた。

（ああ、あぁ、こんなことって……）

馬車の揺れを感じながら、車窓から見える濃い緑色の植物群に怯《おび》えた。

長女マーガリーの結婚が決まった。バルクス家には娘しかいなかったので跡取り婿を迎え入れる必要があり、それをバフウット卿が快く了承してくれたのだ。

うまくまとまった見合いに、その日姉も頬を染めてうれしがっていた。

見合いが行われて数日後には、両家の婚約が成立した。

そして家族が喜んでいるのを遠くからサラが見かけたその日――家族は、サラを捨てることを決めたようだ。

それがわかったのが、挙式の日取りが決まったと知らせを受けた今日だった。

捨てる理由は『跡取り婿を迎えたのに、お前のせいで男の子が生まれなかったら困るから』——だそうだ。

サラは、午前中にあれよあれよという間に初めて見る貴族のものではない馬車に詰め込まれ、出荷されるがごとく国境へと運ばれた。

しかも雇われたその馬車が向かった先は、人の手がいっさい入ったことがない、深い森に覆われた最も恐ろしい国境だった。

サラは、辺境伯の娘としてよく知っているそこに震え上がらずにはいられない。

このエルバラン王国は、実りに恵まれて水も豊かで、ほぼ海に囲まれていた。

隣国とは橋でつながっているわけだが、唯一、アーバンガルド大陸とは陸続きになっている。

それが、バルクス家の領地に存在している森にあるこの国境だ。

——異形の地の入り口。

未開の地であるとして、そう呼ばれていた。

バルクス辺境伯がこの国境を守るように王命を受け、門番のように騎士団を監視にあたらせている危険な国境だ。

この森の向こうには、人間以外の者たちが暮らしている広大な土地が広がっている。

この国で、魔女に続いて有名な、恐ろしい【獣人】と呼ばれている人外《じんがい》の種族と、未知の恐ろしい動物ばかりが暮らしているという国だ。

——ガドルフ獣人皇国。

彼らの土地には、恐ろしい生き物がたくさんいるとか。

人間たちは彼らにいっさい手を出さないこと、彼らは無断で人間の国に入らないことを大前提として平和条約を結び、二つの国は互いに国交がないまま隣り合っていた。

国内に入った人間の命は保証しない。

それもまた、ガドルフ獣人皇国から出されていた平和条約の条件の一つだ。

それをいいことに、処刑の一環のごとく不要な人間をそこに捨てるのだと子供たちは恐ろしい寝物語として聞かされた。

侵入も禁じて辺境伯の騎士団が置かれているので、現実にはあり得ない話だった。

――だが、それがサラの身には現実になってしまったのだ。

「さあ、降りろ」

明らかに御者業ではなさそうな男が、狩猟銃を担いだままサラを下車させる。

足元に大自然の植物が触れた。見たことがない形の濃い緑の植物で、足が委縮する。サラの今の服がドレスではなく、使用人が出勤する前まで着ているような庶民のスカートだったからだ。

動きやすい町娘の衣装なのはありがたいが、荷物はない。

それは死ぬとわかってのことだろう。

「ど、どうして、ここなんですか？」

サラは絶望感に震えた。ここまでもずっとこらえ続けてきたのに、つい涙目になって彼を見た。狩猟銃を背負った男は、無常にも後ろ姿を見せていた。

「生きていると、あんたの〝呪い〟が解けないからだそうだ」

彼は答えながらも、馬車のトランクを開けていた。

「そ、そんなことしていません」

家族は本気で、家に男の子が生まれなかったのはサラのせいだと決めつけていたのか。そこにもショックを受けて視線が下がっていく。

「私、魔法なんて……使えません……」

うつむいたせいで細い声はどんどんしぼんだ。

心底嫌われていたという事実に、家族への最後のつながりも切れるのを感じた。

同時に――自分の口から出した〝嘘〟が、胸に痛い。

すると意外な言葉が返ってきて、サラはハッと顔を上げた。

「ああ、知っているよ。不思議な力だとか、呪いだとか、全部迷信だ」

男は荷台の荷物を全部どかしたところだった。言いながら、力強く拳を木の板に落とした。

ガコッと音がして、サラはつい「いたっ」と自分のことのように言葉をもらしてしまった。

「そんなのがあったら神様だっていて、無情な貴族様に罰を与えてくださるだろう。でも、ずかずかと俺の家を訪れた辺境伯の騎士団は、引き受けないと罪状をつくって引っ張ってやるぞと脅した」

「そんな……！」

なんて、むごいことを。

サラは彼に『助けて』なんて言えなくなった。

自分のずっと続いている不幸に、そしてその最後に彼を巻き込んではいけないと感じたから。

「金髪とか金目とかだから、貴族様は嫌がったんだろう」

「私が……邪魔だから？」

「ああ、そうだろうな」

悲しげに確認したサラに、男が何かを引っ張り出しながら神妙な声で言う。

「あんたは他国に嫁いだことになってる。相手は誰にも知らされないがな。だがソレで王侯貴族たちは『きちんと処分してくれた』と察し、辺境伯とその一族を評価するんだろうよ」

「そんな……」

「金色の髪と瞳に不思議な力が宿るなんて、おとぎ話だよ。魔法なんて、存在していない」

男がこちらを向いた。

彼の手には、一つのリュックタイプの鞄があった。それを、無言でずいっと差し出される。

（騎士がチェックした際に見つからないように、隠していたの……？）

改造された荷台の隠し場所をちらりと見て、男へと視線を戻す。

彼の目に殺気はない。おずおずと両手を差し出せば、彼はサラの腕に鞄を抱えさせた。

「しっかり持つんだ。君くらいでも持てる重さにしてある。背負い方はわかるか？」

「わ、わかります」

でも、どうして、と思って戸惑い見上げる。

視線がぶつかると、男が悩ましげに眉を寄せた。

「ここで殺してあげるのが優しさなんだろう。獣に食われる方が惨い……だが……すまない、俺にはできない。俺には、君くらいの年の娘がいる」

「……だから、危険を冒してまで荷物を用意してくださったのですか？」

彼が難しそうな顔をしたまま、浅くうなずく。

「俺は一流の狩人だ。けど、人間は殺さない」

「狩人さん……」

「ましてや成人もしていない子供なんて」

ああ、神よ、と狩人が目を固く閉じて祈りの言葉を唱えた。

育てる義務がある子供を捨てる。

それは罪深いことだった。一人で生きられるようになるまで育てる義務がある。

「なんと、罪深いことだ」

狩人の呻《うめ》きにサラは察した。

国王がそれを認めているから、バルクス家は貴族としてその重罪さえ免れることができるのだ。そして、すべての貴族が自分を排除したかったことを悟った。

令嬢としてあそこにいても、味方などいない。

誰もが敵だった。迷惑をかけないようにして、ただ一生懸命生きようとしただけなのに――。

「立ち止まるな、お嬢ちゃん。パニックになって思考を止めてしまうのもだめだ」

うつむき黙り込んだサラに、狩人が言いながら鞄を背負わせた。

時間がないのだろう。早口でどんどん話していく。

「生きるためには『立ち止まらないこと』だ。貴族と違って、俺たちは常に自分で自分を守らなきゃならない」

「はい」

「それから、自分のことだけ考えてはだめだ。何かを与えれば、それは返ってくる。逆に与えられたら、何かを返すんだ。そうしていると、おのずとその土地の人たちの一員になれる。血がつながっていなくても、国籍が違っていても〝仲間〟になれる。わかるか？」

「はい、わかります」

初めて父の言葉を聞くような心境になって、サラは落ち着いてうなずき返した。

彼がそのいかつい顔に、わずかながら笑みを浮かべた。

「この荷物を持っていると庶民姿も完璧だ、旅をして歩いていてもあやしまれない」

狩人のその作り笑いは、とても申し訳なさそうな、泣きそうな、胸を痛めている表情だとサラはわかった。

「………そう、見えますか？」

傷ついてほしくなくて、どうにか笑みを浮かべてみせた。

狩人は「ああ」と答えたのち、表情を引き締めた。

「森の外を騎士団が監視のためうろついてる。それがいなくなった頃に、森から出て、一番近い国境の〝橋〟を目指せ。鞄の中には髪色を隠すためのカツラも入ってる」

サラは、指を差して説明した彼に涙をこらえた。

「恐ろしい場所なのはわかってる。けど、生き延びて、幸せを勝ち取ってほしい」

「はい」

「国を脱出して、どうかたくましく生きてくれ」

サラはぐすっと涙を拭って「わかりました」と答えた。

彼のために、生きてみよう。

まずはそう決意を固めることにした。

人は、一つでも強い意志があれば足は進む。そのあとのことは、次の行動に移った時に考えればいい――。


どうにかなると思っていた数時間前の自分を思い返すと、すごく恥ずかしい。

サラは今〝鉄格子〟を両手に掴み、しくしくと静かに泣いていた。

どうやら令嬢生活以外したことがなかった自分には、騎士団との心理戦やサバイバルなど不向きだったみたいだ。

狩人と別れたあと、サラは森の浅い場所で待機して、国境を守っている父の騎士団がいなくなったら脱出し、別の場所から国境越えを目指すはずだった。

……のだが、サラは森をさらに深く進んでしまっていた。

「新しい商品たちが到着だ！」

「さあ売り込むぞ！」

通りに並んだテント状の店々の中の一つに、サラは今いた。

そこは古くさいにおいがする大きなテント式の屋根があるだけの店で、地面に直接置かれた複数の檻《おり》、すなわち商品コーナーを眺めるようにして、道を行き交っている人たちの目がたまにこちらを向いた。その者たちは〝獣の目〟をしている。

サラは、その商品コーナーの檻の一つにいた。珍しい〝人間〟だからと言われて、複数の檻の一番前の列の中央に置かれた。

そして彼女の左右、そして後ろや斜め後ろにも、同じように檻に一人ずつ入れられている子供たちの姿があった。

（ま、まさかの……人身売買のためにさらわれてしまったわ……）

前途多難だ。生き延びさせるため色々と考えてくれただろうに、狩人に申し訳がなさすぎた。

どうして、こうも不幸なのか。たぶん、この髪色のせいだ。


サラは戻っていく狩人の馬車を見送ったあと、隠れ場所を探そうとしたのだが、その数分後に〝服を着た獣〟につかまってしまったのだ。

横から飛び出してきた黒い影にかっさらわれた瞬間、サラは『あ、さよなら私の人生……』と本当に走馬灯が見えかけた。

しかし、そのハイエナのような大きな動物は、サラをそのまま噛《か》み砕いたりはしなかった。

大柄な男の姿になって、サラを小脇に抱えていた。そして彼は、遠くからでもちかちかと光る金髪の娘をつかまえられたぞと、得意げに仲間たちに自慢したのだ。

（この〝金色〟って周りではなく、本人を不幸にするだけなのではないかしら……）

驚いたことに、ガドルフ獣人皇国とは〝ちゃんとした国〟だったらしい。

森が開けると町があった。

道も整備されていて、そこはたくさんの〝人々〟が行き交っていた。見た感じからすると、庶民が暮らしている町のようだった。

それでいて人間の国と変わらず、この国もまた治安が悪い場所はあるみたいだ。

サラたちの檻をのせた輸送用の大型馬車が向かったのは、隣の店と区切るため左右と奥に布が張られ、日差しよけの屋根がついたこの大きなテントだ。人々は檻ごと降ろされていくサラたちをとくに気にしなかった。

それから驚いたのは、彼らが人間の姿になったり、獣っぽい姿になったりすることだ。

檻に入っている子供たちは降ろされる際にパニックになって、子熊のような獣耳と尻尾がぽんっと生え、手には長くて頑丈そうな爪が伸びた。

そうすると降ろしていた男たちは、ガンッと檻を揺らした。

『きちんとしまえっ。それくらいは学習している奴じゃないと引き取ってもらえないぞっ』

どうやら獣人族は、獣っぽい部分を『しまう』のが作法のようだ。

そのせいなのか町を歩いている獣人たちはみんな人間の姿をしていている。

（こうして見ると、平和な町だわ……）

とはいえ人々の暮らしぶりが自分たちと変わらないとはわかっても、テントから見える通りを眺めていると、大きすぎる狂暴そうな馬や、熊みたいな四足歩行の動物に乗っている商人もいて、ここが自分の知っている国ではないのもよくわかる。

この状況をどうしたらいいのか何も浮かばなくて、ある種茫然自失《ぼうぜんじしつ》状態でもあった。

「狩人さんと約束したのに……」

ぽつりとつぶやいたサラは、座り込んだ。

暴れても体力を失うだけだ。こういう時こそ落ち着こう。

冷静になれば何かしら案がひらめくことはある。

いつもしていることだったので、膝を抱えてじっとしていた。罰で地下牢《ろう》に入れられた時も、こうしていれば落ち着けた。

焦っても、時間ばかり過ぎて解決にはならない。

（せっかくいただいたものなのに……荷物を取られてしまったのも残念だわ）

名乗る代わりに『狩人』と教えてくれた彼は、庶民であるし、あれを準備するのにも苦労もしたことだろう。

サラは先程、自分をここに降ろした男たちの話から〝人間〟はとても珍しいと知った。

きっと、高く売れるだろう、と。男たちは人身売買の売人だ。

（人間が市場に出るのは珍しいと言っていたし。食べられるの？　それとも薬にされる……とか？）

推測しようとすると、最悪な展開なんていくらでも浮かんだ。

（殺されて調理されるのはちょっと……ああ、でも、生きたまま踊り食いをされる方が痛いわよね……ううーんそれなら一度で仕留めていただいて、せめて髪の先まで妙薬に使われた方が……）

でも、どちらにしろ死ぬ時は、ものすごく痛い思いをするだろう。

息をつきながら、膝に頭を押しつける。

屋根の下で暮らせるのは、とてもありがたいことだと実感した。ひどい仕打ちを受けたけれど……

確かにサラはこの年齢まで生きられた。

辺境伯家で暮らしたことに感謝こそすれ、家を恨むことはない。

もう終わったことだ。今は、生きることを考えよう。

サラは膝から顔を上げ、目の前を見た。

そこにあるのは指以上に太い鉄の柵だ。なぜこのような太さがあるのかと、今になって気になってきた。

その時だった。

「出してー！」

不意に聞こえた子供の声に、胸が緊張でひゅっと痛んだ。

続いて聞こえた金属音にハッと目を向けると、獣の耳と尻尾のある子供が、太い獣の爪で鉄格子を叩いて音を立てていた。

ミシ、ミシ、と檻がきしんでいる音がする。

（――あ、だから頑丈なんだわ）

サラは驚いた。

どうやら獣人族というのは、子供でもかなり〝力持ち〟らしい。

先程男たちが檻を一人で抱え、普通に降ろして運んでいたことにも、驚かされた。

テントの前にある通りで話し合っていた男たちが「ああ？」と目くじらを立てる。

「だ、だめよっ、また怖いこと言われてしまうわ」

サラは子供の方を向くと、鉄格子を掴みできるだけ優しい声で言う。

「ね、落ち着いて？　こっちを見て」

必死に声を潜めながら自分を指差して言い続けると、ふー、ふー、とピンと耳を立てて毛を逆立てていた子供が、ようやくこちらを見た。

興奮状態だった彼が、途端に目をうるっと潤ませた。

（あら、かわいいわ）

鼻を「ぐすっ」とすすった彼は、人間と大差などない怯えた子供だった。

「大丈夫よ、大丈夫……」

サラの声に、男の子が徐々に落ち着いていく。

こちらを睨んでいた男たちが「おや」という顔をした。

「あの娘、なかなか使えるな」

「役に立っても売られるだけなんだけどなぁ」

「まぁいい。騎士団の巡回が来る前までには売りさばくぞ、客集めはお前と――」

男たちが仕事の話に戻る。

（ちゃんと騎士団も機能しているみたい）

この国でも、これは治安が悪い場所で行われている違法行為なのか。ほっとしたサラは、男の子がまたぐずりそうな気がして慌ててなだめに戻った。

「だ、大丈夫よっ。ひどいことにはならないわ」

「どうしてそんなこと言えるの」

「ほら、私の方が珍しいから、……薬の材料になっちゃったり、踊り食いをされたり……」

言うごとに、どんどん肩が重くなっていった。

サラに注目していた他の子供たちも、同情でいっぱいの顔になる。

「かわいそう、お姉ちゃん……」

（やっぱり買われたら死ぬのね……）

内心は彼女こそ泣きたくなっていた。子供は素直だ。子供たちから向けられた同情の目を見ていると、今さっきサラが口にした内容が事実なのだとわかる。

けれど結果的に落ち着かせられたので、いいかとサラは納得することにする。

「ところでいくつ？　あ、ちょっと待って。十二歳だ！……あたった？」

「えっ？」

「僕、八歳」

「僕は十一歳だよっ」

怖さを吹き飛ばしたいのか、他の子たちも泣かないように明るい声を出してきた。

健気だが、サラは笑顔から困惑顔になってしまう。

（まぁ、どうしましょう……この国では女性はもっと大きかったりするのかしら……？）

サラはあまり食べさせてもらえなかったから、確かにやや細すぎるし、体格的にも頼りない感じがあるのは自覚していた。

けれど、視線を落としてハタとする。

（あっ、そうかドレスではないから）

着せられた服は、レディにしては少女っぽさがある。

スカート丈は膝よりも少し下くらいで、コルセットはなく、腰を布で締めて大きなリボンで留めてある。

髪も、それらしく見えるような装いはしていない。

狩人が『この荷物を持っていると庶民姿も完璧だ、旅をして歩いていてもあやしまれない』と言ってくれていた。それはレディの意味ではなく、少女の意味合いも含んでいたのだ。

（それで男の人たちは私を子供枠だと誤解して……？）

欲しいのが子供だったとすると、サラの商品価値はない。ますます生存率がガクンと下がる気がした。

けれど、ここはひとまず、子供たちを少しでも安心させたい。

「私は十七歳よ……今年で十八歳になるの」

「うそーっ」

こそっと教えると、叫び声がテント内で起こった。

「うるっせぇ！」

男たちが怒鳴り声を投げてきた。

クワッと口が開いた時、獣の歯が見えてサラは驚いた。

「ご、ごめんなさいっ、すみません、静かにさせますから……」

サラは男たちに謝ると、子供たちに協力を仰ぐ。彼らは頼れる大人と見たのか、ぴたっと静かになってくれた。

（ふぅ……この行為が違法なら、助けを呼べばどうにかなるかもしれない）

サラは子供たちを見た。脱出して一番年上のサラが助けを呼びにいく――と考えたところで、途端に考えが煮詰まった。

そもそも方法がない。サラは使用人がするような仕事はお手のものだが、鍵なしで解錠したり速く走ったり、そんな技術も体力もない。

（他に、他に何か……）

荷物も取られてしまった今、サラだけがもっているもの。

しかしそれを思い浮かべた途端、またしても彼女の口からため息がこぼれた。

（ああ……私のもっている〝特技〟も、脱出にはなんの役にも立たないものだったわ……）

実は、サラは〝あまり役に立たない不思議な力〟をもっていた。

ちょっとの怪我《けが》だと治せるのだ。

家事は水を使うものが多い。そのうえ母たちはわざと寒い時に限って、サラを屋敷の外の掃除をさせたり水洗いをさせたりした。

けれど洗濯や掃除で指が切れても、サラは治せた。

痛みも飛んでいくのでとても便利だ。そのためあかぎれも怖がることなく洗い物も前向きに行えた。

おかげで惨めな気持ちにかられずに済んだ。

とはいえ、この場においては、全然役に立たない〝能力〟だ。思わずため息をこぼしてしまったその時、不意に爆音のような衝撃音が響き渡った。

「きゃあっ」

強い風が吹き込むのを感じ、サラは咄嗟に頭を抱えた。

急ぎテントの前を見る。そこに立っていた男たちが、右手の方角へ顔を向けているのが見えた。

と、思ったら、彼らが今度は一斉に左手へと駆けだした。

「え……？」

どうして、と思ったその次の瞬間、人々が逃げ惑っているテントの前の道から突如、狼の唸《うな》り声が響き渡った。

すると驚くサラの目の前に、何かが飛び込んできた。

それは獣耳と大きな尻尾をもった一人の男だった。肩からかけたファー付きのコートを揺らし、爪が飛び出た大きな手で売人たちの後頭部を掴む。そして彼は、一瞬にして彼らの顔面を地面に叩きつけた。

「痛っ」

サラは、思わず顔をしかめてそう言ってしまった。

彼のそばから、騎士服の男たちが飛び出して残る売人たちを取り押さえにかかった。彼らもまた獣の耳と尻尾が出ていた。

その騒ぎで、サラたちのいるテントの前に皆の視線が集まった。

野次馬たちがなんだなんだと見てくる。歩いていた彼らは町の人たちで、周囲の店の店主らしき男たちもびっくりして顔を出していた。

「誰の許可を得て商売している。ここは亡き兄上の領地だ」

男が、上等そうな軍服仕様の黒いコートを揺らして立ち上がる。

彼はアッシュグレーの髪をしていた。売人たちを見下ろして睨みつけている目は、凍えるように冷たい。明るいブルーの瞳のせいかもしれないと、サラは思った。

（……彼、兄の領地と言ったわ）

きっと、どこかの貴族に違いない。

「も、申し訳ございません」

地面に叩きつけられた男たちを心配したサラだったが、彼らはパッと起き上がると、すばやく正座をして額を地面に押しつけた。

売人たちがかなりびくびくしている様子から見ると、コートを着た男はとても身分が高いのだろう。彼は、確かに威厳に溢《あふ》れ貴族紳士らしい品があった。

すると聞き届けて数秒、その男のゆらりと揺れていた狼の大きな尻尾が消え、耳が人間のものへと変わった。

その途端に殺気は半減し、サラは呼吸がしやすいような感覚になった。

「それで？　なぜ貴様らは兄の領地に入って、許しも得ず商売をしている？　兄上の領地内では、そのような商いは制限されている」

「し、しかしながら、恐れ多くも申し上げます。労働力の売買は違法ではございません」

先頭にいた売人を筆頭に、慎重にコートの男の顔色をうかがいながら彼らが頭を上げた。

「それに強制労働制度を見ている公正取引委員会長のアジャービ様も、ここは数年前から領主不在で保留の地になっている、と。当時の領地令はすでに無効だと知らされました。そもそも、すでに亡くなった者の土地ですし――」

「ああ？」

ギロリと睨まれ、男たちが途端に縮こまる。

（……な、なんてこと、人身売買は違法ではなかったっ）

そこがサラには大問題だった。

「あの！」

思わず鉄の柵を握って、声をかける。

「あ？」

嫌悪感が滲《にじ》む声にびくっとした。

男がようやく、サラのいるテントの方を見た。

サラは思わず息をのむ。横顔でも端正な顔立ちだと思ってはいたが、彼は驚くほど美しい顔立ちをしていた。

髪はさらさら、肌は白くなめらかで、装身具は立派で服も上等だった。肩からかけているコートの下は軍服ではなく、上品な深い紺色の貴族衣装で白いシャツもとても清潔だ。

（ただの貴族でなく、とんでもないお方なのでは……？）

登場した際には迫力で『怖い』と感じたが、しかめ面をしていても、それを感じさせない絶世の美しさに緊張する。

テントから見える騎士たちも、緊張しているようだった。

相手が貴族なら、発言の許可を取るべきだったかもしれない。

そう思って、サラも心臓がきゅうっと痛くなった時だった。

テントの入り口のすぐ外側からこちらを見ていた彼が、ゆるゆると目を見開くのが見えた。何やらとても驚いたような顔をしている。

（……何かしら？）

不思議に思って小首をかしげる。すると彼が、眉間にきゅっと皺《しわ》を作り直した。

「お前は人間族か。珍しいな」

子供たちは緊張したみたいに口をつぐんでいた。

サラは、彼が目をそらすことなく真っすぐ自分だけを見ていることに気圧された。でも――。

『生きるためには〝立ち止まらないこと〟だ』

狩人の言葉がよみがえる。

自分を守れるのは、自分だけ。〝生きるため〟には、動かなくては。

「あ、あのっ」

「なんだ」

案外、素直に『聞いていいぞ』的な言葉が返された。

許可をもらってから発言しなくてはと考えていたサラは、少々気が抜けてしまった。

騎士たちをはじめ周りにいるみんなが、ちょっと意外そうに美貌の男をうかがっている。

「そこの娘、何か俺に聞きたいことでもあったのでは？」

「えっ？　あ、はいっ。その、私はたぶん、ここにいる子供より腕力も全然なくて……労働力になりませんん。しかも、子供ではないです。そうだと気づかれれば、利用価値はほとんどなく、ぱくりと食べられるか薬にされてしまうんでしょうか？」

「は」

「すみません子供ではないんですっ。でも、やっぱり薬の材料にするのは待ってほしいんですっ」

男の声を聞いた途端、サラは咄嗟に胸の前で手を組み、必死に懇願する。

「この国の『労働の法律』が人身売買であっても殺処分はないから違法になっていないのだとしたら、

私も、できれば死にたくないと思っているんですっ」

生きるか死ぬかの緊張感で気持ちが逸《はや》って、考えがそのまま口から出た。

するとその直後、場に妙な沈黙が流れた。誰もがサラを見つめている。

「……あの人間族の娘、薬の材料って言ったのか？」

ひざまずいていた売人たちが、そうひそひそと言葉を交わしだした。

「薬ってなんだ？　俺たちに効く、薬？」

「そんなの作れるわけないのにな。というか生き物を材料にする薬って……人間族はどんな残酷なところなんだ？」

集まって足を止めていた町の者たちも、野次馬だった別の店々の男たちも、ざわつき始めた。

その場を、美貌の男が右手を静かに上げて止めた。

「娘、お前はいくつだ」

「じゅ、十七歳です……あと数ヶ月で、十八歳になります」

周りがややどよめいた。もっと若いと見られていたようだと思って、サラはなんとも言えない気持ちになる。

男が考えるように顎を撫でた。

「――お前は、ここにいると殺されると思っているのか」

その獣みたいな彼の目が、真意を探るみたいに細められる。

「は、はい」

明るいブルーの瞳は、見たことがないほど澄んでいた。美しさと同時に、サラは人には決してない威圧感を覚えて緊張する。

「俺たちは半分獣ではあるが、人は食べない。馬鹿にするな。人間族が食われるとすれば、この国にしかいない獰猛《どうもう》な動物にだろう」

「無知でごめんなさいっ」

姉たちにいじめられていたことで咄嗟に反応し、サラは怒気を予感して縮こまって先に謝ってしまった。すると男は、バツが悪そうに言葉を続ける。

「別に――知らないのであれば覚えておくといい。ここに生きる肉食動物は人間族のみならず、外から入る木材もすべて好んで食う。それが、人間族がこの土地を好きになれず、ここでは生存率がゼロになるゆえんだ」

「え……」

というとことは、ここから逃げても森を出られないのか。

サラは静かに震え上がった。目の前を通っていった大きな動物たちにとっても、サラは〝動くごはん〟みたいなものなのか。

（じゃあ、たまたま森で人身売買の人たちに見つけられたのは、ある意味運がよかった、のかも……）

呆然と思う。けれど、何もよくない。

「……あ、あの、私、生きたいだけなんです。どうにかここを出る方法はありませんか？」

「出る？　この国をか」

男の雰囲気が怖くなった。

獣みたいな目がすぅっと細められただけで、場の空気が重くなった。周りにいる町の人たちも怯えている。

「……陛下？　いかがされましたか」

つかまえた男の後ろ手を縛った黒髪の騎士が、無表情ながら、やや緊張を滲ませてそばへ歩み寄る。

「えっ、王様なんですか⁉」

サラはびっくりした。

「こんなに若いのに……」

「それの何が問題だ？　俺は確かに皇帝だ。兄が亡くなり、弟である俺が即位したまでだ」

見据えられて、サラは彼は王様なのだと実感した。この威圧感、そしてみんなが恐れているのは彼がこの皇国の皇帝だからなのだ。

「俺はこのガドルフ獣人皇国の皇帝、カイル・フェルナンデ・ガドルフだ。この皇国を統べている狼皇族の獣人族だ」

獣耳と尻尾を見た際、唸り声を含めても狼っぽいと思っていたが、正解だったみたいだ。

「お前の名は？」

「あっ、サ、サラです。……ただの、サラです」

名乗られたうえ、尋ねられたことにも驚きつつ答えた。

「お前、生きたいだけだと言っていたな」

彼の靴がこちらに向かってジャリッと音を立てる。

「それでいてつかまった身の上で、皇帝である俺に『出ていかせろ』と頼みたいわけだ？」

ゆっくりと歩み寄ってくる男、カイルにサラは恐怖を覚える。

なぜかとても睨まれていた。見守っている騎士たちも困惑した様子だ。

「こ、皇帝陛下。申し上げます、相手はただのひ弱な人間です」

拘束した男たちを見ている騎士の一人が、そんな声を上げた。

「皇帝陛下」

止まらないカイルを見て、彼にとても近いテント前で足を止めていた黒髪の騎士が、さらに呼ぶ。

するとカイルが足を止めた。ゆっくり振り返り、目を見開いて威圧した。

「俺の行動を邪魔するのか、ギルク」

「……いえ、陛下の望むままに」

その騎士が忠誠を示すように左胸に右手を添え、身を少し下げる。見ていた全員が気圧されたように沈黙した。

「さすがは冷酷な皇帝だ」

身じろぎする気配と共に、野次馬の誰かがひそひそと言った言葉が聞こえてきた。

(だから、怖がられているの……?)

と、彼のブルーの目がサラへと戻された。

「お前たちは、俺たちを野蛮だのなんだのと言っている。どうせ、怖いから元の国に帰せ、と言いたいのだろう?」

心が凍りついたみたいに息ができなくなった。

元の、とサラは声もなく口で形作って繰り返した。そんな彼女に気づき、カイルがピリピリとした威圧感を解く。

「なんだ、その目は」

どんな目、と聞かれれば、絶望しているのは自分でもわかった。

周りの者たちも、気づいたみたいにみんながサラを注目していた。サラは、王に問われたのだから答えなければと思い、深呼吸して、どうにか口を開く。

「か、帰れません」

「なぜだ」

「元の国には戻ってはいけないから、です」

彼はよくわからなかったのか、怪訝《けげん》そうに顔をしかめた。

「だが、お前は『出る方法はないか』と言った」

「は、はい。この土地は人間が住めなくて、あらゆる動物にとって獲物の対象だとしたら、私はここでは生きられないからです」

胸が鉛のようにどんどん重くなって、苦しさから解放されたくて言葉はどんどん早くなった。

カイルが少し考える。

「迷い込んで、コレにつかまったのでは？」

コレ、という言葉と共に指を向けられた男たちが、正座をしたまま背をピンッと伸ばした。

違う、とサラは思った。直後には苦しい気持ちを吐き出すみたいに言っていた。

「私、捨てられた……んです」

「……なんだと？」

「死んでこいと、獣に食べられてしまえと……この国の森に……捨てられました」

どうにか最後まで言葉にできた時、涙がぽろっとこぼれた。

ずっと我慢していた十数年の思いが決壊したみたいに、涙がぼたぼたと出て止まらなくなった。

思い出したら、悲しい。

自分が、何をしたというのだろう。嗚咽のように言葉が出る。

「家にも、国のどこにも、私の居場所なんてなく」

「どういうことだ」

声の近さに驚いた。

「答えろ。なぜ、家族はお前を捨てた？」

ハッと顔を上げるとカイルがすぐそこまで来ていた。

「……か、髪と目の色が、気味が悪いからと……人ではない色で恐ろしいと……」

答えたら、彼は唸るようにして顔をしかめた。

怖い。まとっている空気が〝王〟なのだから、あたり前なのかもしれないけれど。

周りの者たちもその空気に動揺している。しかしそれを正面から受けて、視線を外せないでいるサラの方が怖かった。

「それで？　何があった」

「い、いいですっ、お時間を取らせますしっ」

「話さないと〝交渉〟は成立しない」

不意に聞こえたその言葉に、サラは目を瞬《しばただ》く。

「………助けて、くださるんですか？」

「話を聞いてから考える。先に言っておくが俺はメリットがない取引はしない。嘘も、ごまかしもなしだ。――話せ」

言い方は怖いのに、なぜだかどんどん恐怖感は薄れていった。

じっと見つめ合っていると彼が手を伸ばした。サラは鉄格子の間から入ってきた指にびくっとしたが、カイルは涙を指で受け止めて、拭っただけだった。

「話せば涙も止まると思わないか」

「え……？」

「頼み事をするのなら、話せるようにした方がいいと思うが」

確かにその通りだ。正論だと思う。

サラは不思議そうに彼をじっと見つめ返す。彼のことをみんな『冷酷』だと言っていた。そうだと感じる言い方で、彼自身メリットもない手助けはしないと告げてきた。けれど交渉のためにも、彼はまず涙の原因を話せと言った――。

それはなんだか、優しい対応としか思えない気がする。

気のせいかもしれない。勘違いかもしれない。でも……今のサラには、それだけで十分だった。

出会ったばかりの他人に初めて優しくされているのかもしれないと感じただけで、傷つけられ、ため込み続けていた涙が一気にぼろぼろとこぼれ落ちた。

事情もわからないその人に、話を聞いてほしくなった。

「わ、私、三人の姉がいました。でも、この見た目のせいで邪魔者扱いされてしまって……仲よくなろうとしても、全然、できなくて」

「実の姉なのに、か」

なぜか彼が舌打ちする。

びくっとしたら「それで？」と促された。

「家族は、お前にどんな仕打ちをした」

「えっ？」

「……助けを乞うのなら、事情は打ち明けるべきだと思う」

「そ、そうですね、はい」

戸惑いながらも先を続ける。

「えぇと、掃除をして、洗濯をして『お仕事』をこなしたらその見返りにごはんをもらえました。三人の姉たちが押しつけることには、はいと言って従わなければならなくて……罰で牢にもよく入れられました。お腹《なか》が空きすぎると、とても悲しい気持ちになります。でも、ようやく何か食べられた時に、ふっと、生きているんだなと思えて、それなら生きなくちゃと思って」

人に自分のことを話したことはなくて、言葉がまとまらない。

それでも話している間、カイルはじっと聞いてくれていた。

町の人たちが顔を見合わせる。テントの前に立っていた騎士が、何やら観察しながら顎を撫でていた。

「一番上の姉が、婿を取ることになったんです。こんな髪と瞳の色をしている私がいると、邪魔だから、家族から依頼を受けた狩人さんが私をここに……生きていてほしいと、狩人さんは別の国に逃げろと、おっしゃってくださって……」

いつの間にか周りで聞いていた全員が、ひどく同情していた。

蚊が鳴くような小さな声だが、聞こえていたみたいだとサラは察した。獣人族は獣と同じくらいに聴覚も優れているようだ。

野次馬で覗《のぞ》き込んでいた男も、我が子を引き寄せてぎゅっと抱きしめる。

何をどう話したのかよく覚えてない。思い返し語っていたサラは、気づけば下を向いて口を閉じていた。

「涙は止まったな」

その時、カイルが動く気配がしてサラはびくっとした。

「あ……」

目線を上げたら、目の下を彼にきゅっと撫でられた。

「胸の内を話せば涙もいずれ止まるものだ」

カイルがゆっくりと手を引いていった。まるでとても悲しいことに経験があるように、サラには聞こえた。

「それでお前は『生きたいだけ』と言ったのだな?」

「は、はいっ。もしあなたの役に立つ労働力が一つでも私にあれば、生きられる道を示してくれますかっ?」

生きるために思考を止めない。

サラは淑女としてははしたないかしらと悩みつつ、そんな思いをこらえて前のめりで彼に尋ねた。

彼は〝王様〟だ。何か術《すべ》を知っているのなら教えてもらうにはいい相手だ。

カイルが、口元を手で覆うようにして撫でる。

「……へぇ」

言いながらゆったりと目を細めた。それはどこか愉快そうだった。

なんとなくサラは、捕食者の目を思い出した。

（この人、見た目通りすごく怖いタイプの人……みたい）

優しいと感じたのは、やはり優しさに飢えている自分の勘違いだったのか。

「わかった、それではアピールしてみるといい」

カイルが鍵に触れ、握った。

そのままグシャッと音がして鍵は呆気なく壊れてしまい、サラは唖然とした。

彼は檻の扉を開けると手を差し出してきた。それと同時に、テントの外から誰かが「珍しいな」とつぶやく声がしたが、サラは戸惑いの中にいて聞こえていなかった。

するとややあって、テントのすぐそこで待っていた黒髪の騎士が告げてきた。

『作法を知らぬようなのでご助言申し上げます。皇帝陛下は『手を』と申し出ております」

「は、はいっ」

紳士淑女の作法は知っているのだが、彼にそうされたことに困惑していたのだ。皇帝の手に直接触れてしまっていいのかもわからなかった。

ひとまずここは庶民に見えた方が都合もいい。

無礼にならないようおずおずと彼の手を借りると、彼がサラの手を軽く握り、引いて外へと出した。

「ギルク、お前たちは子供たちを解放せよ。兄上はこのようなやり方は嫌っておられた」

「はっ」

命令を受けてすぐ、騎士たちが子供たちの解放に取りかかる。

拘束されている男たちが「今回の報酬がゼロにっ」と残念そうに呻いていた。

呆気にとられて眺めていると、手を軽く引かれてハッとした。まだカイルと手をつないだままだったと思い出す。

「それで、アピールしてくれるんだろう?」

見上げてすぐ、獣みたいなブルーの目とぶつかってびっくりした。

彼の目は、じっと真っすぐサラを見つめていた。

(本当に怖い人なの……?)

サラは戸惑う。

けれど彼が連れてきた騎士たちも、そして全然動かない野次馬たちも、どこか緊張した様子でハラハラと見つめているのは確かだ。

「労働力はそう期待してない。人間族は、我々より弱い」

はっきり告げられて、サラはしゅんっとした。

するとすぐカイルの声が追いかけてきた。

「だが——何か役に立ちそうな知識や面白い特技が一つでもあれば、お前がここで生きられるよう手助けする策を提案することはできる」

「お、面白い……?」

「俺はメリットのない取引は〝王〟として、しない」

周りの者たちはカイルの言葉を聞いて、なるほどと納得した様子だ。

――だとしたら、希望はあるのか。

サラは、初めて希望で胸が高鳴る感覚というのを知った。

人間なので、獣人族みたいなパワーの必要な労働力にはならない。

でも目の前の彼が、少しでも興味を引かれれば、ひとまず生きられる道筋を一つくらいは示してくれるみたいだ。

「な、ならっ、皇帝陛下がご覧になられたことがない面白いものを提示しますっ」

「ほぉ。それは面白そうだ」

それで？と彼の目が正面から促す。

その際にサラは、まだつながれたままだった手を彼のもう一つの手でも包み込まれてしまって、気を取られた。

「えぇと私は、まず侍女仕事ができます。これは一種の労働力です」

「そのような手でできるとは思えないが」

彼がサラの手を見る。先程狂暴なことをしたとは思えないくらい軽く触れられていて、なんだかサラはそわそわと落ち着かない気持ちになってきた。

「ほ、本当ですっ。私、よく動きますっ。そして面白い特技も一つもってますっ」

「それはなんだ？」

気のないような素振りで彼が言う。

サラは、これまで口にしたことがなかったから、口から心臓が飛び出すのではないかというくらい緊張した。

でも、ここに〝人間はいない〟のだ。

頭の中で自分に言い聞かせて、大丈夫だと早口で何度も唱える。

サラをさらった人身売買の男たちだって、金髪だと何か問題があるなんてことは言っていなかった。

「わ、私はっ、人間の中でもたぶんお買い得です！　仕事には真剣に取り組みますし、そばに置いていても面白いといえる、他の人にはない特技をもっていますっ」

誰かに意見するなんて初めてのことだ。大きな声なんて出したことがなくて、サラは勇気を振り絞ってどうにか声が震えないように主張した。

だが説得された感じになってくれるかと思いきや、人身売買の男たちも含め、周りからうかがっていたみんなの顔に同情の色が浮かんだ。

「あの娘、自分でお買い得って言ったぞ……」

「なんてことだ、人間族はなんと非道なのか……」

「かわいそうになぁ」

取り押さえた者たちを監視していた騎士たちも、目頭を押さえて黙り込んでいた。売人たちが気づいて「え、ガチ泣き？」とつぶやいている。

サラは『交渉』ができるよう、震えそうになる肩をどうにかこらえていた。

すると見つめ合って数秒、カイルが不意に笑みをもらした。

「ほぉ？　それは、役に立つのかな」

彼が薄く笑ったことに驚いた。どこか意地悪なようでいて、けれど今まで姉たちから向けられたものとはまったく違っている気がした。

「ん？」

彼が少し首をかしげる。

そんな声が、柔らかに聞こえてしまってサラは心臓がはねた。

優しくされているなんて、とんでもない勘違いだ。

やたら美しい男だからだろうか。サラはパッと視線を下げた。彼が手をつないだままでいるせいでおかしくなりそうだ。

「あのっ、役に立つかは、その、考え方次第と言いますか……」

嘘もつけないから悩みつつ答えた。

「これは侍女仕事に生かせる特技で……だから先に申告したわけで……ぇぇと使えるシーンはかなり限定されるのですが、でもっ、普通人間なら使えないことですから、面白いのは保証しますしっ」

カイルに目を戻して告げた。

またしてもテントの外が少し騒がしくなる。

「役に立つって言わなきゃだめだよ」

「もっと自分を売り込まないと」

「あの子、話し慣れてないのかねぇ」

人身売買の男たちもそんな感想を口々に言って、仲間同士目を合わせ、ほろりとした顔になった。

まさにその通りだ。今までサラは、意見を言えない環境にあった。

（そうよね、これではだめだわっ。自分を〝売り込ま〟ないとっ）

言い方一つで、興味を引く度合いも変わるはずだ。

「わ、私は、医療に特化した体質です！」

「何？」

「小さな傷なら自分で治せます！」

つながれていない方の手を上げて、彼の目の前に見せつけた。

「だから仕事していても手が綺麗なんですっ」

ここでは、ただの『サラ』としている。ついでにそう説明しておけば、庶民だと納得してもらえることを期待した。

すると周囲がざわっとした。

「それはすごいな」

「つまり治癒の特殊能力をもっている、ということか？」

「自分を治せるというから特殊体質なんだろう」

「《癒やしの湖》なしで治せるんだな。それは、すごい」

聞こえてきた単語に、サラは内心首をひねる。

（癒やしの……湖？）

ちらりと見てみると、彼らは詳細も知らないのに褒めていた。

自分を治せるという〝特技〟であるだけなのにウケているのは、予想外の反応だ。簡単な傷を治せるだけでもすごいことなのだろうか。

魔法ではなく、特殊能力で彼らが納得しているのも変な感じがした。

獣人族がもっている摩訶不思議な能力が関わっているのだろうか。

（獣の耳とか尻尾とか人化できるみたいだし……それこそ魔法みたいだものね）

とりあえずは納得しておくことにする。

「あの……？」

ふと、目の前が静かなことに気づく。上目遣いに見てみたらカイルがやや驚いた感じで、眼前に出されたサラの手を見ていた。

「あっ、ごめんなさい、皇帝陛下のお顔の近くに」

慌てて手を下げたら、彼がハッとしたように取り繕った。

「いいだろう、面白い」

面白い、という評価をもらえてサラはほっとした。

「あの、私、祖国に居場所がないので、とにかく別の国に行かなくてはいけないんです。ここで暮らす方法がもしないのでしたら、外に出る方法でもかまいませんので助――」

「その必要はない」

出ていくことを再び口にした瞬間、握っている彼の手の力が強くなった。

そのままぐいっと引き寄せられて、サラは驚く。

「要はお前は〝生きたい〟のだろう。脅かされずに、生きたい、と。つまり出ることが目的ではない。そうだろう？」

睨みつけるように近くから獣のブルーの瞳にとらえられて、息ができなくなった。

（怒ってる……？）

こんなに近くに異性を来させたことはないので、次第にどきどきしてきてしまって、サラはこくこくとうなずいた。

「この国でお前が動物に脅かされず、生きられる方法がある」

「は、はい、それならその方法で――」

カイルが頭を起こし、その美麗な顔で威厳溢れる様子で見下ろしてきた。

「それなら俺の伴侶になるといい」

「………はい？」

貴族の娘としてはもう生きられない。

結婚なんて絶対にできないので一人でたくましく――と思っていたのに、彼の口から出てきた言葉は求婚だった。

（……解決方法の提案、のはずよね？）

目の前の美しい男が、自分に本気で結婚を申し込むとも思えない。

「おや、見事に固まられてしまいましたね」

近づいた黒髪の騎士がそう言ったが、サラは引き続きぐるぐると考えてしまっていた。

◇◇◇

カイルは子供たちの件を騎士団に任せることにし、護衛騎士の一人に伝令を持たせ、数人を事後処理のため残すと話した。

「皇帝陛下、あの娘を本当に連れて帰るので？」

カイルは一拍、間を置いた。

何か？と見つめ返せば、護衛騎士のリーダーであるギルクは「いえ、なんでも？」と肩をすくめただけだった。

「ああ、のつもりだ」

カイルは、つい直前まで自分の元から離せなかった人間族のサラの方を見た。

あと数ヶ月で十八歳になるようには、到底見えない。しかしカイルはサラと向かい合った際に、彼女の身長がさほど低いわけではないと気づいた。

エルバラン王国では、気味が悪いと言われているらしいプラチナブロンドの髪。瞳は輝く満月のように、見事な黄金色だ。

(何が恐ろしいのか？)

人間族の感性がカイルはよくわからない。

獣人族の猫種にも金色の瞳はある。狐種や、蛇種の一部にも――。

とはいえ、サラ以上に『黄金色だ』と言える瞳はこれまで見たことがなかった。

彼はサラに、助けられることを提案してやると約束した。

そして、王城に連れ帰ることを決めた。

この場を処理させるためまずは仕事の話をすべきだとわかっていたのに、しばし彼女をそばから離せなかった自分が少し不可解ではある。

『えぇと、……皇帝陛下、その娘は一度離していただきませんと』

護衛騎士たちも少し戸惑っていた。

突然の求婚の提案に驚いたこともあるのだろう。

提案、とカイルが口にしたことからも一時的な〝対策〟に利用するのだろうかと勘ぐった感じはあった。

万一相手が国内の獣人族だと、貴族のバランスやら色々と考えなければならない。

その点、国内になんの影響もない、外からやって来た無力な人間族の娘であれば、何も問題はない。

——けれど、不可解と言えば他にもあった。

『あ、あのっ』

そんな声が聞こえて、その姿を視界に入れた際に、カイルは頭にあった人身売買の件について立てていた計画がすべて飛んだ。

こちらを見つめている少女が、彼の視界に焼きついた。

子供から大人へと変わろうとしているかのような頼りなさをもちつつも、指の先までどこか目を引く、目鼻立ちの整った娘だった。

プラチナブロンドの髪と、黄金を宿したような瞳がよく似合った。

カイルは、満月の夜に地上へと降り立った妖精みたいだと思った。だから一瞬〝人間だ〟、と察知できるまでに、時間がかかった。

(誰かあの妖精を、檻に入れたのか)

見ている光景を理解した時、腹にどす黒い感情が重く広がった。

だが、匂いを嗅いでみれば獣人族ではないことはわかる。

彼女は妖精ではなかった。人間族だった。一目見て、か弱い、と獣の本能でカイルは察知していた。

人間族であるのなら、なおさら弱いだろう。

そう頭が理解し整理している間にも、不思議な衝動がどくんっと胸で音を立て、彼は口を開き声をかけていた。

『そこの娘、何か俺に聞きたいことでもあったのでは？』

もう一度、声を聞いてみたいという思いから気づけば勝手に口から言葉が出ていた。そして年齢を聞いてカイルは驚いた。

（十七歳？）

今年で十八歳になるという。

つまり彼女は、ガドルフ獣人皇国で考えると〝とっくに成人〟しているのだ。

（いつでも〝つがい〟をもてるではないか）

婚約のための契約魔法をもつことが、可能な年齢だった。

誰かの伴侶になるイメージもまったく浮かばなくて驚いた。

それくらいにサラは、子供みたいにカイルの警戒心さえどんどん解いていった。

話していると、彼女は嘘もつけないことがわかった。これまで生きてこられたのが不思議なくらいだ。

その人間族の娘は、大きな声をあまり上げたことがないみたいに不慣れな言葉を返してきた。

そばに行った方がよさそうだと思った時には、カイルは身体が勝手に動いていた。

そして気づけば、彼女の涙に触れていた。

女の涙など、わずらわしいとずっと思っていた。けれど――サラの涙に触れた時に、そんな不快感はいっさい浮かばなかった。

そうするべきだと、彼の血が、身体が言うようにカイルは彼女の涙を拭っていた。

話を聞いてわかった。

サラは家族にあまり食わせてもらっていなかったらしい。だから不健康そうな感じが実年齢よりもやや幼く見せているのだろう。

(なぜ、そんなことができるのか)

カイルには理解し難かった。

(この娘の目を見て、ひどい扱いをできるのが信じられない)

サラの目は不思議とカイルを惹きつけた。いっさい濁りがない、純粋な優しさと、真っすぐな心がそこから見えた。

手はとても綺麗だったが、特殊能力のおかげだという。

自分の傷がすぐ治ってしまうというので、特殊な体質とも言えるのかもしれない。

とても妙な感じがした。

手を握っていると離しがたくなった。

考えが筒抜けで、感情がよく見えて、耳に心地いい声につられて話を促した。

よくは、わからない。この目に入れていなくてはと、獣の本能が彼を彼女に集中させるみたいだった。

彼女が二度目に『出る方法』と口にした瞬間、自分でも理解できない強烈な感情が湧き上がってきた。

行かないでほしい、このまま離れたら二度と戻ってこない——二度と会えなくなる、もう会えないのは絶対に嫌だ……と。

獣人族ではないゆえ、彼女の利用価値を考え、一時的な婚約関係を築くことを当初から頭に浮かべてはいた。けれどそれは、出ていかれたくないからだと、咄嗟に引き留めようと求婚したところで、我に返った。

（だが、どうしてだ？）

どうして、こんなにもそばにいたくなるのか、わからない。

「皇帝陛下」

「なんだ」

珍しくギルクが追ってきて声をかけた。

「もしや彼女は〝運命のつがい〟に近い存在なのでは——」

「やめろ。そんなもの、俺は信じていない」

ぴしゃりと言うと、彼は黙った。

それは、このガドルフ獣人皇国に伝えられている迷信みたいなものだ。

結婚した一部の愛し合う夫婦が互いに口にする常套句《じょうとうく》かのろけみたいなものだと、カイルは思っている。

サラが珍しい人間族で、嫌な連中ばかりだと聞いてきたのに彼女は嫌みがなくて、その年齢にしては素直で、危ういくらいに清らかで……そのせいで狼の好奇心か刺激されているに違いないと推測した。

「これでしばらく俺も時間が稼げる。ただ、それだけだ」

カイルが肩にかかったコートを掴んで踵《きびす》を返せば、ギルクは「御意」とだけ答えて後ろをついてきた。

第二章　素性を隠して、助けてくれた皇帝の婚約者になります

子供たちの件は地元を管轄している騎士団が預かるとのことで、サラはカイルに連れられて王城へと行くことになった。

ガドルフ獣人皇国の王城は、大都会にある。

まさかあの深い森の向こうに、ちゃんとした都市もあったことはサラには驚きだ。

ガドルフ獣人皇国は荒野でも荒れ果てた恐ろしい異界でもなくて、人間の国となんら変わりないきちんとした一つの国だった。

王城は、とんでもなく大きな庭園を有し、アプローチ階段もある。

そして中に入ると、真珠のような白い大理石の床が続く。どこもかしこも頑丈そうなうえ、廊下も扉も一回り大きい。

それは移動用の〝動物〟のせいだ。

それをサラは、ここに来るまでに身をもって知った。

恐れ多くも、なぜか皇帝陛下であるカイルの前に乗せられたのだが、彼らが使っていたのは馬ではなく、超大型の、白くて毛が羊のようにしっかりしている四足歩行のずんぐりとした巨大動物だった。

ドロレオという、皇国内で移動や運搬などによく使われている戦闘獣なのだそうだ。

サラは食べられてしまわないか心配した。

『俺が許していないから大丈夫だ。他の者のドロレオに乗れば、食われる。――今はな』

今は、ということは、やはり解決策があるらしい。

それを聞くためにもついてきたわけだが、超大型の動物が走りだした瞬間からサラは何度も『死にそう』と思うことになった。

もう、とにかく揺れる。

しかも彼らはゴリラのように猛然と走った。

鞍はなくて、大きな首輪につながった手綱だけで操る。サラはカイルも護衛騎士たちも平然と乗っているのが信じられなくて、とにかく怖かった。


かなりの時間ドロレオに揺られて、王城にたどり着いた時は『ようやく！』と感動の涙まで出そうになった。

王都もサラの知っている祖国の都会と同じくらい美しく整備されていたせいかもしれない。風景は美しく、あらゆる建物や城も祖国と変わらない。

だから王城の美しい門扉をくぐって、左右の庭園から人々が「陛下のお戻り」と頭を下げた光景を見た時、カイルが皇帝であることへの実感が湧いた。

さーっと血の気が引いた。

そもそも皇帝にじかに〝売り込み〟をし、彼に支えられてドロレオに乗っているなんて投獄か死罪ものではないだろうかと考えて怯えた。

彼にドロレオから降ろされた際、黙り込んで目も合わせられないでいたら、カイルにしつこく理由を聞かれた。

「なんだ、そんなことか」

正直に答えたらそう言われたが〝そんなこと〟ではないとサラは思った。

けれどカイルは、自分で手を引いてサラを王城の建物へと導くことについても、なんら疑問さえ覚えていないみたいだった。

まるで守るか、助けるみたいに――。

(怖いの？　怖くないの？　わからない人だわ……)

それとも、サラが知っている王侯貴族の作法は、ここでの作法とやはり細かな部分が色々と違っていたりするのだろうか。

そんなことを考えている間にも、カイルに促される。

そして護衛騎士たちに守られて、王城内を歩くことになった。

王城内には騎士と共に大型の動物も行き交っていて驚く。

彼らはサラに気づくと獰猛な鼻息を鳴らす。彼女が怯えると、カイルが肩を抱いて自身へぴったりとくっつけてしまった。

「俺から離れなければ大丈夫だ」

そういう意味だったのかと理解しつつも、予想外な行動に胸はばくばくしている。

そのまま、大きな廊下を歩いていく。

程なくして彼は大きな扉の前で立ち止まる。

「扉を開けよ」

サラを抱いて手に空きがない彼が指示すると、すぐさま騎士が望み通りにする。

扉が開けられすぐ、サラは彼に肩を抱かれたまま一緒に中へと進んだ。そこはかなり広い豪華な部屋だった。

「こ、ここは……」

「俺の執務室だ」

「えっ」

室内は黄金も使われ、人間の国よりも立派、……な気がする。見たことはないけれど辺境伯の屋敷でもこんな造りはお目にかからない。

そこには一人の白髪交じりの男がいた。振り返った彼は、驚いたみたいに目を少し丸くした。サラには、彼のグリーンの瞳がわずかに輝いたように見えた。

「陛下、その娘は？」

丈の長い白い礼装は、金の刺繍《ししゅう》が入った帯を引っかけるようなデザインが施されている。

恐らくかなり偉い人だ。サラは察知し、何か言われる前にカイルの腕から離れ、慌ててお辞儀をする。

「珍しいですね、人間族ではありませんか」

すん、と鼻を少し動かした彼に反射的にびくっとしたら、カイルがサラの肩を抱き、顔を覗き込みながら言う。

「怯えなくていい。彼は宰相《さいしょう》のブティカだ」

「さ、宰相様でしたか！　お、お初にお目にかかります、サラと申します」

サラは失礼にならないようにと思い、慌ててスカートをつまみ一礼をした。

カイルが考えるような顔で見つめた。室内に唯一入った黒髪の護衛騎士の男も、片眉を少し上げる。

「これはまた、ずいぶん上品な毛色の……」

ブティカはサラの頭から顔から足の先まで、しげしげと見つめていた。

「陛下、どこから連れていらしたのです？」

「そのことについてはあとで話す。今は、ギルク以外は席を外せ」

カイルがサラの肩を再び抱き寄せた。男性なのに、彼から心地よい甘い匂いまで漂ってくるのも慣れなくて、縮こまる。

「よろしいでしょう。吉報であれば、うれしいのですが」

ブティカは質問もせず快くうなずいた。

サラがきょとんとしている間にも、彼はついたての奥にいた部下たちを呼んで集め、出るよう指示した。

「そこにいる彼は、俺が王弟時代に総督についていた時の総督直属部隊の部下で、今は護衛部隊のリーダーをしているギルク・モズドワルドだ」

「は、はぁ……よろしくお願いいたします」

カイルに手で促されたサラは、護衛騎士の方を見て、この姿勢でできる範囲内で一番丁寧な挨拶を心がけて頭を下げた。

あの市場のテントの前で最初にカイルに歩み寄った騎士だ。黒髪で、目は深いベージュ色をしていた。整った顔立ちをしていて、喜怒哀楽はやや控えめな印象だ。

「ギルク・モズドワルドと申します。以後、お見知りおきを。あなた様とは陛下と同じく長いつき合いになりそうですので」

「えっ」

「なんだい？　やはり吉報かねっ？」

扉から外に出ようとしていたブティカが、部下たちの間から振り返ってくる。

カイルが「やめろギルク、話が進まない」と言葉を投げた。

「陛下、否定されないということは期待してもよろしいのでしょうかっ？　つまり、気に入って連れて帰っ――」

「ギルク、ブティカを外に出してこい」

責任をもってな、と言わんばかりの低い声で指示され、ギルクが所望された通りに仕事をこなした。

（すごいわ、宰相閣下を出してしまった……）

ギルクは皇帝になる前からそばにいたというし、軍人としての立場だけでなく。獣人皇国内ではそれなりに身分のある家の出身だったりするのかもしれない。

「ギルクは秘密も共有できる数少ない相手でもある」

カイルが話しながら移動する。

いまだ肩を抱かれていて、サラは再び心臓がどっどっと鳴った。作法で習ってはいたが男性からエスコートされたのはこれが初めてだ。

「ひ、秘密、ですか……」

「そうだ。これからお前と俺、ギルクの間で秘密の話をする。彼は何かあった時には、お前のアドバイザーになる」

サラは、扉からギルクが戻ってくるのが見えた。

つまりカイル自身が助けるのは、これまでということだろう。

それはそうだ。彼は皇帝なのだから、このあともわざわざ獣人皇国のことを知らないサラにかまっていられるほど暇な身分ではないだろうし。

そう思って納得している間にも、カイルに導かれて豪華な三人掛けソファに座らされた。

「必要なら他にもつけよう」

そばにやって来るギルクを見やって、カイルが言った。

「だが、今のところいらないだろうがな。お前は侍女として雇い、置くつもりだ」

「侍女……」

「その仕事の経験があるというのなら都合がいい。侍女ならば、あやしまれない」

向かいのソファに座ったカイルの言い分が、よく理解できない。

「あやしまれない、とは……？」

「そこなら誰もどこの嫁ぎ先なのか気にしない。城の侍女に入るのは花嫁修業みたいなものだからな」

「はぁ……」

「よくわかっていないみたいだな。ああ、俺の言い方がまずかったのか」

ふむとカイルが顎に手をあてた。

「人間族の国ではそのような言い方をしないのか。つまりは、婚約者だ」

伴侶になる、というのは『婚約者になるといい』という意味だったらしい。

なんとも紛らわしい言い方をされたものだ。求婚されたわけではなかったのか、なんだ、納得……

とサラは密かに自分を落ち着かせる。

「お前は『生きたい』と言った。これは俺とお前の契約だ」

「契約……私が暮らせるようにするために、侍女なのですか？」

「そうだ。ここにいるために俺の伴侶候補であると正式に発表すれば、側近たちは放っておかずお前は俺と仕事をすることになる」

「し、仕事……！」

つまりは王の婚約者として社交、妃教育だ。

「自由に過ごしたいなら、侍女として身を置くのが一番いい。こちらの急な頼みなので、俺も本来の妃候補としての負担などはかけるつもりはない」

あくまで、契約上の肩書としての婚約者。彼に『契約』とはっきり聞かされて、サラは落ち着きもした。

「侍女として置いてくださる配慮も理解いたしました。ですが、どうして皇帝陛下の名ばかりの婚約者に私がなるのでしょうか――」

「カイルだ」

「えっ？」

「名前で呼べ。今から練習だ」

「れ、練習……」

なぜ、とサラは戸惑い、小首をかしげる。

「契約上とはいえ、婚約者なのに社交で必要になった時、俺のことを『皇帝陛下』と呼ぶのは変だろう」

「あ……その時がきたりする……？」

「その時が訪れるかどうかは、俺もわからない」

けれど、とサラは悩む。

「でも私は侍女として入るので、それなら使い分けを――」

「できるのか？」

「うっ……それは……」

サラは正直態度に出してしまった。これまで男性とのつき合いはない。いざという時に、呼べるのかどうかと考えると自信は皆無だ。

「俺は、お前には名前で呼んでほしい」

「えっ？」

知らないうちに下がっていた視線をもち上げると、彼が咳《せき》払いをするみたいに目線をそらした。

「別に、侍女だからとかそういうことは気にするな。俺がお前を拾って連れ帰ったことは、どうせ広まる」

「あ、確かに……」

彼が許可し、認めたから王城にいられる人間族になる。

「俺はお前を助け、ここで暮らせるようにする。必要になった時には、お前には婚約者として俺の役に立ってもらう」

それが、彼にとってのメリットの一つであるのだろう。

ただで助けてくれるわけではない。檻から出してくれたのもそうで、サラだって、取引だと了承して交渉に応じた。

「これは契約で、仕事だ。きちんとできるか？」

じっと見つめられたサラは、それならばと思ってこくんっとうなずいた。

「はい。しっかりとこなしてみせますっ」

するとカイルが、たびたび見せる考えるような顔をした。

「――サラ、それなら呼んでみろ」

自然に名前を呼ばれてびっくりする。

「カ、カイル様……」

「カイルでいいと俺は言った」

「うっ、あの、でもですねっ、偽装ですしそのようなこと私には恐れ多くてできませんっ」

美麗な顔にじーっと見つめられたサラは、緊張がピークに達して、思わずソファの上で慌ただしく手を振った。

カイルがしかめ面をし、秀麗な眉を『ふうん？』という感じで動かした。それをギルクが物珍しそうに眺めている。

「お前は獣人族ではない。作法もよく知らないのだから、あまり気を使うな。ここで生きていけないとなったら、俺の方が契約違反だ」

「契約違反……」

「これは〝契約〟だ。俺はお前に、妃候補になることを条件に、この国で生きていけることを約束した」

まるで自分に言い聞かせるように彼が言った。

「……だから楽にしてくれていい」

「えぇと、カイル、がいいのでしたら……そう望まれているのなら言葉遣いも、善処、します」

皇帝が望んでいるのなら、応える。

他国の王様を呼び捨てにするなど緊張しかないが、ちらりと上目遣いに見つめ返すと、カイルがどこか楽しげにソファの背にもたれていた。

「ああ、それでいい」

ニヤリと不敵に笑った顔に、サラはどきっとする。

でも、嫌な感じはしない。

「俺との婚約は、人間族が唯一ここで暮らすことができる解決策ともいえる。先に話した通りここに生きる動物は、馬も家畜も、すべて人間族を食う。だが婚約者として〝仮の契約魔法〟をもてば、獣人族とのつながりができる。そうすれば、動物たちもお前を国民と認識して襲いかかることはない」

「婚約で契約魔法……？」

「ああ、そうか。人間族は同種族婚だったな。我々はほぼ異種族婚だ。それでも結婚できて子が残せるのは〝契約魔法〟があるからだ。それでいて伴侶の存在も、我ら獣人族が生きるには不可欠だ」

獣人族は身体も頑丈で、獣並みにとても強い力をもっているそうだ。

だが、彼らは伴侶の存在が不可欠だという。

長らくかかっても伴侶を見つけることができなかった獣人族は、普段は作法で隠す獣耳や尻尾を、出したりしまったりさえできなくなる。

錯乱し、獣のようになってしまう者も出てきて、短命になるのだとか。

カイルは二十七歳になった。そして、彼が最後の皇族の直系だ。

結婚をしていなかった兄が死に、急きょ即位してから七年が過ぎ、臣下たちはカイルがいまだ伴侶の候補すら決めていないことを懸念している。

「俺は兄が残したこの皇国のために仕事はしたいが、伴侶をもちたいとは考えていない。だから娶《めと》るつもりはない」

彼は、はっきりそう言った。

すると護衛についていたギルクが、初めて口を挟んだ。

「お言葉ですが、そのようにお考えになる獣人族はあなた様くらいですよ。皆、伴侶をもてる頃になると、自然と欲しがるものです。発情期になっても、メス一人も閨《ねや》に招待されないなど――」

「ギルク」

鋭い声に、ギルクがため息をこらえる顔をして黙った。

（は、発情期……！）

それは、確かに動物の部分があるみたいだ。

サラは人間の国との常識の違いにどきどきした。すると不安でどっどっと心臓が鳴っている音でも聞こえたみたいに、カイルがサラをじろりと見てきた。

「言っておくが、俺は女には困っていない。定期的に発情期がきたとしても、手を出さないと約束する。そもそも偽りの婚約だ、それに、ろくに食事もできていない娘に手を出すほど飢えてもいない」

なんだかずけずけと言われてしまった。

（……努力して食べていこう）

安心しつつも、同時に少々幼く見えるらしい自分の身体に劣等感を抱いた。

食べないと肉はつかないし、生きていくには、体力だって必要だ。

「臣下たちは婚約で契約魔法もしないまま、俺がそのまま病気になって血が途絶える可能性を恐れている」

「お兄様も亡くられていますものね……お兄様が皇帝をされていたというと、当時、もうご両親は――」

「先々代の王は、兄が十六の時に死んだ。母は伴侶をなくしたら共に逝く種族だった。幼い俺は父の葬儀ののち、兄と彼女を看取った」

心残りなどなさそうにカイルはすぱっと答えてきたが、サラはやるせない気持ちを抱いた。

「獣人族は、愛情深いんですね……」

父が亡くなったあと、新皇帝となった十六歳の兄とカイルを残して、先々代皇妃もあっという間に亡くなってしまったのだ。

大切な人を失う気持ちは、想像すれば共感できる。

残されたカイルたち兄弟もまた、寂しかっただろうなとサラは思えた。

そのうえ兄も他界した。そして七年前、彼は独りぼっちになってたった二十歳で国を背負うことになったのだ。

（きっと寂しい、よね……）

泣けば涙は止まるものだと話したのも、カイルがそうだったのかもしれない。最後の家族であった兄のことで、怖そうな感じの彼もまた涙を流したのだろうか。

町に来ていた時に、カイルは『兄上の領地』と口にしていた。

カイルにとっても兄の早い死は、予期しないことだったのだろう。

いまだ、きちんとは折り合いをつけていない。だから先王の領地は手をつけずそのままにしてあるのだ。

そう思うと、ますます胸が痛い。

どうして兄が若くして亡くなったのかは気になったが、まだ心の傷が癒えていない状況を踏まえると聞くのは失礼だ。

深追いしないことを心に決めて、よしと心の中で唱えて視線を上げる。するとカイルがじっと自分を見つめていることに気づいた。

「なんですか？」

「いや、お前は……人間族なのに珍しいな」

「珍しい？」

「人間族は、俺たちの強さを脅威に思い差別をはかった。人間とは違う姿をし、野蛮で、狂暴で、情も何もないと教えられているだろう」

恐ろしい異形の者たちが暮らす大地だ、と言われているのにはそういう理由があったらしい。

エルバラン王国にとって、ガドルフ獣人皇国は『絶対にかなわない強大な大国』という存在だった。侵略を恐れて国境沿いに見張りを置いたのか。

サラの金色の髪や瞳を恐れて、罪もないのに排除しようとしたのと同じ――。

「エルバラン王国が私たちに教えてきたことが嘘なら、私は、本当のカイルたちを知りたいと思います」

「なんだと？」

人間を食べてしまう動物たちは確かに恐ろしいが、それは本来の彼らの姿というわけではない。獣人族も自分たちとなんら変わらないと感じた。

「国が違うので文化も習慣も違うのは当然ですし、見て、怖くないと感じたから。檻に入れられていた時に話した子供たちも、私たちと同じ生きている人だって思ったんです」

「だから怖くないと？」

「はい。怖くありません」

ギルクが感心したように口元をなぞった。

カイルの美しい顔でじっと見つめられて、サラがたじろいだ時だった。

「皇帝陛下！」

けたたましい音と共に、扉が開かれてびっくりした。

「公務までしばらく時間があるだろう、剣の試合でもして気晴らししないか！」

何事かと思って振り返ってみると、出入り口から現れたのは大きな男だった。明るいオレンジの髪、鍛え上げられたムキムキの身体をしている。肩や膝にも防具がある軍服を着ているので、ギルクのような皇帝の護衛関係の騎士ではなさそうだ。

「お前……今はこの部屋への立ち入り禁止だと宰相に聞かなかったのか？」

「え？　宰相？　そういえばいたような気がするなぁ」

「宰相も、お前のような同僚をもって苦労するな」

「お互い様だろう。先王の時代に、軍の総督として俺を含め宰相も困らせたのは『カイル殿下』の方だった」

部屋に入ると、カイルの方に向かいながら男がニヤリとして言った。

「まぁ、否定はしない」

サラは、彼がカイルと普通に話しているのにもびっくりした。

カイルは、サラが戸惑って目をまん丸くしているのに気づき、まったく……というように吐息をもらし紹介した。

「彼は兄上の護衛騎士だったガート・ルベアーサ将軍だ」

ガートが、今になってちょこんと座っているサラに気づき、驚いた顔をする。

「おー、なんだかかわいそうなくらいか弱そうなこの生き物は、なんだ？」

サラは、認識されて一発目の台詞《せりふ》に傷つけられた。

（私、そんなに食べていない子に見えるのかしら……）

子供たちには年齢を言って驚かれたし、ガートはソファの横に来るなり、サラの頭を非レディ扱いでくしゃくしゃと撫でてきた。

（全然悪気がない触り方だわ）

触れられた瞬間はどぎまぎしたが、父みたいに、サラの髪を握って引っ張ったりはしなかった。密かに緊張を解く。

「おいガート、やめろ」

その一声で室内がやや緊迫する。

唸るみたいな低い声だった。ガートもびっくりしている。

「どうした、皇帝陛下」

「サラへの無礼は禁じる。彼女は俺の婚約者にするため連れ帰った」

サラは、彼の口からさらりと婚約者のことが出て驚いた。教えていいのか驚いている間にも、まるでおめでとうと言わんばかりにガートが喜々とした声を上げる。

「マジか！　とうとう相手を決めたのか」

「だから気安く触るな――いいな？」

「ああもちろんんだ、我が皇帝陛下。ところで発表はいつだ？」

「今はしない。彼女は人間族だ、この国のことをよく知らない状態だろう、それにこじつけて反対派が出たら困る」

ガートは部屋に飛び込んできて、ギルクとカイルと三人で打ち合わせしていたサラを目撃した人だ。だから連れ帰った理由を教えたのだ。そして騒ぎ立てないようううまく指示したことに、サラは感心してカイルを見る。

「誰も反対しないと思うけどな？　だってさ、皇帝陛下が婚約者をようやく決めたわけだろ。なかなか誰も射止めないから、剣の先輩としては心配していたんだぜ」

「余計なお世話だ。彼女はこの国を知らない。学ぶにもいい場所なので、花嫁修行でまずは侍女にしようと話していたところだ」

カイルが、言いながらサラを示す。

「彼女の希望だ。俺も彼女のためにも場内を騒がしくしたくはないと考えている。だから、このことは正式に発表するまでは公言するな」

「了解した。名案だと思うぜ、側近たちもみんな賛成するだろうな」

「ところで彼女に説明していたところだったんだが、先を続けても？」

「ああ、もちろんだとも！」

「ならば出ていけ。宰相らには俺から言う、お前は何も言うな」

カイルは追い払うようにしかめ面をして手を振ったが、ガートは気にする様子はなかった。

「わかってるって。変な伝わり方でもしたら大変だからな。いえ、承知しております皇帝陛下」

ガートは調子よく騎士の礼をすると「それでは！」と言って、来た時と同じようにバタンッと大きな音を立て扉を閉めて去っていった。

「相変わらず騒がしいお方です」

「兄上は、良き友人に恵まれていたからな」

ギルクの言葉に答えたカイルの口調は、皮肉交じりでもあった。

「それでは契約は成立したものと見なし、話の先を続けても？」

「は、はいっ、もちろんです」

サラは両手をスカートにぎゅむっと押しつけ、背筋を伸ばした。

「この皇国では、婚約も結婚も、契約魔法というものをするんですよね？　私も、あなたの健康のためにそれをすればいいわけですよね」

その様子を見たカイルが、眉間から力を抜くような表情をした。

「その通りだ。婚約の場合は〝仮の契約魔法〟を行う」

先程、ガートに放った低い声や威圧的な話し方から印象ががらりと変わり、カイルは再び落ち着いた声で話した。

異種族同士が結婚できるための〝契約魔法〟。

皇国内には特別な魔法をもった木が存在しており、獣人族は獣耳や尻尾などをしまう魔力によって、その木の魔法を引き出すことができる。

「木が魔法をもっている、んですね……」

「この皇国に生きる動物や植物はすべてもっている――そして魔力によって生み出される特別な水も存在している」

なんだか彼の声が一瞬真剣さを帯びて気になったが、カイルは思い出したように話を続けた。

やり方は簡単だという。互いの手首に、その木の枝のブレスレットをつける。

婚約が成立すれば、そこに契約紋と言われる〝印〟がつく。一度目は婚約用で〝仮の契約魔法〟が木から与えられる。

その〝仮の契約魔法〟は解除が可能になっている。

結婚を決めて二度目の〝契約魔法〟を行うと、二度と解けない契約紋が身体に刻まれる。

その木は、各地にあり、この都市だと、王城の神殿の間と言われているところで大事にされているという。

「あ、あのっ、少し気になることがあるのですが」

「なんだ？」

カイルの尋ね方は、気のせいかガートの時と違ってずいぶん柔らかい。

そこをなんだか意識してしまいそうになったサラは、確認しなくてはと気を取り直して慌てて口を開く。

「私はこの国の者ではありません。えぇと、身元もはっきりしない相手です。婚約者にして問題になったりは――」

「しませんよ、ご安心ください」

ギルクがすぱっと口を挟んだ。

「あなたは外から飛び込んできたお方です。人間族なら、草食派だの肉食派だの、ネズミ科や猫科の抗争だとか犬科の嫉妬だとか、そういういざこざも生みませんからね」

「何それかわいい……」

「我々には真剣な争いですが？」

ギルクの返しに、サラはハッとして「ごめんなさい」と謝った。

（想像したら、小さいネズミと猫とわんこがもふもふしている映像が頭に……）

でもほっとしていた。ただのサラですと答えたが、突っ込んで聞かれなかったことには安堵している。

たぶん、それだけガドルフ獣人皇国にとって〝外の国〟のことは気にならないのだろう。

（貴族だと知られたら、面倒くさがられて雇ってもらえないどころか、国の外にぽいってされちゃうかもしれないし……）

引き続き、家については黙っているつもりだ。

ここでは、ただのサラとしていられる。

正直、ここは顔見知りがいないかびくびくしないで暮らせる場所だ。考えてみればサラにとってこれ以上ないいい条件の土地だった。

「ところで人間族の親というのは非情だな。実の娘を、平気で獣に食わせようなどと」

カイルの声にハタと現実に引き戻される。

話を振られたギルクが「そうですよね」と同意していた。

「サラさんとお呼びしても？」

「え、ええ」

「人間族とは、たかが毛色が違うだけで実の娘でも迫害する種族なのですか？」

「えぇと実は、……金色は〝魔女の色〟だから」

「はい？」

本気でわからなかったのか、ギルクが初めてその顔に怪訝な雰囲気を浮かべた。

カイルの眉間に不機嫌な皺が寄っていく。

「どういうことだ、サラ」

「えっと、昔、とてもひどい魔女がいたと言われているんです。その魔女は金の髪と目をしていて、その色には魔力が宿っていると言い伝えられて恐れられていて……家族は、金色の髪と瞳をもった私のせいで呪われて、女の子しか生まれなかったと思っていて……それで、長女が婿を取って結婚が決まった時に……」

「捨てられた、と」

カイルが嘆息する。

「あきれたな。なんだ、そのくだらん迷信は」

「皇帝陛下は迷信が嫌いですからね。〝運命のつがい〟も否定される――」

「ギルク」

カイルが少し鋭めに止めた。

（運命の……なんと言ったのかしら？）

サラは気になった。

「そもそも魔女など、聞いたことがない話だ」

「えっ？　でも、とても怖いことになったと語り継がれているんです。私が癒やしの力をもっていたのも……たぶん、魔女と関係があるせいなんです。だから仕方ないんです」

諦めるみたいにサラは言った。

ギルクだけでなく、カイルもまるで信じていないような顔だった。腕を組み『本当か？』という感じで、サラのことをじーっと見つめてくる。

サラは国の誰もが知っているその話を、簡単に説明することにした。

本になって残されてもいるのだと話して聞かせた。

「物語のその者は悪女かもしれないが」

カイルは聞き届けても、やはり首をひねった。

「そもそも、不思議な魔法を使えた者を示すのなら【聖女】ではないのか？」

「え……？」

「我が皇国では、『人間族の国には聖女がいる』と言われている。聖女が、獣から人へと進化した我らの言葉の壁をなくした、と」

国が違えば、教えも違うものらしい。

「……じゃあ、ここでは、人間の国には魔法があると信じられているんですね」

「獣人は契約魔法を行うための魔力はもっているが、魔法は使えないからな。お前は特殊な能力を使える。魔法ではないが」

「そうですね、自分の傷がものすごく早く治る、という感じですかね」

首をひねりつつ、サラも魔法だと認識していないことは伝えた。

サラは父に折檻されて杖で太腿《ふともも》を叩かれた時、痛々しい打撲痕がみるみるうちに薄くなった光景を思い返す。

（でもあれほどの傷だと、完全には治らなかったし）

治るのは、本当に指先の痛みや小さな切り傷程度だ。

壊れたものを直せるような便利な能力だったら、サラだって『魔法だ！』と喜んだかもしれないけど。

そう話したら、ギルクは興味深そうだった。

「喜ぶレベルが子供っぽいというか――」

「ギルク、やめろ」

「えっ、だって繕い物も一瞬で終わるかなって」

「それは直るではなく、元に戻す〝魔法〟だろう」

カイルの言葉に『確かに』と納得していると、なぜか彼が額に手をあてた。

「カイル？」

「……いや、なんでもない。行くぞ。俺との約束を早速果たしてもらおう」

例の、婚約者になるための契約魔法、とかいうやつだろう。

サラはうなずき、カイルとギルクのあとについて部屋の外に出た。するとブティカが廊下に椅子を用意して座っていた。

「………何をしている？」

「皇帝陛下から吉報を一番に聞くためですよ！」

それでどうなったのかと、ブティカはカイルと同時に、サラにも忙しく視線を向けながら尋ねてきた。

「俺の婚約者だ。偶然見つけ、求婚して連れ帰った」

カイルは先程と違ってさらりと彼に答えていた。

サラが契約の内容に合意したからだろう。

「やはり！　そうでございましたか！」

ブティカは、側近たちも喜びますぞと、その場で何度も飛んだ。その興奮している姿は人通りの多い広い廊下では目立っていて、歩いている文官や騎士たちが見ていく。

「ですが、候補なのですか？　婚姻は成立させないので？」

「気が早いぞ、ブティカ。彼女は人間族だ。まずはこの国のことを知りたいと、彼女自身も言った」

「なんとっ、相思相愛⁉」

どうやらブティカは少々感情が先行するお方のようだ。

サラが、この国のことを知りたいから花嫁修業として侍女になる、という建前も彼にはあまり必要ではなさそうだ。

「話を聞いているか？　つまり、獣人族の多くがしているように彼女を侍女として花嫁修業をさせる。手配を」

「お任せを、わたくしがすぐよきに計らいましょう」

「うむ。それで、早速だが神殿への案内を頼んでもかまわないか？」

「もちろんでございます！」

ブティカが率先して歩く。

「ささっ、それでは神殿の間へ行きましょう！　婚約者になるための儀式をいたしましょう！」

カイルの側近たちに知らせてからでなくてよいのか、サラは気にした。

けれど歩きだした際、カイルに肩を抱かれてそんな思考がぽんっと飛んでしまった。

（ま、また、肩を抱き寄せ……⁉）

すると直後、彼の頭が寄せられて耳元で囁かれる。

「――獣が通る時にはこの方が安全だ」

「は、はい……」

サラはどうにかそう答えた。

上から耳にかかる異性の吐息が、慣れない。じわじわと体温が上がりそうだ。けれどこの状態が安全というならと思って、カイルの腕の中でおとなしくする。

それをギルクが横目にじーっと眺めていた。通り過ぎていく者たちも、目がこぼれ落ちんばかりに開いて見ていく。

(や、やっぱり変なのかしら……)

獣にパクリと食べられないためとはいえ、と思った時、前を歩くブティカのグリーンの目がサラへ向いた。

「ところで婚約者様のお名前は?」

「あっ、私はサラです!」

「それではよろしくお願いいたします、サラ様。ああよかったっ、皇帝陛下がようやく……!」

安心しきったような感嘆の声をもらし、ブティカが感激したように手を組んで祈る。

護衛として同行するギルクが、大丈夫かなと言いたげな視線を送った。

「宰相閣下、側近らへ先に知らせなくてよろしいのですか」

「いい、いい。あとでかまわん。それよりも婚約を優先しなければ! 皇帝陛下の御身にも関わる最優先案件だ! あと、私としては側近たちにどうだと自慢したい」

「はあ、さようでございますか」

いちおうは確認しましたという感じで、ギルクは口を閉じる。

サラはこれまで、国の重要人物であるので『宰相』という肩書きの人物はとても緊張する相手に違いないと思っていた。

(でも……獣人皇国の宰相様は、好きだなぁ)

そんなことをサラは思った。

うきうきと進んでいくブティカの後ろ姿を、楽しく眺めている間に王城内をどんどん移動していった。

間もなく人があまりいない廊下へと入っていく。

廊下をしばらく進むと、間もなく左手に三人並ぶといっぱいになる細い廊下が現れる。

そこには衛兵が立っており、向こうには五、六段の短い階段がある。

ブティカが用件を耳打ちすると、彼らが「なんとっ」という驚きの声を小さく上げ、そして目を輝かせて「どうぞっ」とサラたちを通した。

左右に分かれた衛兵の間を進んで、短い階段を上る。

すると、王城内という雰囲気が一気に変わって純白の廊下が延びていた。

「わぁ、すごい……」

窓枠もすべて白で統一されている。真っすぐ延びた廊下の先には出入り口のような、金で縁取られた美しいアーチが見える。

廊下の左手には、教会で見かける高く延びた細長い窓が均等に並んで続いていた。

その窓からは日差しが差し込み、真っ白い廊下はまぶしいくらいに明るい。

白く、清潔で、どこか神聖な静けさに包まれている。歩いていると仲睦まじげに帰っていく若い男女数組とすれ違った。

「今の季節は発情期も近いですから、結婚や婚約申請も多いのですよ」

ブティカの話によると、ここは儀式の申請をした者たちが出入りしているという。

「はぁ、そうなのですね……」

サラは貴族の娘というだけなのに、とても身分が高いはずの宰相に敬語で話されている状況に複雑な胸中だった。

カイルがサラを、見せつけるようにそばに引き寄せているせいだろう。

まるで皇帝の妃になる相手だと双方から感じられる状況で、サラは落ち着かないのだ。

「あの、……カイル」

「なんだ？」

「もう大丈夫です」

言われて初めて気づいたみたいに、彼がハタとして肩から手を離す。

まるでアーチのような、扉のない美しい出入り口を抜ける。

神殿の間に足を踏み入れた途端、天井が高い円形状の空間にサラは感嘆のため息をこぼした。

「すごい……」

高い天井のガラス窓から、外の日差しがきらきらと降り注いでいる。

それがあたるのは中央であり、そこには高い巨木が立っていた。

葉の色は青い。サラは、一目でその巨木が特別なものだとわかった。窓からの日差しが注ぐ巨木の光景は、とても神聖だ。

その細かな青い葉を見ていると、何百万本の薔薇《ばら》が咲き誇っているようにも感じた。

ちょうど儀式を済ませた者たちが出たばかりだったようで、そこには誰もいない。

その木の根を守るようにして、石畳が周囲を覆っている様子もよく見えた。巨木までは三段の段差があり、円状に囲んでいる。

「ささっ、お進みください」

待機の姿勢をとったギルクのそばから、同じく立ち止まったブティカが促す。

サラが戸惑っていると、カイルが手を取った。

「このまま進めばいい。場所は木の下だ」

「は、はい」

あの神聖すぎる巨木の、どこにどう立てばいいのかもわからなかったサラは、引いてくれる彼の手を今はありがたく思った。

彼は中央の大木へと向かい、サラは彼と共に石段を上る。

「これは……？」

上りきった足元の石畳には、不思議な紋様が描かれていた。

「伴侶同士で立つ場所だ。ここから獣人族がもっている魔力が流れ、木が〝契約魔法〟を発動する、と言われている」

獣人族が自分で魔力を使えないというのは本当らしい。

それよりも今は、これから獣人皇国の皇帝の婚約者という、とんでもない大胆な生き残り方をしようとしている自分に緊張が込み上げた。

カイルが両手を取って向き合わせてくれるが、サラは足元しか見られない。

（わ、私が、皇帝陛下の婚約者になる……）

家族に捨てられ、絶望し、人身売買の男たちにさらわれた。

だというのにそれから数時間後の今は、この獣人皇国のド真ん中の王城にて、その皇帝と向き合っているのだ。

なんとも目まぐるしい。でも、これも生きるためだ、

（ううんそもそも、皇帝の花嫁候補というのも〝ふり〟みたいなものなのだけれど）

サラがこの国で生きるには、契約魔法が必須。

そして二十七歳のカイルにもそれは必要で、臣下を安心させるために一時的に婚約者を取るという策だ。

もし、臣下たちが恐れる不安定な状態が始まろうとしているのだとしたら、サラの存在がそれを防止することに役立つ。

「あっ、でも大丈夫でしょうか」

ぱっと目線を上げたら、両手を取ったままのカイルが顔をかすかにしかめる。

「何がだ、ここへ来て嫌だと言うのでは――」

「ち、違いますっ。私は約束は守ります、そうではなく……」

「そうではなく？」

「その……カイルが言った『安定』って、伴侶候補が偽物でも大丈夫なんですか？」

向こうにいるブティカに聞こえないよう、顔を寄せてこそっと聞く。

承諾、つまるところ婚約者になることを認め合ったら〝契約紋〟はついてくれるみたいだが、きちんと効果はあるのか。

「私たち、普通の婚約者同士とは違っているじゃないですか」

「そうだな」

「本当に結婚もしないし」

「ああ、その通りだ」

「私が大丈夫になっても、カイルが平気じゃなかったら、嫌です」

ちゃんと話が伝わっているのか心配になって、サラはじれったい思いではっきりそう告げた。

「私はカイルが弱ってしまったら、嫌なんです」

「………俺が心配なのか？」

「あたり前です。伴侶がいないと獣人族は短命になるなんて聞かされたら、ここのみんなにとって、結婚って重要なことなんだってわかりましたし」

カイルが、どこかまぶしさをこらえるみたいに目を細めた。

「カイル……？　うきゃっ」

ぐしゃりと髪をかきまぜられた。

「ひ、ひどいですっ」

「俺はな、弱肉強食のこの世界で婚約者にして、お前を守ってやると言っているんだ。お前は人の心配をしている場合ではないんじゃないか？」

若干恨めしげに見上げたら、そこにあったのは捕食者を見つめる獣の笑みだった。

サラはちょっと気圧され、確かにその通りだと考える。すると彼が返事を待たずに先を続ける。

「それに婚約用の仮とはいえ、これもれっきとした契約魔法だ。効くから、安心しろ」

「あ、そうなんですね」

「臣下を安心させる。それが俺の最も必要としていることだ。約束を守ってくれたお前には、この国で生きられる国民としての権利を与える」

――そのための婚約。

サラは手を離していくカイルを見つめた。これはあくまで互いにメリットがある契約関係で、本当に結婚に進むわけではない。

（説明はわかるけど、でも髪をぐしゃぐしゃにする意味はあったのかしら……）

サラは恨めしげに軽く睨みつつ髪を両手で直す。

女性の髪をぐしゃぐしゃにするなんてあり得ない。髪が細くて絡まりやすいので、勘弁してほしいと思ってしまう。

カイルが「くくく」と笑いをこらえた吐息をもらした。

うん。これはやっぱり意地悪でされただけだとサラは思った。

（やっぱり意地悪なのかも）

皇帝相手とはいえちょっと睨んでしまうものの、カイルは余計に面白がっている感じだった。

「仲がよくていいことです」

ブティカがうんうんとうなずいている。

「これで婚姻の成立が早まれば、なおよし！」

そう意気込んだブティカを、ギルクが護衛騎士とは思えない『平和そうでいいですね』なんて言わんばかりに横目で眺めていた。

彼らを待たせていることを思い出したのか、カイルが早速始めようと言った。

サラは約束を果たすため、彼の婚約者になるための〝仮の魔法契約〟を行うことになった。

「我、婚約者を望む者」

カイルが左手側にある木に向かって、手を差し出し唱える。

すると木がうっすらと青い光を帯びた。

風もないのに葉がさらさらと揺れる音がし、間もなくカイルの手に向かって、上から細い枝がしゅるしゅると伸びてくる。

それは一つ、二つと輪っかを作った。

サラが驚いている間にも、枝でできた二つのブレスレットとなって彼の手のひらにころんっと落ちる。

「これを、左手に」

「は、はいっ」

枝はごつごつとしていて、手首が入るか不安だった。

だが、それは引っかかりもなく、すぽんっとサラの手首にはまってくれる。

彼は自分も手首にはめると、サラのその手を取って握った。右手を上げて言う。

「俺、カイル・フェルナンデ・ガドルフは、この者を婚約者とすることをここに誓う。サラ、お前はこの狼皇帝の婚約者となることを誓うか？」

「は、はいっ、誓います。カイルの、婚約者になります」

一気に緊張した。何をどう言えばいいのかわからなかったが、とにかく、承諾と聞こえるような誓いの言葉を口にする。

そんな二人を、ブティカは感動を噛みしめるみたいに見守っていた。

やはりそんな彼を見たギルクの目は、かなり冷めている。

「あっ」

次の瞬間、枝が強く光った。

左の手首に温かさを覚える。

何かが、そこにじんわりとしみ込んでくるのをサラは感じた。

それが収まると枝はふぅっと消えていく。

「……これが、契約魔法？」

白い手首には、直前まであった枝の代わりのように、まるで枝が巻きついたみたいな黒い文様が現れていた。

「そうだ。契約紋と言われている。婚約用の仮のもので、解除も可能だ」

言いながら袖を少し上げて見せてくれたカイルの左手首にも、同じ紋様がある。

自分のも出し、見比べて、サラはなんだか笑ってしまった。

「無事に契約魔法ができたな」

カイルがつられたみたいに、ちょっと目を穏やかにする。

「ふふ、お揃いですね」

彼の手がぴくっと揺れた。

会話が途切れた。サラは、ハッとして身を引く。

「あっ……も、申し訳ございませんでした。その、ただの……契約でしたね」

ブティカに聞こえないよう囁いた。

そのブティカはというと、先程から痛そうなくらい大きな音を立てて拍手していた。

「素晴らしい！　これで皇帝陛下の力のバランスも保たれて、我が皇国も安泰！　あとは成婚して早速子づくりしてくださると万々歳なのですが、まぁ今すぐはよしとしましょう！　婚約が成立しただけでも、大変安心いたしました！」

ブティカはがーっと話したかと思ったら、今度は本気で泣く。

ギルクが『仕方ない』という顔でハンカチを出し、ブティカの世話をする。それを見てサラの緊張もほぐれる。

「ふふ、ギルクさんとても嫌そうですね」

実家ではとんと笑えなかったのに、自然と笑みがこぼれた。

「嫌なんだろうな。ギルクは軍で一番に俺の部下になった男だが、黒狼の公爵家の者で、誰かの世話をするタイプではなかった」

「えっ、そうなのですか？」

「相手を選ぶ」

カイルが言い直した。

「しばらくの間だが、よろしく」

「あ、はい」

彼が手を差し出してきたので、意外と律儀なのかもしれないと思いながら、サラはその手を握り返した。

「衣食住は保証する。お前は、もっと食べた方がいい」

「……はい」

か弱そう、と言われた言葉がトラウマみたいにサラの頭によみがえった。

第三章　皇帝の婚約者、侍女生活を始めます

カイルの婚約者にはなったものの、あくまでここで暮らせるようになるための手段だ。

『――彼女を侍女として花嫁修業をさせる』

彼の言葉を『妃教育の前に花嫁修業をさせてあげたい』と都合よく変換して取ったらしいブティカは、翌日には早速サラを働けるよう手配してくれた。

（ごはんを食べさせてもらっている代わりにがんばらないとっ）

その夜サラは、勤め人用とは思えない専用食堂の食事に感動した。

翌朝になると、意気込み十分で獣人皇国の王城の侍女として仕事を始めた。

王城勤めの侍女にも専用の宿泊棟がある。

小さめだが、浴室つきの一人部屋を与えられる。

ベッドはふかふかで、新品のお仕着せと必要な衣類も揃えてもらえるのだ。そのうえおいしいごはんもちゃんと与えてくれるなんて、すごい。

侍女たちの七割は、かなり若い子たちだった。

どうやら花嫁修行で侍女として王城でしばらく働くのは常識のようだ。

若い侍女たちの年頃は十七歳から二十代前半で、その半分以上は左手首に契約紋と言われている黒い紋様がついている。初めは手首に紋様があることに慣れなかったサラも、侍女仕事を始めて間もなく気にならなくなった。

獣人はその性質上、早いうちから伴侶を見つける習慣があるみたいだ。

つまりは指輪の代わりみたいなものかと腕の紋様を見て思った。誰の契約紋なのか見わけはつかないので、サラも侍女として働けた。

「サラ、ほんとに私たちと同じ十八歳になる子なの？」

「ほらっ、がんばって！　これが終わったら私たちの班も休憩よ！」

「おいしいクッキーがあるわよ〜」

「クッキー！　がんばりますっ」

なんて贅沢な仕事なのかと、サラはここ数日感動を噛みしめているところだ。

集中力が続かない種族もいるから休憩も多く入っていた。その際には、なんと貴重な甘いおやつも支給されるのだ。

（もしかしたら天職かもしれないっ）

とにかく、慣れようと思った。体力をつけるのだ。

一緒に働いていると、獣人族とは体力が違いすぎることがわかった。

大きな王城で、バケツは一番小さいのを一個運ぶだけでもサラには大変だ。

子供でも平気なのにと女の子たちは不思議がったものである。

だがああして励ましてくれるのは、サラが『体力をつけたい』『慣れたい』とお願いしたから、少し前に入った侍女として彼女たちは応援してくれているのだ。

サラは人間だ。皆と違って、何かを持って長距離を移動するのも困難。

庶民として生きていくためにも鍛えるのは必須だと考え、サラはずっと走り回るのも不慣れながらひーひー言って必死についていく。

その奮闘っぷりに、警備にあたっている衛兵たちもちょっと引いていた。

「あぁ、髪がすごいことになってるよ。女の子なのにもう少し気を使っても……」

「元々ぶさいくなので大丈夫ですっ」

「え」

ぴゅーっと駆けていくサラを、彼らが呆気にとられたように目で追う。

『醜い』と、社交界デビューの時に皆から非難を受けたことが、サラをある意味ここまでたくましくさせた。

獣人に比べて体力面では劣っているが、サラにだって強みはある。

数日から数ヶ月先輩だけれど同期と呼ばれている侍女仲間よりも、侍女仕事の技術をもっていたことだ。

「すごいわサラっ、どうやったら窓をそんなにすぐ綺麗にできるの？」

「これにはコツがありまして――」

先輩侍女しか知らないようなことを教える。そして彼女たちは、ここでただ一人の人間族であるサラを見た。

体力をつけたいのだとサラがお願いして、一人で全部やらせてほしいと無理を言った。そのせいで少し時間が押しても、サラの担当箇所が終わるまで応援しながら待ってくれた。

「ふふっ、今回の新人たちはよろしい感じですわね」

侍女長もとても満足そうだった。

体力はないけれど、技術と、役に立ちたいという思いでは負けていない。

厨房の荷物の整理と掃除の補助に入った時も、コックたちがよくできているよとサラを褒めた。

「サラちゃんは、できる子なんだなぁ」

がんばりを認めてもらえるのも、――うれしい。

そうするとサラは、もっとがんばりたくなってしまうのだ。

とはいえ、他の侍女から少し浮いてしまっているのではと心配になっていることもあった。

まず、宰相であるブティカも、しょっちゅう声をかけてくるのだ。

「サラさん、花嫁しゅ――仕事はどうかね？」

皇帝の婚約者であることをちゃんと黙っているよといい笑顔で伝えてくるのだが、まずそのうれしそうな感じが全然隠せていないのだ。毎日、頻繁に調子を尋ねられると、気にかけているのは周りもよくわかる。

食事も管理されているみたいだった。

くたくたになって夜あまり食べられずに寝てしまったら、正午よりも早い時間に呼び出されてびっくりした。

「ささっ、しっかり食べなくてはね！」

「……はい」

美しいサロンの一角で、ブティカの専属コックに料理を振る舞われて、大変いづらい思いをした。

よくしてくれていることだし、こんなにおいしい料理を実家では滅多に食べられたことはなくて、サラはやっぱり「おいしい……」と噛みしめて食べてしまうのだった。

カイルが『もっと食べた方がいい』と言ったことが、指示されていたりするのだろうか。

彼とも王城の敷地内でよく会った。それにより、護衛騎士であるはずのギルクとも会う。

「陛下からです」

「えっ」

夕食後、食堂のあと片づけが終わって、自室に引き上げようとしたら、ギルクにサンドイッチを持たされたこともあった。

「しっかり食べないと体力はつきませんよ」

周りに人もいるのに、わざわざ『陛下』と言わないでほしかった。

そのせいで皇帝とも知り合いらしいと認知され、宰相がじきじきに侍女長に預けているみたいだという噂も強まった。

おかげで勤務時間外に深くつき合う友人はできないでいる。

サラは人間族というだけでなく、カイルとの関係性についても密かな注目を浴びてしまった。

けれどどういう関係であるのかと質問する人はいない。相手の身分が高いこともあるのだろう。

それから、契約紋についても尋ねられないのは助かっている。

でも仲よくなった侍女仲間が実際どう思っているのかは気になった。

そこで、食堂で一緒に食事休憩をしている時に思いきって尋ねてみたら、相手が獣人貴族でも驚かないからと意外な言葉が返ってきた。

「だってサラって、すごく品があるもの」

「そうそう、庶民とはちょっと空気が違うみたいにも感じるわ」

「そ、そんなことは……」

「獣人貴族が見初めて連れてきたんじゃないかって、みんな話してるの」

だからどんなお相手なのか聞いても驚かない、という感じで突っ込まないでいてくれるらしい。

「侍女の三割はね、いいところの娘よ」

「そうなんですか？」

「家庭に入る前に、色々と技術を身につけたいとここにいるの。あとはいい伴侶に巡り合うために先に花嫁修業、兼相手探しね」

そこは人間の国と似たような感じのようだ。

ただのサラとして生きると決めていたのに、ここへ来て貴族の話をしていることに、ちょっと複雑な心境にはなった。

（婚約者なのは秘密にするって言っていたのに、どうして？）

そもそも噂になって男性たちに少なからず距離を置かれ、気軽に話しかけていいのかどうか悩ませているのはカイルのせいでもあると思う。

てっきり、サラは放置されるんだと思っていた。

カイルは皇帝で、サラは契約を受け入れただけの人間だ。

（というか……怖いのは嘘なんじゃないかしら？）

恐ろしいというより、カイルは意地悪だ。

侍女として仕事を始めて二週間、サラはそんなことを思い始めている。

周りが甘い憶測をして騒いだりしているが、カイルはただただ茶化している感じだ。おかげでサラも話すのには慣れてきた。

（でも王様がふらふらと歩いているのも変なのよねぇ……）

相手は命の恩人のようなものであるし、そこについては突っ込んで尋ねられない。声をかけるなと言うつもりだってない。

むしろ、サラはカイルが『様子を見てくれているのかな……？』と思った。

自分がどれだけ目立つ存在なのかも気にせず、カイルが話しかけているのかもしれないと推測したら、かえって口元がにやけそうになってしまう。

そんなふうに心配されるのも初めてだから。

彼は面白いことがあれば置いてやろうと、出会った時に言っていた。

つまり様子見半分、面白がっているの半分で関わっているのかもしれない。

（うん、そうかも）

サラは洗った雑巾をバケツに入れつつ、うんと納得する。

「また面白いことでも考えている顔だな」

「きゃあっ!?」

ひょいと横から覗き込まれた拍子に、男性の低い声が耳たぶに響いてびっくりした。

振り返ると、そこにいたのはカイルだ。

「目がこぼれ落ちそうだぞ」

「カ、カイルが驚かせるから……っ」

頬が赤くなってしまっていることを自覚して恥ずかしくなったら、目が潤んだ拍子に、彼の獣の瞳がもっと愉快そうに細められた。

(やっぱり、意地悪)

たぶん楽しんでいるんだろう。

いつもこうだ。サラがぷんぷん怒るのも、彼は楽しんでいる。

「顔色もよくなったみたいだな。ずいぶんましになった」

「ふぇっ」

軽く睨んで数秒、カイルの伸ばされた手が、サラの一つにまとめた髪からこぼれ落ちている髪を横によけた。

その際に彼の指が頬にかすり、そこがじんっと熱をもったみたいな感覚がした。

(いつも距離が近くて困るわ……)

サラはどきどきしてきた。彼の指は続いて髪の下をくぐると、頬をさすさすと撫でてきたのだ。

「……あ、あの、カイル?」

「ん? なんだ」

「なんだ、ではなくて……」

たじろぎつつ見つめていたら、カイルが不思議そうに問い返す。

(血色でも、確認している……とか?)

わざわざ驚かせるみたいに出てくるものの、彼はサラの体調を心配してやって来たのだと感じさせることも口にした。

だから、結局のところサラも悪く言えなくなってしまうのだ。

サラは遠くから臣下と歩いているカイルを見かけた時、孤高の狼という感じに思えた。

彼が恐れられているのは、王城で過ごしてわかった。

彼がサラを気にかけていることを露骨に出すようになったら、これまで必要以上に親切に声をかけてくれた青年たちも怖がってそうしなくなった。

怖いけれど気にかけてきて、必要以上にかまう感じ……と考え、サラはこれまでの推測がほぼ形になるのを感じた。

「……ねぇカイル」

「どうした？」

「もしかして私って、保護した小動物みたいな感じなの？」

カイルが目を丸くした。

その瞬間、そばから「どわっはははは」と野太い笑い声が起こって、サラはびっくりした。

そこにいたのは、腹を抱えているガートだった。その後ろには彼の部下らしき甲冑仕込みの軍服を着た男たちが立っていた。

「何がおかしい？」

カイルが凄《すご》んでも、ガートには効果がない。彼は視線を受け止めても平然と笑いながら、やって来た。

「いえ、いえ。皇帝陛下も変だとはお気づきになられていないのですよね？」

「はぁ？」

「それなら、私が申し上げるところではないかと」

ガートが護衛らしく胸に片手をあて、外向けの態度でにっこりと笑ってそう言った。

その視線の先を見たカイルが、ハタとした感じで手を離す。サラは頬から離れていった彼の温もりを、つい目で追いかけた。

「まぁ何はともあれ、婚約者様と仲がよろしいのは、いいことです」

そう言われると、サラは嘘をついているのが申し訳ない気持ちに駆られた。

この婚約が表面上のものだと知っているのはギルクだけだ。

必要があったらカイルの婚約者として役に立たなければならないので、絶対に隠す必要があるわけではないらしい。カイルから知らされている者たちも、外で普通に話している。

だから余計に、サラへのカイルの態度が『おかしい』とは思わない。

サラはあくまで契約の婚約者。はたから見てもわかるカイルの溺愛についての理由は、やはり拾った小動物枠か。

(でもそれは困るわ、対応にすごく困る……)

サラは立派な十七歳だ。小動物ではなく、人間のレディだと念頭に置いてほしい。

それから、侍女なのに人目もはばからず何度も皇帝に声をかけられるという状況も、いただけないだろう。

「それで皇帝陛下、彼女は『小動物』なのですかな？」

ガートがにやにやして聞いた。後ろで彼の部下たちが、ややハラハラした表情を浮かべている。

「違う。サラは小動物ではない」

「ですよね、私は人間です」

サラは、うんうんとうなずいてその意見を推す。

「そうではなくて、サラは……」

違うと否定されて驚く。

カイルは難しい皺を眉間に作って何やら考え込んだ。弱い人間だし、やっぱり見ていて放置という
ことができないんだとサラはショックを受けた。

彼に声をかけさせているのは、自分が原因なのか。

「やっぱり保護対象者なんですねっ。私、ここでちゃんと生きていけるように体力をつけますっ」

「は？」

「せっかくいただいたチャンスを、しっかり生かしてみせますからっ」

意気込んだサラを見て、ガートたちも揃ってぽかんと口を開けていた。

「獣人皇国の立派な侍女になってみせます！　見ていてくださいっ、足もつらくなくなったし、今度
は連続で走り回るくらいこなせるようになりますから！」

サラは最後の方を言いながらバケツを持ち、次の仕事へと向かった。

（しっかりしないとっ）

やはり彼にとって、自分は保護した小動物みたいなものだったのだ。

自分がちゃんとすれば、彼も様子を見にくる回数を減らすだろう。

サラだってそろそろ十八歳だ。あんな距離感で来られたらどきどきするけれど、子供みたいなスキ
ンシップの距離感で来られても困る。

（今年で十八歳だと誰にも信じてもらえないし、たくさん食べて、体力もつけて、大人の身体だって

手に入れてみせますっ）

経緯はともかく、家からは出た。

サラは一人で生きていかなければならない。彼女はたくさんのことを思いながら無我夢中で走り込みをしたのだった。

◇◇◇

その後ろ姿はのろのろとしていて頼りない。カイルは、ぷんぷんして向こうへ行くサラの後ろ姿を訝《いぶか》しげに眺めていた。

（小動物……保護対象？）

時々、サラはカイルの斜め上の反応をしてきた。

大人びているのに、たびたび妙に子供みたいな反応を示すのは、どうやら育った環境のひどさのせいらしいとは察した。

連れて帰った日に、侍女服を揃える様子をカイルも一緒になって眺めていたのだが、サラはいちいち幼い感じの反応をした。

『な、なんていい布……！』

布……？とは、ブティカや見ていた誰もが思い浮かべた顔をしていた。侍女長も珍しく『デザインではなく……』と声に出していた。

サラの泊まる部屋に用意されたのは、一般的に侍女たちが支給される一式だ。

しかし、サラは部屋をじっくり見回すと、その服をゆっくりと大切そうに抱きしめた。

『……ありがとう』

とても、うれしそうにかき抱いていた。

それを見た時、カイルは、なんだかとても不思議な気持ちがじわじわと身体の奥から込み上げるのを感じた。

「皇帝陛下に言い返す相手も珍しいですな」

ガートが茶化すみたいに耳打ちしてきて、ハタと我に返る。

あの時感じたものの正体はよくわからないが、離れたあともサラのことを考えるきっかけになっていた。

サラの反応は、確かに面白い。

許すと空気で伝わるようにして接し続けていたら、徐々に慣れてくれて、言い返すようにもなった。

「ふっ——彼女もずいぶん感情を表に出すようになったな」

「さようでございますな」

ガートは珍しくすんなりと応じる。

本人はとても速く走っているつもりなのだろうが、ぱたぱたとゆっくり去っていく後ろ姿も、なんだか一生懸命で、見ていて飽きない。

「相変わらず——面白いことを言う娘だ」

初め、反応が面白いと思っていた。

カイルは皇族の中で最も恐れられていた。代々続く狼皇族の中でも先祖返りに近く、隠しきれない闘気を獣人族たちは察して、恐れた。

カイル自身も、獰猛な獣の部分があることは承知していた。

それに比べて兄は対照的だった。優しく、拳を振るうのも躊躇《ちゅうちょ》した。派手な兄弟喧嘩《げんか》だってした覚えはない。

そのため父は、カイルによく兄を支えてくれと言った。

カイルは兄ができないことを率先してできるよう、強く生まれたのだと思えるようになり、自分がもつ荒っぽさも誇らしくなった。

肉食獣種も多くいるこの国で、統治するためには彼らを屈服させる恐ろしさも時には必要だ。

けれど――サラは違った。

カイルの目を真っすぐ見て、彼に助けを求めるような目をした。

そして言葉でも、助けてくれるのかと聞いた。

思い返せば、絶望も怯えも、家族と国のことなのかと推測はできた。それを思うとなんだか胸がむかむかとしてくるのだが、いまだ〝答え〟はわからないままだ。

獣人皇国で生きていくために努力するサラを見ていたら、徐々に薄れてもいったから。

「皇帝陛下は、サラ様をかまいたくてたまらないのですな」

ガートが調子のいいことを言ってきた。

かまう、と聞いて否定できない自分がいた。

(他の者がサラをかまうのは、……確かに、不快ではある)

カイルは「どうなんだろうな」とはぐらかしながら、肩に引っかけたコートを揺らして歩む。外出に同行する護衛兼部下のガートたちが続く。

（……ああ、それでサラは保護対象だと？）

かまうという表現もある意味あたってはいる。

サラを目にかけているのは自覚していた。遠慮するのをやめて城内で声をかけるのを始めてみたら、やめられなくなってしまったのだ。

（俺も、反応が面白いとからかうのにハマッているのか）

そんな子供じみたことを、と思うものの、今のところサラの反応を見るのはカイルの趣味みたいになっていた。

皇帝である自分に言い返す相手というのは、昔から知っている周りのごく一部の強い獣人族くらいなもので、サラのような存在は初めてだった。

獣人皇国のことをあまりよくは知らないから、安心して接せられる感じでもある。

だから、――なのだろうか。

王城に『誰かの婚約者の人間族』が侍女として入っていると早々に噂になった。サラは王城で過ごすようになってから顔色も日に日によくなってきて、三日目に視察から戻った補佐官が、カイルの執務室に飛び込んできてこんなことを言った。

『あの〝毛並み〟がものすごくいい娘は誰の候補です⁉　まだ候補なら、俺、アピールしようかなと思っているんですけど。猫っ毛みたいなところも、猫種の俺と相性いいと思うし――』

『あ？』

カイルは一言で黙らせていた。

そして彼は〝放置する一方で気遣う〟のをやめ、サラを自分でかまうことにした。

カイルも契約紋をもったばかりだ。

妙な憶測をされてもサラが困ったことになるかもしれないと考え、彼女が侍女を始めてからは人目に触れるような接触は控えようかと考えていた。

だが、すでに婚約者がいるにもかかわらず『だめになった時の候補』として、オスどもがサラに立候補しようとする姿が、とにかく気に食わなく感じた。

(小動物ではないのに見ていて飽きないという感じで愛らしさがある……。かといって彼女のイメージは、やはり妖精だ)

カイルは歩きながら考える。

初めサラは戸惑いだけだったのに、今は恥じらったりもする。

そのたびカイルは、サラが擁護されるべき子供ではないのだと実感していた。きちんとしたレディである、と。

(いや、そもそも――この指で無意識のうちにサラに触れていたのには驚いた)

いつの間に触ったのか、カイルにも覚えがない。

頬を染めると女性としての色香も強まる。なんだ意外とその姿も愛らしいではないかと、やたらい い反応を見せてくれているなと思っていたら、どうやらサラは、カイルの指を意識していたらしい。

「………」

その表情を思い返して、彼は深く考える。ガートが気づいて声をかけた。

「どうされました、皇帝陛下?」

「――面白くて、本気で欲しくなってしまうかもしれないな、と」

事情を知らないガートが笑った。

なんだかふと、狼の本能にそんな予感を覚えた。

「のろけですかな？　ははは、何をおっしゃっているのです、陛下の婚約者でしょうに」

カイルが彼女に提示したのは〝契約〟だ。

男女の色事は何一つ含まれていない。少女相手に、と思って、カイルも『手を出さない』と自信たっぷりに約束していた。

だが、栄養もとり、睡眠もとり、日に日に健康的になっていくと、初めに感じていた無垢《むく》で素直な感じもよく見えるようになった。

そうすると、もっとかまいたくなる衝動が込み上げる。

カイルはサラが、自分が近く接すると彼女が恥ずかしがっているのもわかっていた。

その表情も、やたら見たくなることもあるというか――。

(手を出すのは、ご法度)

改めて自分に確認させるように、頭の中で言った。

そもそもカイルは興味がなくて、嫁を選ばずにきたのだ。

伴侶などわずらわしいという彼の感想を聞くたび、周りの者たちは、獣人族の性質に反していると大袈裟に嘆いたものだ。

「それで、東地区の《癒やしの湖》の件はどうなった」

彼は無理やり思考を切り替える。

「調査隊を向かわせましたが、変化はなしです」

「町をつくらないよう保護していたが……それでもだめだったか」

「ええ、状況は深刻です」

ガートも雰囲気を曇らせた。

「東地区の中でも、二十年前に水量国内第二位と言われていたガナンドの《癒やしの湖》とその周辺にある湖は、ここ二十年で比較しますと、半数の湖が干上がりつつあると調査結果が上がっています」

後ろから続く騎士たちも不安を滲ませたのを、カイルは感じた。

「自然蒸発、枯渇だとすると我々の手には負えません――奇跡でも起きない限りは」

そうだな、という言葉をカイルはのみ込んだ。

《癒やしの湖》は昔からこの地にあるものだ。その清らかな水は怪我を治し、熱を下げ、病を軽くしてくれる。

獣人族とここに生きる動物たちは、それとずっと共に生きてきた。

「ギルクが実家のモズドワルド領のことを調査してくれている。我々は、ガナンドの方へ急ごう」

「我々獣人族にでも効く薬を発明できればいいんですがねぇ」

「契約魔法にしか使えない〝魔力〟が邪魔しているんだろう。専門家たちも頭を抱えている。魔力のある薬草で、どうにか薬を作り出すしかあるまい」

歩いていくカイルたちを、城の者たちが願うような気持ちで見送っていた。

◇◇◇

侍女の仕事開始は、朝の八時だ。

侍女長に仕事を振り分けられ、まずはその日の午前中の指示を受ける。

一日の仕事は大きく三回に区切られていた。そのたびに集まって指示をきちんと受けられるのも、サラには親切に思えた。予定に変更があっても、慌てず人員を割ける。

「――というわけですので、サラはドロレオの管理舎の手伝いにお行きなさいね」

サラは固まった。

（どれがどうしたら、『そういうわけで』になるのかしら……）

考え事をしている間に、何か一つ大きな話題でも聞き逃してしまっただろうか。

ドロレオは、例の移動用の戦闘獣だ。背中はゴリラのように丸くて、顔は熊というよりとてつもなく怖い〝何か〟だ。

獣人という不思議な婚姻習慣をもつこの土地ならではの生き物、最も特徴的な異形動物の一つだろう。

走ると速いし、地形を問わずに移動が可能。

この皇国では一般的によく使われている移動手段だ。

花嫁見習いが入る一般の侍女仕事では、皇帝の身の回りの世話以外すべての持ち場が回ってくるとは言われていたが、とうとう……とサラは思う。

「……わ、私にできるでしょうか」

「あら、大丈夫よ、おとなしい気質だもの。馬より怖くないわよ」

獣人族にとっては、と心の中でサラは彼女の台詞につけ足してしまう。

ドロレオは獣人族にとって〝肉食の害獣〟に指定されている動物を、いとも簡単に食べるという。

駆逐用として、時々国境の例の森あたりも、休憩で立ち寄らせるのだという話を騎士に聞いた時は、おののいた。

(犬ではないのに……)

いや、犬は害獣を追い払うが、ドロレオは口元をぺろり平らげて大満足で森から出てくるのか……。

そんなことをサラがふるふるとして思い浮かべているのを、みんなが眺めていた。

「この子、なんだかとてもわかりやすいわねぇ」

「人間族ってみんなそうなのかしら？　私たちより表情が豊かな感じ」

「平気よサラ、他の動物たちは大丈夫だったじゃない」

隣の一人に肩を抱かれて、サラは「確かに……」とも思う。

一回り大きいムキムキの〝馬〟は気性が荒かったが、「ふんっ」と言われただけで、ごはんを素直に食べてくれた。

(手からしか食べないのは、かわいかったな……)

この土地の〝馬〟は、そういうものらしい。

婚約者である〝仮の契約魔法〟をもっているので、サラは食料対象から外れている。

「ドロレオの管理舎といっても、ちょっとした手伝いだけよ。侍女ができる範囲だけ、ね？」

彼女たちの言う手伝いレベルは、時々女性にしてはパワーがいるものもある。

とはいえ仕事を振り分けてくれる侍女長は、サラが『人間族』であることを考えて、彼女にできる仕事しか振らない。

「私、がんばりますっ」

期待されるのもこの国に来てから初めてだった。サラは侍女長に前向きに意気込む。

一通りできるようになって立派な侍女になってみせよう。

（そうしたら、どこで働いてもカイルだって安心できるはず）

嫁入りだと、子育てのために退職するのがほとんどだそうだ。でも希望すれば続けられるし、別の仕事を斡旋もしてくれるらしい。

すると、同期の同僚たちがサラを抱きしめた。

「ほんといい子ねーっ」

「同い年なのに妹みたいだわ！　サラはできる子だもの、やれるわ」

「終わったら話を聞かせてね」

サラは感動がぶわりと込み上げた。

「……うぅ、私っ、ここに永久就職できるようがんばる……！」

何よりありがたいのは、ここが良き同僚たちに囲まれた職場だということだ。

同じ年頃の女の子たちに優しくされたのも、こんなにフレンドリーに接してもらったのも、サラは初めての経験だった。

「え、サラって嫁ぐんじゃないの？」

「あらあら、初めてで感動しているのねぇ」

見ていた侍女たちも事情を察して、目尻にちょびっと涙を浮かべていた。

祖国にいた頃は、こんな〝普通〟がサラにはなかった。

同僚たちに励まされて見送られ、王城敷地内にある東の建物へと向かった。

そこにドロレオの管理舎はあるらしい。ここ二週間しっかり仕事をこなしていたサラは、方角や道順はほぼ覚えてきていた。

「おーっ〝人間族のサラ〟！　よく来たな！」

建物まであと数十メートルという距離で、ぶんぶん手を振って合図してきたのは見知らぬ軍人だった。

齢は四十代くらいだろうか。ガートと同じく彼もまたムキムキで、大きくて――もふっとした丸くて大きな尻尾がついている。

サラは呆気にとられた。つい、凝視する。

「おーい？　正面に来ても目が合わない子は、初めてだなぁ」

「あの、それ……狸の尻尾……？」

「そうそう、よくわかったな」

「えと、なんで出てるの？」

「隠すのが下手《へた》なんだ。作法がなっていない、とも言える」

うん、と彼はあっさりと認めた。

ムキムキのおじさん、なのだけれど、尻尾のせいで全部許せてしまえそうだ。

と考えたところでサラは小首をかしげた。

「……えっと、どちら様？」

「ドロレオ騎獣隊のドルーパ・ゾイだ。将軍をしてる」

「あっ、はじめまして、侍女のサラです」

サラは彼が差し出してきた大きな手を、慌てて両手で握り返した。

「失礼いたしました。尻尾が出っぱなしの軍人さんは初めてで」

「尻尾をしまうのが苦手な奴らもいる。作法とか言ってられない、過ごしやすさが一番、ってね。でも邪魔な時は邪魔だから、悩みどころ」

腕を組んで平然とそう言ってしまう偉い立場の人も初めてだ。サラは、つい噴き出してしまった。

「よしよし、緊張もほぐれたな。仕事は楽しくするのが一番いい。こっちにおいで」

ドルーパに案内されて歩く。

王城内のドロレオの管理は、彼ら騎獣隊の管轄だという。

ついていくと大きな建物に入った。この規模がすべてドロレオには必要なのだそうだ。

「大きい、ですものねぇ……」

中には軍人だけでなく、業者らしき男たちも荷物を持って行き交っていた。

数人がかりでドロレオを採寸したり、新しい首輪と手綱を試したりしている者たちもいる。

「何かとちぎれるので、新調が多いんだ」

「そ、そうなんですね」

じっと見ているとドルーパが教えてくれた。

なんとなく推測はできる。一度カイルの前に乗せてもらったことがあるが、とにかく振動もすさまじかった。

　建物の中には、女性も多くいた。

　軍人たちを手伝ってブラッシングをしたり、レモングラスみたいな色合いの草を抱えて、ドロレオが待機するところに敷いたりしている。

「ドロレオは知能が高いんだ。綺麗好きで、世話されるのを好むらしく、進んで雇われようとする」

「え？　雇われにくるんですか？」

「そうだよ。彼らは俺たちのことが好きなんだ。役に立ちたいと思っている。そして我々は、良き環境を提供するわけだ」

　それでブラッシングなんかも……とサラは理解した。

　鞍はつけられないが、首輪と手綱もドロレオ好みのものを作る専用の職人が各地にいるのだという。

「住処に何頭いるのかわからないが、朝になったらいつも同じ数のドロレオが住処からやって来る」

「す、すごいっ。出勤制なんですね」

　それは面白い生態だ。

「必要があって呼ぶと、一目散に駆けつけてくれる良き友さ」

　それもあって、獣人族には最もなじみ深い動物であるようだ。

　戦闘に特化しているとはいうが、ドルーパに説明を受けながら近づいてみると、確かにドロレオはおとなしかった。

　待機場所の前の大きな通路に出て世話をされているドロレオは、熊ともゴリラともつかないのに、腰を下ろして犬みたいにお座りしていた。

髪色も気にしないでいてくれるこの国は、サラにとって恐ろしいどころか初めて覚えた安寧の地だ。

（ゾイ将軍様が良き友というのなら、平気かも）

暴れ馬にしか見えない軍馬も、知ってみると人の手で食べさせてやらないと拗《す》ねる、かわいい生き物だった。

「サラはドロレオを見ることさえ慣れていないから、色々と教えてくれと侍女長に頼まれた。うちとしても、人手があるだけありがたいからな――まずはブラッシングを手伝ってくれると助かる」

「はいっ」

ドルーパに「こっちだ」と呼ばれ、癒やし系の大きな狸の尻尾の動きに誘われるみたいに、サラは早歩きでついていった。

彼の部下たち、そして爪磨き師の女性二人が担当しているドロレオの世話に加わることになった。

右側にはすでに二人いたので、サラはドロレオの左側を担当した。

ドロレオの左側面にかけられた二本のはしごのうち、一つに登って、とても硬い白い毛で作られたブラシで、ドロレオのくるくるとした白くて硬い毛をブラッシングする。

「相変わらず不思議な毛並み……」

ドルーパに握ってみるといいと言われ、そうしてみると羊毛をさらに圧縮したような弾力感があった。通常の矢も通さない頑丈な皮膚がこの下に隠れていると聞いて、サラは敵だったら恐ろしいなと想像した。

今は、カイルに婚約者にされて契約魔法をもっているから、仲間と認識されているのだ。

だからこうして平気で触れもする。

（この左手の紋様が、その証……）

婚約か、婚姻が、唯一この土地で暮らせる手段。

カイルが偽りとはいえ婚約までして約束を守ってくれたのには、感謝だ。

（彼は結婚したくないと言っていたけど）

皇帝だからいずれきちんとした妃を迎えるだろう。

その時には、サラに別の結婚相手を紹介してくれる感じなのだろうか。

（この国に住む目的で結婚するのも失礼よね……ずっとここにはいたいけど、うーん……結婚、結婚かあ……）

出ていく必要はないと断言していたが、そのへんはどうなのだろう。

つい、ドロレオの不思議な手触りを感じながらサラは考え込む。

ドロレオが盛り上がった肩越しにじーっと見つめていることにも気づいていない様子を見て、周りが「ぷっ」と噴き出した。

「あっははは、その『不思議な毛並み』のことでも考えているのか？　真面目だなぁ」

「え、あっ、そ、そうですね」

ハタと我に返って、取りつくろう。

「サラに教えていると、子供を相手にしているような微笑ましさがあるなぁ」

「そ、それはすみません」

「いやいや褒め言葉さ。なぁ、お前たち」

ドルーパが下に声を投げると、部下たちが「はいっ」と声を揃えた。

「興味のあることがあれば、どんどん聞くといい」

「じゃあ……たとえばゾイ将軍の尻尾のこと、同じ獣人族の皆様はどう思っているのか、とか？」

「お、厳しいね。でもそういうのもどんどん聞いていいと思う」

サラは彼の明るさに気もほぐれた。

彼が「どうぞ」という感じで手を向け、サラの視線が移動する。すると爪磨き師の女性二人がすぐに言う。

「あり得ないわね。雑すぎるわ」

「それなのに四回目の再婚ができたのも不思議、ムキムキ狸だし」

「きっと口がうまいのね。サラさんも気をつけて」

サラは、ドルーパがうんうんと笑顔でうなずいたのち、そっと顔を片手で覆った姿を気にした。

「えぇと……あっ、そうだ、爪！　爪は黒くて大きいんですね」

慌てて話を変えることにした。

「身体が白いから意外だった？」

「は、はい。それでいて皆様磨いてらっしゃるのも、不思議で」

「ふふ、先が少し丸いから彼らには不便なのよ。放っておくとガサガサになるし、そこで私たちがつるつるに磨き上げて、そして少しだけ尖《とが》らせるのを手伝ってあげるの」

「へぇ、すごいっ！」

「ちなみにドロレオのモテ要素は、顔の丸さと爪だそうですよ」

同じくブラッシング作業をしている部下たちが、「へへっ」と得意げにサラに補足して教えてきた。

そういう感じで和気あいあいとし、作業はいい雰囲気のまま終わった。

何もかも初めてのサラの反応を、気づけばみんなが温かく見守っていた。

「サラ、ドロレオには慣れたか？」

「はいっ。撫でたらごろごろ言うのも意外でした」

「ここは大型の動物の管理施設でもある。他にも色々な種類が見られる。まだまだ教え足りないこともあったし、近いうちにまた来てくれ」

「大きな動物たちが出入りしている……？」

「相談しにくるんだ。時々な」

王城のメインの建物の方へとサラを連れながら、ドルーパが言った。

ドロレオが入れる大きな出入り口を設けているので、他の大型動物を連れた訪問者も、この東側から訪ねてくるという。

「困った時は互いに助け合う。それが、我々だ」

強い獣人が各領地を見ている。何かあればそこを訪ねるのが、この国ではあたり前のことだとか。

この都市だと、皇帝がいる王城が最も頼れる駆け込み所になっている。

その生活の在り方にも、サラにはとても感銘を受けた。

彼らにとって〝貴族〟は、群れをまとめるリーダーみたいなものなのか。

「今日は試しに寄こしてもらえたんだと思います。だから私っ、侍女長様にお仕事を覚えたいからもっと手伝わせてくださいと伝えてみますっ」

「おおそうか！　俺の部下たちもきっと喜ぶよ。サラの笑顔を見ていると、心が温まる」

ドルーパは最後に「ハグしよう」と言って、手を広げてきた。

それはどうなんだろうと、サラは淑女であることを考える。

なんて人懐こいのだろうかと驚かされた。彼の後ろから狸のとても大きな尻尾が覗いているのだが、上機嫌にぴんっと立っている。

たぶん性別も年齢も関係なく、ドルーパは誰に対してもそうなのだろう。

もふもふとした狸の尻尾を見つつ、サラは大きな男性である彼におそるおそる腕を回した。

「はい、また来ますね」

するとドルーパが「わはは」と笑って、ぎゅぅっと力を込めて抱擁してきて、サラは悲鳴を上げた。

「ハグとは遠慮するものではないぞ」

「ご、ごめんなさい」

「いいさ。慣れてないんだな」

陽気な声が、一瞬にして穏やかで深いものに変わってハッとする。

「家族のことは聞いている。ここで、そういう〝家族がすること〟だって、慣れていけばいいんだ。――ようこそ獣人皇国へ」

ドルーパは、離れた際に「にしし」と笑ってそう言った。サラも気がほぐれて「ありがとうございます」と答えながら笑い返していたのだった。

サラはその日、仕事の報告と共に侍女長へ早速要望を伝えた。

侍女長は、それをとてもうれしそうに聞いていた。

「サラさんからそんなことを言われるのは意外ですね。ええ、よいでしょう。明日も組み込みますね」

ドロレオは貴族の屋敷にも必ずいる動物だ。嫁ぐと夫のために妻がその世話をし、いつでも動かせるよう用意したりする。

その世話についても習得するため、花嫁修行に入っている侍女たちには必須の手伝い場所でもあるのだと侍女長は語った。

サラにとっては、この皇国の〝大型動物〟を知るには最適な場所でもある。

侍女仲間たちも同じように賛成してくれた。

「明日も行くんですってね」

「うん」

専用食堂で、皆と一緒に食事をしながら話す。

「荷物の配達だと、ウゾーラを使ったりもするし、タイミングが合えば見られるわよ」

「ウゾーラ……？」

「ドロレオと同じくらい大きなカタツムリ」

「それは……すごいわ」

「ねっ、見てみたいでしょ」

かなり衝撃的な見た目をしている巨大生物なのは想像できるが、怖いけれど確かに……見てみたい気もする。

「うん、見たくなってきたかも」

「やった！　見たら感想を聞かせてね」

「この国の生き物って全部ものすごく大きいんですねぇ。……ところで気になっていたんですけど、どうして目が輝いているの？」

サラはウゾーラの話題でテンションを上げた同僚を見た。

「あー、この子はトカゲ科で、捕食対象だから」

「えっ、あ——あぁそうか！」

びっくりしたサラの声で、食堂内がまた笑い声に包まれた。

獣人族の種族違いという感覚は、まだサラは慣れそうもない。彼らは獣耳など隠していても、感覚的にどの動物なのかわかるみたいだ。

「気になるといえば、今日皇帝陛下とはお会いしたの？」

みんな、彼がサラと知り合いらしいことはもう知っていた。

「そういえば……見てないです」

王城のメインの建物から何度か離れていたので、すれ違ったのだろうか。

「やっぱりかぁ。そろそろ視察に出られると思っていたのよね、じゃあ外出されているから見かけなかったのね」

「前皇帝の右腕のガート将軍様たちも一緒に出かけられたか、誰かに聞いてみたいわね」

「そうね、彼がいないのなら広範囲の視察よね」

姉たちと同じで、女の子たちはお喋《しゃべ》りが好きみたいだ。

サラは食事をしながらその様子を感心して眺めていた。

「でも、ガート将軍様たちをお連れになったのなら、大事な現場を見にいかれたのかも」

彼女たちは何かしら頭に浮かんだみたいで顔を見合わせた。

「深刻化してきてるものねぇ」

「すでに深刻だけど民衆の不安を煽らないために、とか――」

彼女たちはひそひそと不安そうに話す。

（何か……抱えている問題があるのかしら）

サラはこの国のことはあまり知らない。最強の獣人皇国が、何か困ったことになっているとは想像できなかった。

恐ろしい皇帝と言われているが、カイルが皇帝になって安泰だと、王城で生活しているとそんな話ばかり聞いていた。

カイルは即位するまで、国の軍力を見ていた軍人王弟だったという。

自ら争いが起こっている場に飛び込み、解決してしまう力をもっている。

それゆえ戦闘種族と言われている獣人族たちは、これまでの皇帝の中でも、カイルには絶大な忠誠を誓っている――とか。

カイルの兄が死去してから七年、カイルを恐れ国内も秩序が保たれていると聞いた。

（とすると政治以外、だとは思うんだけど……）

サラが考え込んだら、気づいた同僚たちがハタとして明るい話題に変えた。

「でも残念だわ。最近の狼皇帝は、目の保養なのに」

「ねー。怖いお方だけど、すごく美しい人なのは確かだし」

「え？　目、目の保養？」

「サラがそばにいると、じっくり眺めさせてくれるからいいのよ」

「どうして私？」

　すると、みんなが「むふふ」と意味深な笑みをもらした。

「狼皇帝ってかなり気圧されるけど、サラがいると雰囲気が柔らかいのよ。隙を見せて眺めるくらいは許してくださるし」

「むっふふふ～、いつか話してね！」

「何を……？」

　きょとんとすると、彼女たちの獣の目がクワッと見開かれた。

　サラはぎょっとした。すると左右の椅子に座っている侍女仲間たちが、突然抱きついてきた。近くの同年代の子も駆け寄って同じことをする。

「ふぎゅっ、く、苦しい～っ」

「あーもう、ほんっと憎めない子！　好き！」

「こういう群れの女ボスも悪くないわ～！」

「メスの母性本能をくすぐってくるわよねっ」

　どんどん言われてよくわからない。先輩たちまで席を立って加わってくる。

「食事中は、立たない！」

　覗きにきた侍女長の雷が落ちて、騒がしいお喋りは終了となった。

　若い娘たちがきゃーっと笑いながら席に戻っていく忙しない様子を、厨房の入り口からコックたちが微笑ましげに見守っていた。

その翌日、侍女長が早速騎獣隊の手伝いに加えてくれた。

サラは朝礼を終えると、ワクワクした気持ちが止まらないでいた。

その時間が待ち遠しくってがんばった。水が入ったバケツも持って走ったし、サロンのモップがけも獣人族の侍女たちと張り合って働く。

とはいえまだ二週間と少し、無理をすると筋肉痛はある。

(――回復っと)

サラは仕事のほんのわずかな合間、頭の中で回復させることを意識してふくらはぎに触れた。手をあてたところから、すぅっとこわばりが抜けてくのを感じた。

「ふぅ……これくらいならできて、よかった」

筋肉痛くらいなら治せる。

光も何も起こらないし原理だってわからないでいるが、働くのに役に立つ能力なのは確かだ。

どんなにへとへとになっても、周りの獣人族が首をひねるくらいサラは復活し、翌日には元気になって仕事をスタートする。

それもマッサージの代わりに、癒やしの能力を活用しまくっているからだ。

「その特殊体質、すっごく便利よね!」

同僚の侍女仲間たちもそれを認めた。

初めの頃は『筋肉痛で動けなくなっているかも』と心配してくれていたが、サラが事情を話すと安心したように笑った。

不思議な能力なのだが、笑って受け入れてくれてサラもほっとした。

「でも、サラは体力がないのは確かなんだから、楽しみなのはわかるけどドロレオのところに行くまで体力は温存しておきなさいよ」

「えっ、ドロレオの世話が楽しみなのか？」

掃除道具がのったワゴンを押していると、衛兵がびっくりしたみたいに目を向けてきた。

「まぁ、おはようございます、ラミオさん」

「え、えへへ、こんにちはサラさん――いって！」

「何よ、鼻の下伸ばしちゃって！」

「私たちのサラに手を出したら承知しないわよ！」

「猫科のメスこえー！」

ぽかぽか殴られた衛兵が、戸惑いながら「助けてぇ！」と悲鳴を上げる。同僚が気づき、彼を回収しにきた。

「何やってんだよ。それに違うぞ、サラちゃんはゾイ将軍に会えるのが楽しみなんだ」

「えっ？」

「そう噂になってるけど、違った？　仲よくなって、『また会いにいく』って約束したんだろ？」

「仲よくは、なりましたけど……」

「ゾイ将軍と会いたくない？」

「いいえ会いたいです、とてもいいお方なんです」

そこは本心だったので断言できた。すると回収された若い衛兵と、彼を抱えた男たちも「おー」と揃って声をもらした。

「懐いているのは本当なんだな。騎獣隊の友達が言ってた」

「なんか、よく話もしてすごくいい感じだったって」

「あの獣タラシ、今度はとうとう人間族に手を出そうとしているの⁉」

「獣タラシって……将軍なのに……」

何やら侍女たちと彼らがもめてしまった。

ドルーパは『いいおじさん』みたいな人なのだ。だからまた話したくなったのは本当なのだが、彼に会いにいくと言ったわけではない。

とはいえ侍女仲間の二人が「ふしゃーっ」と言って衛兵に飛びかかってしまい、誤解を解くタイミングを失った。

「あっ、引っかいちゃだめっ」

気が強い猫科の同僚たちを、サラは侍女仲間たちと一緒に衛兵たちから引き離した。

そこで話はうやむやになってしまった感じがある。

そのあとも仕事が続いた。飛び込みの掃除などを引き受けていたら少し予定が押してしまった。

サラは慌てて侍女長のもとへ行き、予定の遅れなど状況を報告した。

「それでは行ってきますっ」

せっかく時間を取ってもらえたのにと焦って、サラはすぐ侍女長室を飛び出すと、ドロレオの管理舎がある建物へと一直線に走って向かった。

メインの建物を走って出た。その際に、二階から誰かが見ていたなんて必死に走っていたサラは気づきもしなかった。

ワクワクして、前だけを向いていたせいでもある。

一瞬、どこからかギルクの声が聞こえた気はした。

しかし向こうの建物の少し前にドルーパが立っていて、笑って大きく手を振ってきてサラはそちらに気がついた。

「おーいっ、また来たな！」

やっぱり今日も狸の尻尾が出ていた。

「こんにちは。ごめんなさい、遅れてしまいました」

つい大きな尻尾の方に目がいきそうになるが、意識してこらえ、走って向かいながらそう言った。

（作法で隠すくらいだから、きっと大事なんだろうし）

触りたいなんて絶対に言ってはいけないと、彼の前に立った時も心の中で唱えた。

「いいって、人手があるだけありがたいっ」

ドルーパは、わははと笑いながらサラの肩を抱き、軽く叩いた。そしてサラは、彼とドロレオの舎を目指すことになった。

「それにしても、わざわざお迎えをありがとうございます」

「そりゃあ皇帝陛下の未来の花嫁だからな。一番偉くて、強い軍人が護衛代わりにつかないと」

「知っていたんですかっ？」

ドルーパは、きょとんとして見てくる。

「もちろん。ちなみに守れなかったら首が飛ぶ」

「せ、責任重大……」

ただの契約なんです、とは言えない。

彼は臣下を安心させたいと言っていた。それにドルーパの明るい笑顔には、婚約者になったサラへの感謝と彼への安心も含まれている気がした。

（カイルってすごく慕われているのねぇ）

カイルは恐れられてはいるが、皇国にとってこれほど相応しい強い王はいないと、獣人族からは絶大な信頼と支持も受けている感じがあった。

とくに軍人たちからの尊敬はすさまじいと、ブティカはサラに自慢して聞かせていた。

あなたの未来の夫は、とにかくすごいですよ、と。

（あれはあれで『というわけなので早く結婚してくれていいのですよ！』というメッセージ性を感じたけれど……ゾイ将軍が私といて楽しそうなのも、納得かも）

これから先もカイルが長く王政を見てくれれば、と願っていた。

そこにサラが現れて、婚約者となって、ドルーパもとても安心して、そしてブティカのように喜んだのか。

みんな、カイルには短命になってほしくない思いを等しくもっているのだろう。

サラは、昨日と同じくドロレオの世話をした。

爪磨きは技術職で訓練がいるらしいが、女性たちはサラに体験もさせてくれた。

「すごいっ、この布でぴかぴかに……！」

「肌にはあてないようにね。擦り傷になってしまうから」

「柔らかいのに切れるんですか？」

「サラさんは人間族だから知らなかったわね。これは、細かく研げる道具になっていて――」

握ると布、引っ張ってこするとやすりになるという繊維らしい。

そんな糸を吐く昆虫がいるのも、サラには驚きだった。

「この国には、本当に色々なものがあるんですねぇ」

知らないことがたくさんあるのだと、改めて実感させられた気がした。

（知って、いきたいな）

優しくされたから、サラもここの人たちの役に立ちたい。

ドルーパが監督しがてら見てくれた。彼は周りをよく見ていて、指示は的確で、不安を覚えることもなく次の行動に移れる。

「へぇ」

「彼がいない時は、そこに司令役がついて作業の進行を手伝うの」

「衛兵長も来るよ。上の人たちは、みんな城のことは一通りできるの」

座って指示するだけではないことに感心する。

女性たちと話しながら使った道具を清めていたサラは、ふと、建物の外が少々騒がしくなったのを感じた。

みんなと耳を澄ますと、緊張感を覚えるような声が聞こえてくる。

すると狸の尻尾をぴんっと伸ばしていたドルーパが、すばやく入り口へと向かう。

サラもみんなと一緒になって慌てて追いかける。

「何があった！」

「ゾイ将軍、実は……」

外にいた騎獣隊の騎士が言いかけた時、ざわめきの中心にいた男が、ハッとしてすがるように駆け寄ってきた。

「あなた様がこちらの偉いお方ですかっ」

「そうだ。俺がここを見ているドロレオ騎獣隊の、ドルーパ・ゾイ将軍である」

「ならばどうかっ、どうか私のイジーを助けてください！」

男が悲壮な悲鳴を上げた。サラは、聞いていて胸が痛くなった。

「イジー？」

ドルーパは男が軍服を握ったことも注意せず、まずは落ち着くようにと彼の肩をぽんぽんと叩いてなだめていた。

ドルーパが説明を求めて目を向ける。

外にいた騎士たちが応じ、野次馬のように集まっていた作業員たちをどけた。

「将軍、こちらです」

人が左右に寄ると、そこにはとても大きな荷馬車があった。

その荷台には大きな何かがすべり落ちたような血痕が付着していた。そして地面には、その荷馬車よりさらに大きなドロレオが全身を横たわらせていた。

サラは驚いた。そのドロレオは、管理舎の中にいるどれよりも一回り大きい。

「なんと！　これはまた、長寿なドロレオではないか」

「はい、私の家族なんです、ずっと一緒にやってきた相棒で……っ。どうか助けてください、け、怪我を……とても大きな怪我を……うっ、うぅ」

男が悔しそうな顔でぼろぼろと涙をこぼした。

そのドロレオは、自分で立ち上がれないようだった。ふっふっと口から速い呼気をもらしている。

「これは――ひどい」

ざわめく中を駆け寄ったドルーパが、近くから確認して顔をしかめた。

サラも騎獣隊の者たちの動きにつられるようにして走ったところで、しゃがんだドルーパの向こうを目に留め、痛々しさに口を覆う。

そのドロレオは、後ろ足の一つに血が滲んでいた。

体毛が白いのでよくわかる。頑丈な皮膚をしていると聞いていたのに、かなりの大怪我を負っているみたいだ。

「バ、バイベで落石から私たちを助けてくれたのです。私をどうにか家まで連れて帰ろうとして、そうしたら悪化してしまって」

「バイベの黒岩で切ったのだな？　あの崖の岩は、鋼鉄も切る」

騎士たちが支える中、男が涙を何度も拭った。

「はい、イジーは年寄りなのに私と馬車を助けようとしたのです。この近くにイジーが入れるような《癒やしの湖》はもうありません。一番近くてもドロレオに乗っても一時間はかかるラドラくらいです。ですが私一人では、イジーをあそこまで運んでやる術もないのです、どうか、どうか助けてください……！」

膝をついて懇願した男に、みんなが悲しい顔をして慰める。

（《癒やしの湖》……？）

以前にも聞いた言葉だ。

「確かに、ラドラまでは遠すぎる」

ドルーパが、ぐっと拳を固めた。

サラはすでに諦めの空気が漂っている場に気づき、びっくりしてしまった。

「えっ、あの、獣医とか」

「この土地の動物に効く薬はないのだ」

「え」

「ドロレオは熱に弱い。包帯などの応急処置は気休めにしかならない、運ぶ振動で炎症の熱が全身に回る。彼はアドラまでの距離を耐えられないだろう」

「そん、な……」

わかっていたが認めたくなかったのだろう。

ドルーパの言葉に男が「やはりもうっ」と悲痛な嗚咽をもらしたかと思うと、地面に両腕をつけて泣いた。騎士や居合わせた男たちが背や肩を撫でていた。

動物に効く薬が、この土地には存在していない。

サラは凍りついた。今、正しく理解できた気がした。つまりはそこに《癒やしの湖》が必要になるのだ。

「……じゃあ、その《癒やしの湖》しかこの土地の動物たちは治せない……？」

「その通りだ。昔からずっと我らを治癒してきた水だ。長い月日をかけて徐々に干上がり、ここ数十年は急速に縮小しつつある」

侍女たちが不安がっていた『深刻化している』というのは、コレのことだったのだとサラは察した。

ここの動物たちは、人間の国の動物とは仕組みも違っているのだろう。

獣人族は魔力をもっていて、それが異種婚の〝契約魔法〟を可能にしている。

ドルーパの言い方からすると、もしかしたら彼らに使える薬も少ないのではないだろうか。だからサラの治癒の特殊体質を『すごい』と言ったのでは――サラはそう推測した。

サラにはよくわからない。

わからないことだらけだ。

でも、とにかく、何かしないととサラは思う。

――立ち止まってはいけない。サラはそう思った時、何ができるともわからないまま身体が勝手に動いていた。

「あっ、サラ！」

サラはドロレオのそばに膝をついた。

「痛いよね、私も怪我の経験があるの。すごく、怖くなるよね」

ドロレオが、ふーふー荒い呼吸をしながら、目を向けてくる。

サラは、彼の痛みを想像するだけで涙が出そうになった。

「私も初めて階段から姉に落とされた時に、死ぬほど怖くて、そして痛かったの」

肩に手を置こうとしたドルーパも、そして周りもハッとした空気になった。

「その時に気づいたの。自分で痛みをなくことができるって」

「ぶぉおお……？」

ドロレオが、低い鼻息のような〝声〟を上げる。

「私にもよくわからない力なの。でも、何もしないなんてわけにはいかない。お願い、少しだけ、少しだけでいいの、傷に触れてもかまわない？」

泣いているサラの顔を数秒見つめ、ドロレオがかすかにうなずいた。

みんなが止めることなくサラを見つめていた。サラは涙を袖でぐしぐし拭うと、ドロレオの足元の傷の前に座り込んだ。

直視したら、あまりに痛そうな光景に目眩《めまい》がした。

(怖がるな、だめ、真っすぐ見るの)

あの時は自分の足を見るのも怖かった。傷口に手をあてて、温かくなるのを感じてじっと待っていただけだった。

けど、今は、違う。

『立ち止まるな。思考を、止めるな』

狩人の言葉が頭によみがえる。

サラは、ドロレオの血に濡れた体毛にそっと手をあてた。

感じる血の生温かさに身体が震えた。小刻みに揺れる両手で中を探ってみると、触れた患部にゾッと背筋が冷えた。

でも、だめだ。手を放してはだめだとサラは頭の中で言い聞かせた。

「お願い、このまま、死んじゃわないで」

自分以外に、同じことが起こせるのかわからない。

でも、やってみなくては――そんな思いに突き動かされた。

知って、好きになった。

触れ合って大好きになった。ドロレオは、おとなしくていい動物だ。

彼は男を助けるために足の怪我をした。そしてたぶん、彼を無事家に帰すために馬車を引いて戻ったのだ。

彼の涙と、ドロレオの優しい目を見ていると、サラはそう感じた。

(お願い、私の身体みたいに、治って)

もし、金色の髪と瞳に魔力が宿っているという話が本当で、これが魔法だとしたのなら、効いてほしい。

「私の治癒の力っ、お願いだからこの子にも効いてっ」

一心に願う。祈るように両手に集中した。

すると、以前神殿の間で、左手首に覚えた熱のようなものを自分の腕に感じた。

(何かしら……?)

その感覚に集中すると、それは次第に両手へと向かって流れていく。

そして触れている部分から徐々にドロレオへと移っていくのを感じた。

サラの真剣な表情に、誰も邪魔などできないという顔で沈黙していた。

「あの人間族の娘は、何をしているんで……?」

男が、ごくりと唾をのんでドルーパの背に言葉を投げかけた。

「さあ、我々にも……ただ、邪魔ができない雰囲気があるというか……」

答えたドルーパが、ハタとする。

「そういえば、彼女は自己治癒を操れる特殊能力があると言っていたな」

「自己治癒？　それがどう関わって――」

だが、男の言葉は続かなかった。

場に、動きがあった。ドロレオが伏していた頭を、自分の両腕でのそりともち上げたのだ。

「……ああっ、あぁイジー！」

男が感動の声を上げて走り寄った。

誰もがその光景に驚きを隠せなかった。

あのドロレオが頭を上げ、続いて自分の両足も使って立ち上がった。呼吸もすっかり落ち着いていた。不思議そうに足踏みしている。

ドルーパが、ものすごく大きな口を開けていた。

女性たちが先に我に返り、つつかれた騎士が動く。

「失礼！」

騎士はそう言うと、男とドロレオの間にすべり込んだ。そして血がついている足にぺたぺたと触った。

「お、おい君っ――」

「治ってます将軍！　傷は、ありません！」

響き渡った声に、全員が耳を澄ました。

それを聞いてサラはぺたんと座り込んでしまった。そんな彼女を見て、騎士たちから爪研ぎ師の女性たち、作業員まで集まっていく。

「ど、どうしたっ？　体調に異変でも⁉」

「い、いえ、びっくり……しちゃって……」

「なんだって？」

そう声を上げたのは真顔になったドルーパだ。

サラは、唖然と見つめている彼らを目に収め、口を開く。

「な、なんか、その、例の特殊能力ですが………他人にも、同じ効果を出せる？　みたいです……」

疑問系なのを聞いて、ドルーパも察したのだろう。

これまでサラは、実家でもその〝特技〟についてはずっと隠していた。

試したことなんてなくてわからなかった。しかし今、彼女は確かに、ドロレオのひどい怪我をたくさんの人が見ている前で治したのだ。

「はぁー、そっか、例の特殊体質……」

「役に立つ特殊体質なんだなぁ」

騎士たちもみんな気が抜けたみたいな顔をした。

「私にもよくわからないんです。……祖国では大っぴらに使えませんでしたし。あんなに大きな傷にも効くとは、思ってもみませんでした」

サラは、とくに異変がないままだった自分の手を不思議そうに見下ろす。

「でも、まぁよかったよ」

騎士たちは安心した顔でサラのそばにしゃがみながら言うと、皆揃って彼女の後方を指差す。サラはそちらを向いて、目を丸くした。

男がうれしそうな顔で涙を流して、感謝の言葉を何度も唱えながら走ってきた。

飛び込もうとした直前、女性たちの目が鋭く光った。

「はっ、待て待てストップ！」

「この子は未婚！　まだ伴侶がいないから！」

「婚約者持ちなので触れるのは厳禁！　においがついたら俺らが殺されます！」

騎士たちが先に男の両腕を左右から押さえ、宙ぶらりんにして止めた。

どこの女性も強いみたいだ、とサラは思う。

彼らが一気に色々と言って内容は頭に入ってこない。疑問符を浮かべている間にも、ドルーパが対応にあたる。

そのあとで、男は健康が確認されたドロレオと共に帰っていった。

ドルーパが念のため口外しないようにと男には伝えていた。とりあえず、サラの特殊体質が自分以外、つまり今回ドロレオにも効いたことはガートなど、カイルやブティカに近しい者たちには報告しておくという。

そのままサラもみんなとドロレオの世話に戻ったわけだが、治療がまぐれで成功したのか、どうだったのかがもっぱら話題に上っていた。

「サラさんの特殊能力のことを、うっかり失念していましたね」

見ていた騎士たちも『何をするんだろう』と思っていたらしい。

「確かに！　皇帝陛下が人間族を連れて帰ったっていう話題でもちきりだったからな」

「どうして成功したのでしょうか？」

「さぁ……」

サラだってわからない。

(まさか、ドロレオの深い傷にも効くなんて)

自分でもよくわからない力だったが、答えつつも内心、契約紋をつけた時と似た感じがしたことがサラは気になっていた。

——金の髪と瞳には、魔力が宿っている。

(本当の話だったりするの……？)

でも、まさか、と思う。

だって魔法ではない。怪我が治る以外に、不思議な現象も、奇跡的な体験も記憶にはない。

「うーん……俺としては【聖女】を思い出すけどなぁ」

「えっ？」

一緒にドロレオの首輪と手綱を磨きながら、ドルーパが慣れたように手を動かしたまま高い天井を見上げて、ふとそう言った。

「ほら、あれだよ『人間の国には聖女がいる』っていう話」

そういえば、獣人皇国ではそのように伝えられていたのだった。

「私は……聞き覚えがないですね……」

本になっているのは【魔女】の方だ。そもそも、【聖女】という単語などお目にかからない。

「そっかぁ。じゃあやっぱり特殊な体質なんだろうなぁ」

そんなまとめ方でいいのだろうかと、サラは祖国と違いすぎてやはり戸惑いを覚える。

「個性、と言われているみたい……」

「個性だろ？」

「え？」

ぽつりとつぶやいたら、同じく地べたに座って作業している騎士たちも、揃ってサラを見てきた。

「うん、個性だよ」

「……そう、なんだ？」

その時、ドルーパが「くくくっ」と笑った。

「それにしても、サラの勇気には恐れ入ったよ。血も怖かっただろうに、よくぞ助けようと思ってくれたな。ありがとう、将軍として礼を言う」

彼の大きな手が伸びてきて頭を撫でられた。恥ずかしかったものの、褒められたのも、感謝されたのも祖国ではなかったのでうれしい。

「こちらこそ、……治療を試させてくれて、ありがとうございます」

彼らが止めなかったおかげで、サラはあのドロレオを救えたのだ。

助けてくださいと泣いていた男を、絶望から笑顔へと変えてあげられた。そう思うと、胸がとても温かい感じがする。

「いてっ」

その時、ドルーパがサラの頭に置いていた手を引っ込めた。

なんだよと彼が振り返り――見事、固まった。

ドルーパの腕をぺしっと叩いて手を上げているのは、ギルクだ。そこにはガートと護衛騎士たちもいて、彼らを従えて立っていたのはカイルだった。

「カ、カイル？」

彼は、なんだかぶすぅっとした珍しい感じの表情をしていた。

「ゾイ将軍、悪いがサラは連れていくぞ」

みんなと一緒に座り込んでいたサラは、カイルに片腕でもち上げられてしまった。彼の脇腹に抱えられた彼女は、見つめてくるたくさんの視線を呆然と眺める。

「さ、行くぞ」

カイルが彼らに背を向けて歩きだした。

護衛騎士たちが出入り口までのルートをすばやく固め、その間を彼と、ガート、ギルクが続く。

（わ、私を腕一本で平然ともち上げて……？）

サラは状況に混乱した。そもそも獣人族は力が強いのだったと思い出して、肩越しに彼を見上げた。

「あ、あのっ」

「なんだ？」

「いきなり何をするんですかっ」

「ちょうど仕事も入った」

視線を前に戻したカイルの横顔は、不機嫌だ。ちょうど、という言い方も妙でサラは小首をかしげる。

　とするとこちらへ来る直前まで、仕事の用はなかったということではないだろうか。しかし考えた直後、ハッと緊張感が込み上げた。

（え、でも待って、彼は今『仕事』と言ったわ）

　つまりは婚約者、皇帝であるカイルの婚約者としての、ということだろうか。

（まさかすぐ？　今から？）

　必要になったら役に立ってもらうとは言われていたが、急だったので戸惑い、ギルクに視線を送った。するとと彼がうなずき、カイルに言う。

「皇帝陛下、サラさんは十七歳です。レディをそのようにもつのはいかがかと」

　そこを思ったわけではないのだが、確かに下ろしてくれるとありがたいと思って、サラは黙っていることにした。

　しかも外に出たカイルが、それを聞いてぴたりと足を止めてくれたのだ。

　数秒じっとしたのち、サラは地面に下ろされた。

「あ、あの、もしかして仕事って……きゃっ」

　振り返りざま、肩を抱かれカイルの方にぐいっと引き寄せられた。

　驚いた時には、カイルの方に身体を押しつけられていた。

　彼の体温と、彼がまとう甘いいい香りを感じてサラは心臓がどきんとはねた。

「これから会談がある。婚約者の顔を見せろと言われていてな、同席してもらう」

　それを伝えるのにこの距離は必要だっただろうか。

胸がどきどきしてうまく考えが回らなかったサラは、「はぁ」となんとも間の抜けた声を出してしまった。

疑問符もいっぱい浮かんでいる。すると、なぜか続いてカイルに頭を撫でくりされた。

「……あの、何をしているんですか？」

「においの上書きをしている。何やら、気に食わん」

わからない返答までされてしまい、サラは「はぁ」とまた答えてしまったのだった。

第四章　獣人皇国で初社交です⁉︎

サラが連れていかれたのは、目がくらくらするような豪華な広い部屋だった。

明らかに皇族の利用する部屋だとわかる。

（執務室ではなさそうだし、私室にしては来客用の調度品もある……）

恐らく、数ある部屋の中で偉い身分の人を迎えるための部屋の一つ、貴賓室なのだろう。

そこには侍女たちが姿勢正しく待機していた。

服装からしても明らかに皇帝つきだ。そんな彼女たちを見ていたら、カイルの口から指示の言葉が出されて、サラは驚く。

「支度を」

「かしこまりました」

「えっ、あの、私」

戸惑っている間にも、侍女たちに「さあこちらです」と促される。

視線を巡らせると、ギルクと目が合った。

「婚約者として相応しい装いになっていただきます」

「え、……えぇぇえっ」

「さあこちらですわ、サラ様」

「わ、私も侍女ですし、自分でできま……きゃあぁあぁっ」

自分でできると言ったのに、同じ女性とは思えない力で軽々しく侍女たちに担ぎ上げられてしまった。

続き部屋へと運び込まれ、気づけば浴室に到着していた。

侍女たちは、問答無用でサラの服を剥《は》いで湯浴みの世話から始めてしまった。

何もかも丁寧だった。その後は肌の手入れまでされる。全身に化粧水、肌着がよく通るようにボディケアも完璧だ。

（皇帝つきの侍女に世話をされてしまっているわ……）

令嬢として世話を受けた経験はあるが、宝玉でも扱うみたいな素晴らしくて完璧な仕事ぶりと、そして自分の身支度にかけられている人数にも驚きを隠せない。

五人がかりで肌着まで整えられ、身体が冷えないうちにとドレスの着付けに取りかかられた。

サラが着せられたのは、まだ夏の風には遠い心地よい今の季節にぴったりの、軽やかなブルーのドレスだった。

平均的なサイズの胸をきゅっと押し上げ、背中とくびれも綺麗に見せたおかげで、スカートに使われたレース状の布もとても美しく映えた。

「まぁ、こんな立派な……」

姿見で確認されたサラは、すぐカイルの瞳を思い出した。

相手に相応しい色をまとうのは一種のアピールだ。たぶん、その良識はこの皇国でも適用されていることなのだろう。

「お綺麗ですわ。たくさんの中から選んだ甲斐《かい》がございました」

「ヒールは少々高めですので、先程の貴賓室まで支えさせていただきますわ」

「それくらい歩けば慣れるかと存じます。サラ様は、ヒールを履いた際の足の形も綺麗でございますから、すぐにバランスも取れるようになるかと」

「あ、ありがとうございます……」

令嬢教育を一通り受けているので歩く作法も習得済みです、とは言えない。

侍女たちに支えられ、歩くコツなどの指導を受けながら貴賓室へと戻る。

髪は背中に流しっぱなしだった。

ドレスは少々胸元が広く取られているので、髪を結われなかったことにはほっとした。動くと耳元でしゃらりと音を立てるイヤリングには慣れない。

（でも皇帝の婚約者として隣にいるには、これくらい必要になるかも……）

悶々《もんもん》としつつ、カイルに恥をかかせないよう役に立たなければと我慢する。

すると、いつの間にか部屋にはブティカもいた。

何かカイルと打ち合わせていたようだ。

「ほぉ、これは……」

ギルクとガートが護衛として佇んでいる中、カイルと話していたブティカが振り返り、驚いたような顔をする。

何か変だったのかしらと、サラは気になった。

令嬢として社交界に出なければならない時はドレスを着た。しかし、こんなに上等で美しいものを着たことはない。

姉のお下がりのような少女向けではなく、大人の女性用のドレスだ。

(やはりお姉様たちのようには着こなせないのかも……)

あのカイルも、ソファでふんぞり返っていた姿勢を解いて、少し目を丸くしてこちらをじーっと見つめていた。

ガートも、そして普段無表情のギルクも驚きが滲んでいる。

「……な、何か変だったでしょうか?」

誰も言葉を発しない状況に、サラは不安が口をついて出た。

侍女たちが叱りつけるみたいに男たちをギッと睨む。

それに反応したのはガートだ。背筋でも冷えたみたいに「うっ」ともらすし、それに反応したギルクが真顔で「おやまぁ」と言う。

「ほんとメスは気性が荒い……」

「あ?」

彼女たちの唇から出た低い声に、サラはびくっとした。

侍女たちは笑顔を保ったままではいたが、ギルクのつぶやきを聞いた瞬間、こめかみに怒りマークがついたのが見えた。

「とても素晴らしい仕事をしてきましたが、殿方たちは美しく着飾った女性を見て、褒め言葉の一つすら出ないのですか?」

彼女たちは、自分たちの仕事を疑われていると思っているのだろうか。

無理やり褒めろと強要する方が申し訳なさすぎる。サラは苦笑して男性陣へ助け舟を出すことにする。

「皆様はとても素敵なお仕事をされました。私は醜いのに、ここまで仕上げてくださったがんばりには、心から感謝しています」

「――――は？」

誰の口から出た『は』なのか、わからなかった。

見てみると、あのカイルもあんぐりと口を開けていた。

「あの……私、何か変なことを言ってしまいましたでしょうか？」

サラは胸にそっと手をあて、きょとんとして見つめ返した。

ドレスに相応しいその優雅な所作を、ガートとギルクが目をまん丸にして食い入るように見た。

不安を覚えてサラが視線を向けたら、カイルがハタと咳払いした。

「誰か、お前の美醜についてそう口にしたのか？」

「え、と……」

すぐには答えられなかった。

それを肯定すると、悪く言うみたいではないかと考えたら、サラは申し訳ない気持ちにかられたのだ。

うつむくと、静かなため息がカイルの方から聞こえた。

「そうか、エルバラン王国の例の金色のというやつか……」

「……すみません」

「いや、謝らせたいわけではない」

カイルが右手で制し、左手で顔を撫でながらまた吐息をもらした。

「確かに、侍女らの言う通りだ。先に褒めるべきだった。とても美しいと思う」

「えっ」

サラはびっくりして顔を上げた。

「人間族にどう言われてきたのかは、これまでのお前を見ていると想像にたやすい。だから上書きさせてもらう」

「う、上書き……?」

「その髪は美しい。瞳は見事な黄金色だ。この皇国の誰もが美しい金だと褒めるだろう――もちろん、俺もだ、サラ」

聞き届けて、サラは耳まで真っ赤になった。

言葉が出ない。心臓がばくばくと言っていた。

異性に褒められたことなんてなかった。そんなふうに『美しい』と、『見事』だと正面から言われたのは初めてだ。

(いえ、カイルに褒められると思ってもいなかった、というか……)

カイルが茶化しで言ったわけではないことは明白だった。彼の美しい顔はとても真剣で、その獣の目も真っすぐサラを見据えている。

その視線に、なぜだか胸が熱をもったみたいに落ち着かない気持ちになった。

(胸が……どくどくして、熱いわ)

心臓だけでなく、耳たぶまで熱い気がする。

「お前たちもそうであろう？」

カイルが臣下の方を見る。

「も、もちろんそうだともっ」

わずかに遅れて、ガートが激しく首を上下する。

「服でかなり印象が変わるのだな。いやっ、血色も健康的になって年齢に相応しく変化しているというべきか」

「ええ、俺もそう思いますよ。とても似合っています」

無表情ながらギルクが言うと、侍女たちはますます満足そうにして胸まで張った。

許可を得たと言わんばかりにブティカも言う。

「驚くほど美しくて言葉が出なかっただけですよ。いやはや驚きました！　皇帝陛下は、実のところ面食いだったのですな――」

「あ？」

「………いえ、本当にどこの姫かと思ったほどです」

サラは大仰に褒めてくれたブティカの心遣いに、苦笑をもらした。

「ありがとうございます。姫などと……私の身ではもったいないお言葉です」

控えめにそっと微笑みかけたら、なぜかブティカとガートが唖然とした顔をした。

(何か、作法を間違えたかしら……？)

気になって小首をゆっくりと右へかしげたら、彼らがハッとする。

「いえいえっ、サラ様は何も悪いところはございませんよ。……これだと私の作法指導はなしでよろしそうですな」

ブティカが何やらつぶやきを落としてうんうんうなずいているが、声が小さくて後半はサラにはよく聞こえなかった。

「いかがですかな？」

間もなく彼に確認されたカイルが、数秒を置いて鷹揚《おうよう》にうなずく。

とはいえ彼は引き続き背もたれに寄りかかり、唇を撫で、また数秒何か思案している様子を見せた。

「──身支度で疲れただろう」

不意にカイルは身を乗り出し、そう切り出した。

「ガート、彼女を少し休ませろ」

「え？　俺？　手を取っていいのか？」

ガートが妙な質問をしている。

サラは不思議に思って見つめて間もなく、偽装だと知らないからだと気づく。ここで手を取れるのは婚約者だけだろう。

「俺は少し侍女たちと話すことがある」

カイルはそう言うと席を立ち、二人の侍女にサラの紅茶も淹《い》れるよう指示をして、残る侍女たちと移動した。そのあとを護衛でギルクがついていった。

◇◇◇

カイルはソファ席から離れ、使用人が出入りする扉まで移動した。

「――サラの世話はどうだった？」

立ち止まるなり、そう質問を振られた侍女たちが、変なことを尋ねるなというような顔をした。

兄が存命だった時代から仕えていた者たちだ。

数年前までカイルは皇帝としてではなく、王弟として、軍服を着て彼女たちの前に立って、同じように兄の様子を聞いたりしたものだ。

「とくにこれといって問題はございませんでしたわ」

「おかげさまで宰相様が想定されていた時間よりも、早かったでしょう？」

手がかからなかったのだと侍女たちはサラを褒めた。

それは、出てきた時間からもわかっていたことだった。カイルもまさかブティカの話が終わる前に来るとは思ってもいなかった。

「侍女仕事が得意とのことでしたので、知ってらしたのかしら？」

「世話され慣れている感じもございましたわよね」

「そうそう、そういえば湯浴みの際に肌を見られることを恥じらわれなかったのは、意外でしたわ」

侍女たちは、話し出すとサラの前では控えていた私語を始めた。

彼女たちもてっきり〝それ〟にごねられて、時間がかかると考えていたのだ。

皇帝つき侍女たちは獣人貴族の令嬢だ。どれもいい身分で、放っておけばこうして情報を提供してくれるのはありがたい。

こちらが何かしら尋ねると、妙に色々と勘繰られる恐れもあった。

「よい。下がれ」

カイルの許可を受け、侍女たちがそれではお先にと退出する。

当初、世話にかかる時間は多めに想定されていた。

だからブティカも、サラが支度をしている間にカイルと打ち合わせていたのだ。

入室、出迎え、座る位置――それらも細かく教えようとして、ブティカも時間を多めに取ってこちらにやって来ていた。

サラが出てきたのを見た時は、狐にでもつままれたような顔をしていた。

この二週間と少しで感じたサラの見違えるような〝毛艶のよさ〟を、彼らはドレスによって改めて知って驚いた、とでも言うべきか。

何せそれは、カイルも抱いた感想だったからだ。

まともな食事、そして睡眠によって、サラは来たばかりの頃よりも活き活きとしている。

カイルは当初ブティカだけでなく、侍女長にも体調面を気遣うよう指示していた。

すると翌日にはだいぶ顔色がよくなっていた。侍女長はそれを見て、もしかしたら以前まで睡眠もなかなか取れていなかった可能性を報告してきた。

『ご自分の家なのに……安心して寝られなかったのでしょうか？』

それは、カイルたちにはわからない感覚だった。

獣人族にとって、自分の〝巣〟以上に安心できる場所はない。

それも、サラにはどうやらなかったらしい。

休憩のクッキーをやけにうれしがっていると報告もきていた。

一般的な食事内容なのにサラがとてもおいしそうに食べるのを見て、コックたちも同情を寄せたようだ。

何かあればと報告の受付担当になっているギルクに、彼らはサラの食事量があまりに少ないのだと早速語っていた。

『いえ、人間族ですから、我々獣人族よりも食べない可能性もございますが……これでは子供の食事量以下と言いますか……』

コックたちは、三食とらなかった、もしくはきちんとした量で食べさせてもらえなかったことを推測したらしい。

胃が小さくなっていたのだとしたら食べる習慣をつけさせるためにも、まずは仕事終わりに軽食を与えてみたらどうかと提案し、それをギルクがカイルへ許可を求めた。

カイルは、サラのことは必ず自分に確認するよう信頼のおける者たちに命じていた。彼女のことについて勝手に誰かに口を出されたくない。

どうして自分でそう感じるのか、いまだよくわからないでいるところだ。

その間食はサラには多かったようだ。

夜は少なめの食事だったと聞き、カイルは獣人族の女性もあたり前のようにとっている『仕事後の軽食』については、サラには多すぎるのだとわかった。

だから〝甘味〟を増やすことにした。

サラが、とても気に入っていると聞いたから。

おかげで、サラの白すぎた頬は血色を取り戻し、細くとも今は健康だとわかる、しなやかな身体になっていた。

身長は伸びていないはずなのに、小さいという印象も薄れた。

「――茶器の作法も知っているようだ」

お喋りなガートが何やら話題を振っているそばで、紅茶を申し訳なさそうに飲むサラをブティカがじっと眺めて作法をチェックしている。

カイルが見た感じでも、そこまでの指導は不要と感じた。

「指運びも、獣人貴族の令嬢と張り合えるかと」

ギルクもそんなことを述べてきた。

カイルは、サラの手がずいぶん綺麗なことについては当初、特殊な体質が関係しているのだろうと納得していた。

だが、サラは急だったというのに、目上に対する礼節もわきまえていた。

彼女がカイルの婚約者だとすでに知っている者たちからも、選んだカイル自身へ賞賛する声まで上がっていた。

獣人皇国を知らないから侍女として知ろうとしている姿にも、民としてとても尊敬すると彼らは褒め、さらに評価を上げていっている。

カイルの婚約者だと知らない獣人貴族たちにも、唐突に現れた人間族のサラは、人柄だけでなく毛色までいいと評判だ。

作業中は髪を一つ結びにしているが、背中に下ろしていると、サラのプラチナブロンドは確かに色合いの美しさが目立った。

侍女服でなかったとしたら、雰囲気はガラリと変わるのではないだろうか。

そんなことをカイルは思っていたのだったが、彼女が侍女と共に出てきた瞬間に、それ以上だと内心珍しく驚かされた。

（——異国の妖精が、そこにいる）

サラは、上級侍女を従えている姿がしっくりとくる。

公務のために用意したドレスに、着られているという感じはまるでなかった。侍女であるとは思えないほど、彼女こそがドレスを着こなしていた。

けれど変わらないその目が、庇護《ひご》しなければならないと感じるあの純真な金色の瞳が、ふっとカイルをとらえる。

その時にカイルはサラだと認識したうえで、またしても動けなくなったのだ。

人間族に対しては、人型になっている自分たちと同じ姿だという認識しかなかった。

だが、サラのその姿を目にした瞬間異国の美しさにのまれる。

獣の気質をもっていない〝人間族〟に、獣としての闘争心を一瞬にして溶かされるかのような心の平安。

それと共に、こんなにも美しい存在があるのかと彼は見入っていた。

（この俺が……？）

疑問を覚えるが、今重要なのはそこではない。

「皇帝陛下、彼女は身分ある出なのでは」

ギルクが耳打ちする。

その可能性については、ブティカへの挨拶を見た際に抱いた可能性だった。

「わかっている。大商人の家あたりではなく、それ以上のようだ」

「とすると、名前が知られている可能性も――」

「あるだろうな」

そもそも、たしかエルバラン王国側の国境の森は、人間族の騎士団が厳重に管理していたはずだ。

そこをかいくぐれたのは――許容済みだったからか。

「ギルク」

「は、なんでしょう」

同じく可能性を推測したらしいギルクに、カイルは満足しつつ言う。

「残っている侍女たちに違う髪色のカツラを用意させろ。それから、城からどれたけ離れたところまでサラの存在が知られているか、密偵たちに至急確認の指示を」

「対策を取られるので？」

「あの国はサラを捨てた。彼女がたとえ何者であろうと――今や、サラは俺の庇護下にある」

口にして、カイルはああそうだと気づく。

彼は、サラを庇護している。

それでいて、守る役目を誰にも取られたくないと思っている。

だからドルーパの元に向かって走り、離れていくサラの後ろ姿を見て、腹の底が重くなるような気持ちがしたのだ。

それは醜い苛立《いらだ》ちだった。それを、カイルは今になって認めた。

どうしてと、まだ理由もわからないでいるが。

「サラに手を出そうとする気配が一つでもあればこちらも動く。二度も彼女を消そうとするのなら容赦しない」

人間族の貴族は、とくに信じていない。

それは獣人族のことを野蛮だと、恐ろしいのだと嘘をついた歴史にて、カイルたちとの間に決定的な溝を生んだ。

自分たちの脅威になるからと排除しようとし、非難の対象にした。

なんとも自分勝手で、傲慢だ。

そして彼らは、またサラで同じことをしたのだ。

（しかも家族なのに――捨てるのか）

たった一人、何もできない少女を、国境の騎士団を使ってまで。

それを思うと、カイルは人間へ激しい怒りを覚えた。

そしてか弱いサラへ、言葉にはできない感情の波がぐぐっと押し寄せるのを感じた。守らなければならないと強く感じる。

よくはわからないが、それはどんどん手放せなくなる予感に似ていた。

（ああ、ほら）

ギルクを残して向かうと、サラがこちらを見た。

「カイル」

彼女が自分を見て、声を発する。

それだけで、カイルはなんとも言えない温かな気持ちで胸がいっぱいになって、苦しくなるのだ。

初めての温かな何かが、彼の胸を満たしている。

見るほど、想うほど、知るほど、もっと彼女を守りたくなってしまう。

◇◇◇

ギルクが侍女たちを呼ぶのが見えた。

気づいて顔を向けたら、サラは話していたガートの向こうに、こちらへと歩いてくるカイルの姿を見た。

「あ、カイル」

目が合い、今日まで口に出すのに慣れてしまった名前を呼んだ。

その時になって、サラはこの場にブティカもいたことを思い出した。つい、ガートの話に夢中になってしまった。

「ごめんなさいっ、宰相閣下を立たせたままなのはいけませんね」

慌てて立ち上がったサラは、ここが自分の部屋でもなんでもないことをハタと思い出した。席を勧める立場ではない。

おろおろと焦っていると、ブティカが苦笑をもらした。

「問題ありませんよ。私はもう出ようと思っていたところです」

「そうなんですか？　でも」

「ここへは、急きょ入ってしまったこの会談について、皇帝陛下にお話を申し上げにまいりましただけですから。あとは、陛下にお任せいたします」

ブティカと合流し、話を聞いてそのままサラを迎えにきた感じだろうか。

そんなことを考え始めてすぐ、肩を掴まれて思考が止まった。

「ふぇ？」

サラの身体はそのまま、ぐるりとブティカと反対側へ向けられた。

そこにはカイルがいた。いつの間にか一人の侍女を従えてそこにやって来ていて、両手でサラの頭に触れる。

「カ、カカカカイル……⁉」

大きな手にすっぽりと包まれて、頭が温かい。

「おとなしくしていろ。ただ頭に触っているだけだろう」

「そ、そうじゃなくて、どうしてっ――」

何やら頭でごそごそカイルの手が動いているのを感じた。いったい何をしているんだろうと恥じらいに目が回った。

だが、ふと、自分の金髪の上に何かがさらりとのっていることに気づく。

「……焦げ茶の、髪？」

指でつまんでみたら確かに髪だった。

「皇帝の婚約者だと知られたくないんだろう？　そのための対策だ」

「あ、なるほど……」

彼はサラを少し眺め、侍女にこのカツラでいいと答えた。

その間にブティカが、外から入ってきた騎士と合流したガートに連れられて退出していくのが見えた。

「失礼します」

侍女がカイルと位置を変わり、サラの髪が隠れるようにしてカツラをセットし始めた。

「……でも顔を知られるのに、効果はあるの？」

「これから会うのは滅多に城に来ない者だ。婚約者を見つけた祝いを兼ねて、報告もしたいらしい」

侍女がカツラを丁寧にセットする中、カイルが時間を潰すように話をして、それは前皇帝を支えてくれた忠臣の一人だと話した。

獣人族は、基本的に強い者がトップに立った。

各地を見ている貴族たちも、獣人族として強い者たちだとか。

（群れのボス、みたいな……？）

サラはそんな想像が頭に浮かんだ。

血筋も大事にされてはいるが、それは強い獣人種族だからだ。ほとんどが生まれによって決まってくるのだという。

「まれに、性格的な面で変わる者も出てくるようだ」

カイルが少し考えるように間を置き、まだ手元を動かしている侍女を見る。

「兄上は――お優しい方だった」

彼が思い返すような静かな声でそう言った。

「それが兄上を変えたのか、人型の状態でも牙が小さくてな」

「えっ、牙？」

「気づかなかったのか？」

カイルが唇に指を入れ、前歯の片側を少し見せてくれた。

「まぁ……ほんと、尖っているわ」

サラはまじまじと見つめた。

切れそうなほど鋭利ではないが、犬歯が伸びているのがわかる。

指が離されてもついじーっと見つめてしまって、同じくカイルが明るいブルーの目で眺めながら口を少し開けてくれた。

「触ってみるか？」

ふと、カイルがそんなことを言った。

「なっ」

そんなこと、できるはずがない。

想像しただけでサラは真っ赤になってしまった。思わずぐんっと頭を下げ、カイルから距離を置く。

「つ、つまり指で歯をっ？　そ、そんなことできるはずないでしょっ」

「ふふ――サラ様、動かれますとセットできませんわ」

「あっ、ご、ごめんなさい」

侍女が、うっかりといった様子で笑い声をもらした。カイルもくつくつ笑いだして、冗談だったみたいだとサラはわかった。

（獣人皇国では何か意味のあるジョークだったりするの？）

侍女がやけに微笑ましそうな感じなのが、なんだか恥ずかしい。

カイルの意地悪なジョークだと、すぐに勘繰れなかった自分にも頬が熱くなる。

動いても大丈夫か、侍女がカツラの具合を確認してくる。

背を伸ばしてじっとしているサラを、数秒眺めて、それからまたカイルが話しだした。

「獣人族というのは、至極単純なところがあり、トップには知性よりも強さだと主張する貴族たちが多くいる。その中で国境部隊の一つを任され、賢く聡明だと皇子時代から兄上に目をかけてくれていた味方が、これからやって来るバルロー・エゴリアだ。爵位は伯爵になる」

「伯爵様……」

「さあ、もう終わったな」

聞いた話を頭に入れていると、手を軽く握られた。

いつの間にかセットも終わっていた。話を聞いていたせいかあっという間のように感じた。侍女が頭を下げ、退出のためにその場を離れる。

サラは、そのままカイルに肩を抱かれてソファへと座り直した。

カイルが当然のようにサラの隣に座った。テーブルに出されていた紅茶を飲む。

「……あの、ゆっくりしていていいんですか？」

指示を待ってサラも少し紅茶を飲んでいたのだが、彼が追って何かを告げてくる気配はなく、気になってきた。

気づけばギルクもいなくなっている。

二人きりの状況を認めたら、サラはそわそわと落ち着かない気持ちになった。

「婚約者を見せろという急な会談まで、まだ時間に余裕がある」

「そうなんですか……ん？」

首をかしげながら答えたサラは、やっぱりおかしいと思い至る。

「……それなら、あの場からすぐ連れ出さなくてもよかったのでは……？　ちゃんとしたお別れも言えませんでしたし……」

あんぐりと口を開けていたドルーパたちを思い返す。

その時、ソファがギシリと鳴った。つられて目を向けたサラは、彼に抱き上げられ、膝の上にぽすんとのせられた。

「な、何をしているんですかっ」

「俺も驚いている」

彼は無表情だった。こんな時にジョークを返すなんて、ひどい。

「恥ずかしいのですけれどっ？」

「まぁ待て、俺は意外と安定していると思っている」

（安定？　どこが？）

彼が何を言っているのかわからない。サラは羞恥で考え事もうまくいかないし、疑問符をたくさん浮かべた。

「はぁ。いいか、サラ」

「は、はい」

なぜため息をつかれたのだろうと思いつつ、ひとまず言葉を待った。

「これだけははっきりさせておきたい」

「確認のためにこの姿勢に？」

「たぶんな」

適当な返事をされている気がして、サラはふと勘繰る。

「私、逃げたりしないのに……」

すると、彼が今度はわかりやすく「はぁ」とため息をもらした。アッシュグレーの髪が一度揺れて、彼のブルーの目がサラへと戻る。

「お前との本当の関係は公にはされていないとはいえ、拾ったのは俺で、お前は俺の婚約者で間違いないな？」

「そうです。カイルが契約魔法をしてくれたおかげで、ここで暮らせるようになりました」

それを忘れるわけがない。

サラがしっかり答えるのを聞き届けると、カイルが少しほっとしたような眼差しになり、そして空気が不意に色っぽく変わった。

「それなのに早々に浮気だなんて、悲しいな」

「……カ、カイル？」

カイルがサラの顔を覗き込みながら、膝に抱き上げた際にサラの頬にかかっていたカツラの髪を、耳の後ろ側へと流しすいた。

「お前は俺の婚約者のはずだろう？」

言いながら、彼の綺麗な顔がもっと近づいてたじろぐ。

「そ、そうです……えぇと、婚約者ではありますね」

「そうだな、知っている一部の者は俺の婚約者だと見ている。その者たちが教えてくれたのだが、ゾイ将軍にかなり懐いているとか」

ようやく、彼が『浮気』と言った意味に気づいた。サラは両手を小さく上げてぶんぶん首を振った。

「な、懐いてませんっ、誤解ですっ」

「だが、お前が進んで担当場所を希望したのはあれが初めてだと、侍女長も言っていた」

「う、聞いたのですか……？」

「朝から楽しみだったみたいだな？」

「……そ、それも報告が上がっていたんですか？」

「お前の話はよく上がる。唯一の人間族だと、注目を集めているからな」

つまり、みんなが情報提供者になるようだ。

「それで、どうなんだ？　うれしそうに駆け寄っていくのを俺も見た」

「えっ、あ、じゃあやっぱり聞こえたのってギルクさんの声だったんですね。あ、違いますからね、楽しみだったのはドロレオに会えるからです！　いえ、ゾイ将軍に会えるのも楽しみではありましたが……」

嘘がつけず、サラは正直なことも口にする。

「でもそれは恋愛感情ではありませんからねっ。ムキムキのおじ様にっ、きゅーんっとしたわけでは断じてありません！」

こんな父親かおじ様がいたらと思って想像はしたが、特別な思いを寄せてはいないと説明した。

カイルが読めない表情で「ふうん」と言った。

「お前が警戒をすぐ解くのも珍しいではないか」

「それは尻尾が魅力的だったからです！　それに、どう考えてもゾイ将軍は私には年上すぎますっ」

「尻尾……年上……」

カイルが何やら考え込む仕草をした。

（それよりも下ろしてくれないかしら……）

綺麗な顔をした男性の膝にのせられているのは落ち着かない。嫌でも顔が目に入る。

身じろぎしたら、カイルの手がサラの背を支えた。

「ひゃっ」

「動くな、落ちたらどうする。人間族はか弱い」

「い、いえ、落ちても腰がちょっと痛くなる程度で……」

心臓がどっどっと音を立てている。すると目を合わせたカイルが、そのまま尋ねてきた。

「年上はだめなのか？」

「え？　まぁ、ゾイ将軍様くらいの年齢だと私は不相応かと。そもそも既婚者ですよ」

「十歳年上は？　それも対象外か？」

「いえ別に？」

珍しく質問攻めのように言葉が返ってきて、不思議に思いながら答えたところで、ふとカイルとの年齢差だと気づく。

「人間族にとって尻尾は魅力的だったりするのか？」

またしても唐突な質問を振られて、サラは目をぱちくりとまたたいた。

カイルはどこかぶすっとした表情だ。

「まぁ……もふもふしていますから？」

「常に獣姿を出しているなど、褒められることではないぞ。基本的に本能をむき出しにするようなものだ」

「……本能？」

「簡単に言えば、感情だな」

だから作法では〝隠す〟のだ。

サラは納得した。そういえばカイルの耳が獣の状態なのを見たのは、人身売買の犯人たちを取り押さえていた時だ。

その際に受けた怖い感じは、肉食の狼と出くわした時の感覚に似ている。

「なるほど、それで〝しまう〟んですね……」

「肉食種は総じて隠す。ゾイ将軍は、まぁ雑食だからなんの問題もないのだろう」

自分たち肉食種にはよくわからないところなのだと、カイルは正直なところまでサラにぼやいていた。

偽らず自分のことも素直に語る一面があるのかと、サラは密かに驚く。

それでいて、獰猛さがない草食の獣人族たちは、攻撃的にならないように意識して抑えることはないわけで――。

つまりドルーパみたいな変わり者が、ちょくちょく出てくることも理解した。

そんな話をしている間に、時間がきてしまった。

ギルクが戻ってきて、そろそろ相手方が到着すると告げられた。

サラはカイルの手によって今度は隣に座り直され、侍女たちに焦げ茶色の髪の位置まで整えられて一気に緊張してきた。

「……わ、私がカイルの婚約者として会談に同席するとか無理ではないでしょうか。いえっ、無理かも！」

忘れていたが、これは公務だ。

テーブルの上が片づけられ、侍女たちによって客人向けに整えられていくのを見て、さらに心臓がばくばくした。

念のため王城を歩き回っている侍女だとバレないよう、カツラもセットしてもらった。

別人になっている感じがして役作りをするうえではありがたいが、作法も大丈夫なのか心配しかなくなる。

すると頬を手の甲で優しく撫でられ、ハタと心が凪《な》ぐ。

「落ち着け。何も問題ない」

婚約者が実際に存在していることを証明するために、ここに座っていればいいだけだとカイルは言った。

相手が到着したら、まずは立ち上がって出迎える。

ギルクにはそれしか言われなかった。

家族と社交にも出席したことはあるが、会談の当事者として臨んだ経験はほぼない。会話につき合うなら、必要な注意事項とかはないのだろうか。

「で、でももしヘマをしてカイルの評判を下げるようなことになったら……っ」

「そんなことはしないよな？」

隣から、ずいっと顔を覗き込まれて息を止めた。

「仕事をきちんとこなすんだろう？」

カイルが挑発でもするみたいに不敵な笑みを向けてくる。

けれど、その目はどこか優しく感じられた。彼が普段からまとっている甘い香りもあって、心は不思議と落ち着いていく。

「大丈夫だ。俺がここにいるから。サラなら、大丈夫」

膝の上に置いていた手を、軽く包み込むように握られる。

そのまま意地悪に感じていてもかまわなかったのに、優しすぎるのではないかと感じて感動しそうになった。

サラなら大丈夫だと、彼が信頼してくれているのが、うれしい。

「ありがとうございます。私、がんばります」

こう見えても両親からできるだけ睨まれないように令嬢教育もこなしてきた。きっと大丈夫だと自分に言い聞かせることにした。

（気を引き締めて、がんばろう）

ドルーパの件でいい勉強にもなった。

婚約者という名前からたびたび取り違えてしまうが、それは婚約関係だ。

指輪はないが、契約魔法によって婚約は成立し、左手首をぐるりと巻いている黒い紋様がその証だ。

獣人族にとってはそれが婚約相手のいる証になる。

カイルはここで生きていけるようにしてくれた。

サラはその代わりに、必要になった時には彼の婚約者の役をしっかりと務める。

「何かあれば俺が助ける」

「はい」

カイルが握った手に、もう少しだけ力を入れてきた。

うかがうようにじっと覗き込まれたサラは、心地よい甘い彼の香水に誘われるみたいに、同じく自然と手をそっと握り返していた。

その時、迎える客人のため扉近くに護衛騎士たちと待機していたギルクが、客人が到着したことを告げた。

出迎えのため、二人で立ち上がる。

護衛騎士に送り届けられてバルロー・エゴリア伯爵が貴賓室に現れた。

彼は国境の警備の一部を任されていて、今日は執事に加え、自分の騎士団の団長と副団長も同行させていた。

カイルと迎えて挨拶も交わしたサラだったが、緊張のあまり、時間の感覚はほとんどなかった。

もう必死すぎて記憶が曖昧な感じになっている、というべきか。

バルローはぽっちゃりとした小さめの男で、どんどん話していくタイプだった。話術が巧みで話題も豊富、会話が途切れる様子がない。

「皇帝陛下が人間族の婚約者を見つけてきたと聞いた時もうれしかったのですが、連れ帰ったという一報をいただけた時には舞い上がりましたよ。そうしたところ、他の者に左手の契約紋を見たと自慢されましてな。ガート将軍と共に私も前皇帝からのつき合いですし、これは一番にお会いいただけるのではないかと期待してご連絡を差し上げたのです」

「もちろんだ。祝いのご足労にも感謝している」

「とんでもないことです。あなた様の契約紋を見られる日がきたのなら駆けつける価値は大ありですよ。ささっ、並べて見せてください――おおっ、素晴らしい！」

彼はカイルとつき合いが長いようで、平気でサラと彼の左手を取って、自ら並べて感動してもいた。

なんだか話を聞いているだけで明るい気持ちにさせてくる人物だった。

話し上手なところに聞き手のサラは救われた。

間もなく仕事の報告に入ると、ようやく一息つくことができた。

サラがいることを想定した話題をもってきたようだ。進行も上手で、簡単に手短に話すのでその間に紅茶を楽しまれているといいと言って、慣れたように侍女へ声かけし、手土産に茶葉も出していた。

（お上手だわ……）

土産だと言われたら紅茶を淹れないわけにはいかない。

それはアフタヌーンティーとして最適なコクがありつつ、話し疲れを和らげてくれるような芳醇な香りがあった。一緒に出された花弁が入ったジャムを、バルローの勧めで混ぜてみると途端に味わいが優美になる。

仕事の話なので、安易な相槌《あいづち》などは打てず聞き役に徹していた。

「ああ、気になる噂が一つ。国境の森を、最近も人間族の騎士団が覗いていたという話がありました。先日も見かけた者がいるようです」

紅茶を楽しんでいたサラは、不意に動揺した。

——バルクス辺境伯がもっている騎士団だ。

サラは、テーブルの下でドレスのスカートを知らないうちに握っていたことを、カイルが横目に見ていたとは気づかなかった。

「物珍しさに覗いていくことは、ままある」

気のない素振りでカイルが言った。

「確かにそうなのですが、どうも普段とは違っていたようなのですよ。何か、こう、何か小さな破片でも捜すみたいに注意深く地面を見ていたそうで」

サラは一気に腹が冷えた。

(私が死んだかどうかの……?)

あまりにショックだった。そんなのは家族ではない。どうしてそんなひどい確認が平然とできようかと打ちのめされた。

そして同時にたった一人、身を案じる人が浮かんだ。

——彼は、大丈夫だろうか。

心臓がどくどくと音を立てるのを感じながら『狩人さん』のことを考えた。

あれから三週間近くになる。

騎士団が今さら動いていると聞き、彼が疑われている可能性も浮かんだ。

（あの鞄は？　そういえば今どこにあるの）

獣が食べたと思っているのなら何も見つからないのは当然だが、もし国境沿いの森の中で、彼が渡したサラの鞄を見つけてのことだとしたら？

サラは檻に入れられる前、人間族のもので珍しいと言って人身売買の男の一人が、ぶらりとつまみ上げていたのを見た。

珍しいから、持って帰っていると思う。

けれど人間の国と変わらない環境を思えば、鞄の中身をざっと見て、興味がなくてあの場で捨ててしまった可能性も――。

「皇帝陛下の婚約者も人間族ですし、少し興味がありまして」

バルローの目が向く。

サラは緊張と不安で心臓がぎゅっと痛んだ。

貴族だとは明かしていない。騎士団と関係があると思われたら面倒な者を拾ってしまったと、カイルに感じさせてしまうかもしれない。

そう考えると、怖い。隠さなくてはと思う。

（でも、狩人さんが――）

大きくなった不安で鼓動が高まり考えもまとまらず困っていた時だった。

その話題は、唐突に終わることとなる。

「――ほぉ？　破片、ねぇ」

不意に凍るような低い声が場に上がった。

そう言葉を発したのはカイルだった。見てみると、彼の横顔から覗く獣の目はつり上がり、怖い感じになっていた。

まるで、肉食獣が喉元で唸っているような怖さをサラは感じた。

バルローも緊張で一瞬にして固まっていた。彼のソファの後ろで直立していた騎士団の男たちも息を凝らしている。

「そ、そうだ！　明るい話ですと、我が領地の産物についてなのですが――」

バルローは、先程の話題をなかったことにするつもりのようだ。まったく関係がない話を急に始める。

そこにサラはほっとしたものの、もう関係がないと吹っ切れていたはずの気持ちに暗雲が漂うような後味の悪さを覚えた。

その後も、貴族の間でもよくあるような社交話が続く。

それはサラでも楽しめる内容で、カイルの怖い雰囲気もなくなっていた。やはりバルローの話術は素晴らしい。

「それならいつか俺の婚約者も連れて立ち寄ってみよう。サラも果物には興味があるだろう」

「はい。初めて見るものを知れるのは、うれしいですし」

普通に話を振られて、サラも場の空気に流される形でにこやかに相槌を打てた。

「皇帝陛下がこんなに落ち着いた笑みを見せられるとは。――兄上様も、安心して天で喜ばれていることでしょう」

七年経ったとは思えませんなと、バルローは目尻にちらりと涙を覗かせた。

彼にとってもいまだ忘れられないのだろうとわかって、兄の話題についてサラは掘り返すようなことはできなかった。

「我らが狼皇帝カイル・フェルナンデ・ガドルフの花嫁になるのは、人間族の娘ですか。いやはや、こうして並んで話してみると素晴らしいお相手を見つけたと実感できますな。ご成婚が決まった際には、私も後ろ盾となりましょう」

和やかに会談が終了したのち、席を立った際にバルローがそう言った。

サラは、彼がそれによって獣人貴族の中で大変な立場に立たされないか、気になった。

「あの、私は人間族で――」

「ふふっ、関係ございませんよ。愛は種族を超える。それは、我が国ではあたり前の話です」

バルローが言わんとしたことに気づいたみたいに、さらりと笑い飛ばした。

「たとえば、もしあなた方の出会いが〝運命のつがい〟だったらと考えると、ますます誰もあなた方を引き裂けないでしょう」

「運命の……つがい？」

「我らが違う種族と恋に落ちるのは、その相手の魂と惹かれ合うからだと言われています。心同士で惹かれ、そして恋に落ちるのです」

「ただの迷信だ。おとぎ話みたいなものだ」

カイルが冷静な声でその話を終わらせた。落ち着き払っているが、突っぱねるような冷たさをサラは覚えた。

（信じてない、みたい……？）

でもサラはその考えは、生まれだとか、見た目だとかで差別しないガドルフ獣人皇国のよさの原点になっていると思えた。

ここにいてサラは、初めて心からの自由を味わえていた。

まだまだ知らないことが多いけれど、ここはいい国だ。人身売買はされそうになったけれど……暴力を受けたわけではない。

それよりも恐ろしいのは、残酷なことを平気でできる自分の家族だ。

サラは『お願い、早く』という気持ちで胸がどくどくと再び音を立ててきたが、とにかくカイルの役に立つべくどうにか笑顔を作っていた。

最後は執事や騎士団の者たちとも和やかに挨拶を交わしたのち、バルローは大満足で帰っていった。

カイルと共に見送ったサラは、会談がなんとか終了したことに安心した。


「お疲れさまでした。これで終了です」

ガートによって貴賓室の扉が閉められ、ギルクにそう告げられた瞬間だった。

サラはこらえていた不安が胸の底から飛び出してきた。振り返りざま、駆け寄って思わずカイルの皇帝衣装を握ってしまった。

「か、狩人さんの無事を確認していただけませんかっ」

カイルは叱ることなく、サラの腕にそっと手を添えた。

「狩人……？　この前話していた？」

「はい、そうです。私に荷物を用意してくださって、安全な国へ逃げろとおっしゃって鞄を渡してくれた命の恩人です。でも私、その鞄を落として……私を店に運んだ方々の一人が眺めていたのは見ました。も、もしその鞄が捨てられていて、辺境伯の騎士団に見つかったとしたら彼がっ」

不安で胸が苦しくなって、焦りすぎて言葉もまとまらなくなる。

「辺境伯？」

カイルの口から返された言葉に、手が震えた。

サラと関係があると彼は察したかもしれない。でも、狩人の命と自分の安全なら――サラは、狩人を選ぶ。

「か、彼は……辺境伯の騎士団に脅されていたんです」

震える唇を開く。不安で、そして怖くて彼の服を強く握った。

「彼は何も悪くないんです、従わなければ、罪状をつくると脅されていて、辺境伯の騎士団に強要されて私を……！」

「サラ」

不意に、包み込むような声で名前を呼ばれると共に、サラはカイルに優しく引き寄せられてかき抱かれた。

驚きのあまり混乱は吹き飛んだ。

肩に彼の吐息を感じ、サラは頭の中が一度まっさらになった。ただただ身体に感じる温もりに気を取られた。

「つらいだろう、話すのがとても苦しそうだ。——話さなくていい。お前がどんな出自だろうと関係ない。もう、この皇国の者だ」

覚えていた不安を、真っ向から打ち消してきた彼の言葉にサラは涙が出そうになった。

「俺を信じろ。狩人という者のことは任せるといい」

今思えば、無理なお願いをしようとしたものだ。

サラは落ち着くに従って、だんだんと申し訳なさと反省する気持ちに包まれた。獣人皇国と人間の国は非交流状態だ。

「でも——」

「何も心配に思うことはない。その不安も全部、俺に預けろ。いいな？」

肩を軽く掴み、カイルがサラの目を覗き込んできた。

カイルのことだから、何か手があってそう言ってくれたのだろう。

自信に満ちた、目が眩《くら》みそうになる彼の強いブルーの獣の瞳にサラはそう感じた。こくん、とうなずく。

「いい子だ」

カイルが後頭部と背に手を回して、サラを軽く抱きしめた。

その声に、首の後ろがぶわっと熱をもった。とても愛情深く、特別な優しさに溢れている気がした。

ギルクとガートがいるのを思い出して、今になって恥ずかしさが込み上げる。

「あ、あの、カイル……」

「国境のことは気にするな。大丈夫だ。珍しいから鞄もこの前の売人たちがもったままだろう。それが手に入ればにおいを嗅いでその『狩人』とやらを捜すこともできる」

彼の腕にいだかれていることについて声を上げたつもりだったのだが、国境の話のことだと勘違いされたらしい。

言いながら彼に後頭部を撫でられたサラは、背が甘く震えた。

できるだけ早くこの姿勢を解かなければいけないような気がして、早く解放してもらうためにも、そうしておくことにし話を終わらせる。

「……ありがとうございます。気に、しません」

「よし。それなら仕事を無事にこなした褒美をやろう。ギルク、甘いものを」

「はっ」

ギルクが別室で待機している侍女の元へ向かう。

「え、え？　急にどうして？」

突然の素敵な甘味時間に疑問符を浮かべた。カイルはサラの肩を抱いて、ソファへと逆戻りさせた。

カイルが隣に腰を落ち着けるなり、頭に両手で触れてきた。

「な、何っ——」

軽く引き寄せられてパニックになる。

だが次の瞬間、カツラが外されて頭が軽くなった。見慣れたプラチナブロンドがさらりとこぼれ落ちて、サラは「あ」と思った。外してくれただけらしい。

「お前は、やはり金色の髪が似合ってる」

「えっ？」

目を丸くして見つめ返したら、カイルが肩を揺らして面白げに手櫛《てぐし》で整えた。

「くくく、少しバサバサになってしまったな」

サラは、髪と頭に感じる彼の手にどきどきしてしまった。

この色こそ似合うなんて褒め言葉は初めてだった。嫌われる色なのに、手で触れているカイルの愉快そうな感じを見ていると、平気なのはわかる。

「……あの、急に外したらバサバサにはなるかと……」

彼の思わせぶりな行動には困ったものだ。心を落ち着けようと努めたら、拗ねたみたいな声が出た。

「そうか。外すコツは知らなかったな」

「そもそもカイルがしなくてもいいことだったのに」

「俺がしたかったんだ。他の誰かに、この役目を取られたくなかった」

保護した子供枠みたいな？とサラは心の中で考える。

「……やっぱり私って小動物枠？」

小首をかしげたら、カイルの手が不自然に動きを止めた。

直後、顔を両手で包まれた。

ぐんっと引き寄せられ、すぐそこに彼の美麗な顔が迫ってサラの口から恥じらいの悲鳴がこぼれた。

「サラ、お前は俺が婚約者にしてこの国の民になった」

「は、はい……」

今、この距離感で伝える内容なのだろうか。

とにかく心臓に悪くて、サラはひとまず聞いていますと伝えるように、うなずきもした。

「皇帝である俺が国民にした。お前の国は、もうここだ」

「あっ……」

「不安になるな。人間族は我らの国には入れない。お前をはじき者にした元の国のことなど考えなくていい」

どうして今そのようなうれしくなる言葉を聞かされているのかわからないが、彼の声にやはり大きな優しさを感じた。

この国の一員だと告げられて、サラは胸が熱く震えて自然と涙が出そうになった。

「俺はお前を庇護すると決めた」

ガートとギルクが顔を見合わせた。

庇護、つまり守るというのだろうか。サラは彼が国民だと告げたことを思い返す。

彼は不安になる理由を、人間が捜しにくるものだと思った。だから安心しろと言いたかったのだろうか。

（でも、そうじゃないの――）

恐れて、ずっと逃げ続けている。

その思いが胸を締めつけるのだ。でも、カイルのおかげで、先程よりその感覚が少し遠のくのを覚えた。

「なぁサラ、皇帝陛下が言いたいのはたぶん徹底して自分だけで……」

ガートが何か言いかけた。サラがきょとんとしてそちらを見上げた時、ソファの後ろにいるギルクが彼の口を押さえた。

「黙ってましょう。面白――いえ、明日にはすぐわかることですし」

「ぐっ……この……怪力野郎……！」

「皇帝陛下の前でそんな言葉はやめてくださいね」

けれどサラは『明日』については忘れることになる。

ご褒美だというカヌレが運ばれてきた。カイルが勧めるまま口にしたら、おいしくてサラはつい笑顔になってしまった。

「おいしい……」

「気に入ったか？」

「はい。今日、がんばってよかったですっ」

手をつけた一つのカヌレを夢中になって食べる。

「そう慌てて食べるな、これはすべてお前のものだ。また、褒美として用意してやろう」

いつになくご機嫌なカイルが、姿勢を楽にしてサラの髪を指でいじっていた。

どうして触っているのかは気になる。

しっとりとした穏やかな声、優しい指先、髪を見つめている眼差しは、普段と空気の密度が違うように感じる。

けれど――サラはカヌレを食べて気をそらす。

ずっと気にしていたプラチナブロンドの髪。それをカイルが楽しそうに触ってくれているのがうれしかったから。

彼は保護した小動物か、子供みたいに思って髪に触っているんだろう。

でも、これまで伝えられてきた『綺麗な髪』だとか『似合っている』という言葉を、彼の手によって伝えられ続けている気がした。

カイルのそばが心地よかった。心の傷が癒やされていくのを感じた。

◇◇◇

サラが仕事に戻ったあと、カイルも次の公務に取りかかった。

「皇帝陛下、すごく青春してるな～。結婚した大先輩からのアドバイス、聞く？」

護衛部隊と合流するまでの同行役であるガートの、にやけっぷりを物理的に黙らせるべきかどうか考えた。

けれど――サラを思い浮かべたら、いつもは力づくで黙らせていた手から力が抜けていった。

「ガート、言葉がすぎるぞ。今は仕事中ではなかったか？」

「おっと、今日はずいぶん優しいんですね」

否定はしなかった。

サラに優しくしたいという気持ちがまだ残っているせいだろう。

ガートが言いたいのは、レディであるサラの顔に勝手に触わってしまったことだろう。黙っているがギルクも察しているはずだ。

自制心のない行動だったのはカイルも自覚している。あれは露骨だった。

相変わらず予想もしていなかった言葉を、サラがかわいく口にして小首をかしげたのを目の前で見た瞬間、カイルの理性が飛んだのだ。

かわいいと思ったら、手が動いていた。

気づいた時には、カイルは彼女の視界を自分でいっぱいにしていた。

(かわいい。守りたい――)

かわいいに続いて浮かんだのは、守りたいという気持ちだった。

守るのはカイルだ。その役目を、そして手を伸ばして触れて慰められるこの距離感を、誰にも渡したくないと思った。

とはいえ、胸が熱く揺さぶられて気づいたら言葉を紡いでいたのも、これまで経験がなくて謎ではあった。

サラといると心はとても安定していると感じるのに、突然抱きしめたくなったり、急に伝えたくなったり、素直に話したり――自分がよく、わからない。

(彼女はまた小動物という言葉を口にしたが、……俺はそう思っているのか?)

だから、サラにそんなふうに受け取られるのだろうか。

サラは拾った子猫とは訳が違う。しかしそんな情をカイルは抱いた経験がなく、判断もつかない。

「ふっふっふ、今が一番見ていて楽しい時期だなぁ」

ガートはものすごく楽しそうだった。

年上ぶっていてイラッとしたものの、明日からのことを思うとカイルは珍しく心が浮き立っている。

自分の庇護下に置く、――早速実行に移すつもりだ。

「ギルク、例の狩人のことはお前に任せたい。それから動いてほしいことがある。護衛騎士ではなく部下として頼まれてくれるか」

すでに推測済みだった顔で、ギルクが「御意」とだけ答えた。

◇◇◇

翌日、サラは目覚めた際、ベッドから出たくないような気怠《けだる》さに悩まされた。

たぶん、昨日久しぶりにドレスなどで着飾って社交をしたせいだろう。

(早く眠ったんだけど……)

身体がこわばらないよう〝治癒〟もかけたのだが、サラは身体が妙に重くて本調子ではないのを感じた。

ドロレオの騒ぎのこともあった。簡単に抜けてくれる疲れではなかったのかなと思い、気のもちようだと考え直して無理やり身体を動かして今日をスタートした。

いつも通り出仕し、普段と同じく侍女長から仕事が振り分けられていくのを待つ。

しかし、唐突な異例の配置替えだと聞いてびっくりした。

「えっ、カイル——皇帝陛下の身の回りで、ですか?」

「お手伝いみたいなものかしらね。現場の監督に従ってちょうだいね」

「はい……」

よくわからないまま、侍女仲間たちと離れて指示された通り皇帝の執務室に向かってみた。

入り口の両開きの扉は開け放され、人の出入りがあった。

皇帝の護衛部隊が扉側の内外に数人ずつ立ち、厳重な警備だ。

覗き込んでみると文官たちがすでに仕事に入っていた。奥の大きな窓側の近くには、立派な書斎机。そこにカイルが座っている。

カイルの近くには、護衛のリーダーであるギルクがそばについていた。

側近らしき男がカイルに何やら紙を掲げ、今日の予定を告げている。

なんとも自分が場違いな場所を尋ねたような居心地の悪さがある。おそるおそると入室すると、みんなから一斉に「ん？」という感じで目を向けられ、サラの足は止まる。

「あの……どうして私だけ？」

書斎机にいるカイルと目が合った拍子に、なんとも間の抜けた声がサラの口から出た。

（皇帝の周りでの仕事？　なぜ？）

そんな疑問符でいっぱいだ。なぜ、自分だけ担当する場所が限定されているのだろうか。

皇帝に対してかなり目を丸くされるような発言をしたにもかかわらず、カイルは満足そうに目を細めただけだった。

「こうしていれば、見ていられるだろう」

「見る……？」

「俺は、お前を庇護すると言った」

彼が口にしていた『守る』というニュアンスは、そばに置いて擁護する、みたいな意味合いだったようだ。

（……ある意味甘やかされているような）

そんな考えが脳裏をよぎって、サラは一瞬後に自分で否定した。

室内の人たちには先に知らされていたようで、文官の一人がはたきを渡して、掃除する棚をサラに指示してくれた。

これが現場の指示かと理解しつつ、場違い感に委縮して仕事に入る。

はたきで棚の埃をするすると拭っていきながら、初めて前にしたカイルの仕事風景を、ちらりと盗み見る。

カイルには、祖国のことは気にするなと言われた。

あれは、あくまで民を思う皇帝としての態度だったとは理解している。

でもあの一瞬、一人の女性を想う男性として自分をかき抱いたのではないか……と錯覚してしまったものだ。

抱きしめまでした彼に胸が甘く高鳴った。そんなことはあるはずがないのに。

（そこまで民を大切にするいい王様、なのよね……）

きっとそうだとあの時と同じく自分を納得させ、落ち着かせる。

サラはエルバラン王国のことを思い返す。

初めて国王と顔を合わせた際、露骨に凍りつかれたのはショックで覚えている。

あのあとも変わることはなかった。妃様も、王子様も、姫様も、揃って化け物でも見るみたいな目でサラのプラチナブロンドを見ていた。

けれどこのガドルフ獣人皇国の王様は違っていて――と思った時に、自身の髪や目に受けたショックの印象が吹き飛ぶ。

（ああ、なんてことなの）

今までならため息ばかりだったのに、コンプレックスの髪を思ったらカイルが触ったことがよみがえった。

カイルが髪を褒めてくれた。撫でてくれた……と。

やたら優しかった手の温もりに記憶が上書きされている。

サラは、ここへ来て変わった自分に気づく。醜いんだろうなと卑下しかけると、カイルたちに褒められた言葉が浮かんでくる。何もできない弱い人間なんだと思うと、途端にサラの勇気に感心してくれたドルーパの言葉が――。

感謝されたたくさんの光景が、姉たちからの嘲笑を遠ざける。

祖国にいた時はうつむいていた顔が、背中を押されるみたいにもち上がる感覚。

そしてその時に必ず浮かぶのは、カイルの存在だ。

（変に意識しては、だめ）

彼は特別だからあんなことを言ったわけではない。サラは彼にとって多くいる国民のうちの一人にすぎない。

幸せに暮らせるようにしてくれた彼に、自分は何か返せているだろうか。

侍女として、とかではなくて、サラはカイルの役に立ちたい。

昨日は婚約者としての同席が役に立ったと褒められたが、結果として彼は『狩人さん』のことを引き受けてくれた。

彼に、自分ができることは他に何があるだろう。

（私がカイルに、してあげたいの――）

たくさん与えられている。もっと、返していかないと。

そう思ってはたきをぐっと握ったら、上に伸ばしていたそれが、かくっと傾いた。

気怠さを強く感じた。手から力が抜けていく。体力が一部戻っていないような妙な感覚に疑問を抱いた。

だがその時、後ろから伸びた大きな手がはたきを上から押さえて支えてくれた。肩を軽く掴まれ、後ろへと引き寄せられてびっくりした。

「気分でも悪いのか？」

ぽすんとサラの身体を受け止め、上から覗き込んできたのはカイルだった。

「え、え？　カイル？」

書斎机にいたのではと思っている間にも、彼はサラをくるりと自分の方へと向かせて、額や頬に手の甲で触れた。

「どこか調子でも？　目のくまはないし熱だってなさそうだが……」

どこか焦っている感じで見てくる。

その様子も彼にしては珍しい気がした。

（ちょっと挙動不審なくらい心配してる……？）

そもそも、彼がサラの気怠さを察知して飛んできたことにも驚きだった。

「だ、大丈夫です」

ぺたぺたと触れてくるなんて、年を考えてほしい。意識しそうになって軽く押し返す。

「本当か？　よく見てみれば目に元気がない気が……」

「さ、さすがに近いですっ」

もっと迫ってきたカイルに驚いて、思わず目の前の美麗な顔を押し返した。

カイルはビクともしなかった。真剣な表情で見つめられて、サラはみるみるうちに赤くなる。

けれどその一方で、室内の者たちはかえって癒やされた目をしていた。

「サラ。妙な気遣いも遠慮もいらないから、教えてくれ」

「ほ、本当になんでもないんです。起きた時にちょっとだるさが残っていただけで……」

「昨日公務につき合わせたせいか？　それなら休もう、今すぐにだ。ギルク、ソファにクッションを――」

「えええぇっ、いりませんっ、大丈夫ですからっ」

カイルに顔を触られているし、顔は近いしでサラはパニックになる。

「素直に従わないと抱き上げて連れていく」

彼が掃除道具を持っている手を軽く握り、腰に腕を回して引き寄せて、サラは身体がカッと熱くなった。

けれど、ふと、軽やかに動いている自分に気づく。

「……あれ？」

「どうした」

「不調……収まったみたいです」

身体は軽い。先程の気怠さが嘘のようにない。心なしか、カイルに触れて重さが抜けていったような気もある。

「ふむ。確かに、先程とは違うな」

カイルが顔をじっと見つめたあと、よしという感じで離れる。

だからどうしてわかるんだろう……とサラは疑問を覚えた。

第五章　お仕事の婚約者……のはずですよね？

皇帝の周りで――という、ざっくりとした配置替えの指示を受けて、一日目。

その場で自分のできる仕事を見つけなければならないと気を張っていたおかげで、忙しく動き回れて、仕事の達成感を味わうことができた。

カイルが謁見をしている近くで彼の補佐官たちがいる部屋の手伝いだとか、居合わせた皇帝つき侍女たちの助っ人。彼が仕事で使う部屋だとか、休憩部屋、いくつかある図書室にも初めて足を踏み入れた。

みんな、よく動くし気もきくとサラを褒めた。

彼女としては、とにかく今日で業務内容には慣れたいところだ。

カイルが公務に出て数時間、昼食休憩をいったん挟んだのち、サラは補佐官たちと合流して私用書斎へと連れてこられた。

今、カイルはこの近くで獣人貴族たちと話しているそうだ。

「ご、ご本人がいらっしゃらないのに、入っちゃっていいんですか……？」

「次はこちらを使用される予定だからね。その前に、仕事の場を整えておくのも補佐官の仕事だよ」

皇族住居区にある私用書斎は、全体的に落ち着いた色合いをしていた。

華やかさというよりは重厚な調度品がセンスよく集められている。

広々としているが応接席や補佐官用の席数は少なくて、大勢の出入りがある場所ではないのはわかった。気分によってすぐにくつろげそうな寝椅子もある。

いくつか続き部屋もあって、仮眠用の寝室やシャワールーム、何個目かの図書室にもつながっているとか。

「収納室があるんだ。僕らはそこの整理をしよう」

「……はい」

他の補佐官たちが壁一面の書棚の書類の束に着手する中、サラと一緒に行動することになった補佐官が手渡してきたのは、見覚えがある道具だった。

本日の初めの仕事で持たされた、はたきである。

昨日までの重労働が、ちょっと恋しい。これは体力があまりいらない仕事の気がする。

（ううんっ、これも仕事っ）

サラは補佐官に案内されて私用書斎に入って右奥、比較的小さなサイズの書物が並んだ棚へと向かった。

その棚を補佐官が押すと横にズレた。

「これが収納室だよ」

「まぁ、すごいわ」

そこには壁掛けの棚があった。サラが手を伸ばすよりも高い位置まであり、大きな書棚三つ分に小瓶や置物や小箱なんかがずらりと並んでいた。

「よくわからないものがたくさんある……」

気のせいか、毒物でも入っているみたいな小瓶なんかも見受けられた。

「怯えないで大丈夫、危険物はないから。インクの替えとか、サプリとか。ああ、あと機密文書の文字を浮かび上がらせるための薬剤とかもあるね。必要になる時は少ないけど、必要になったらぱっと取れるように置かれている皇帝陛下の入り用な品だ。時々整理しないと、ごちゃごちゃになっちゃうから」

とすると、開ける回数はそう少ないというわけでもなさそうだ。

「備品もあるんですね」

品物と間の棚の底面の埃をはたきながら、サラはしげしげと眺める。

「まぁ『とにかくしまってしまえっ』というのも、ここに入れられるから」

「それならごちゃつくのも当然ですね……」

整理するのは王の仕事ではない。

(忙しいから、カイルも目に留まったところに置くのかも)

それはサラにとって意外な発見だった。皇帝であるカイルを、少し近い存在に感じた。

棚はかなりの高さがあった。サラの身長では最上段は届かなくて、そこは補佐官が棚の品物の位置を整理しつつ対応してくれた。

「あっ、サラさん、それは発情を促すサプリだから気をつけてっ」

「え、えぇぇええっ」

大きな声が出てしまった。実家にいた時には出したことがなかったが、ここへ来て喉も少しばかり強くなった。

「ど、どれ……⁉」

「そこの、中身が見えないやつです」

サラは目線の高さにある香水瓶のようなものからすばやく距離を取った。

「な、なんでそんなものがっ」

そういうのは〝夫婦のベッドでしか使われない〟とは、令嬢教育で聞いた。

「少ない量だと安定剤になるんですよ。効能は眠りです。人間族にはそう働くかどうかわからないので、サラさんは小瓶にも触れない方がいいと思います」

「眠りを助けるもの……？」

「媚薬《びやく》も眠りのサプリも、同じ花からできているんですよ。量を調整して服用します。よく眠れるんですよ」

それはサラの知っている『媚薬』とはずいぶん扱いが違うみたいだ。

「……ある意味万能な民間療法？」

思わずつぶやいたら、補佐官がくすくす笑いながら「そうですね」と肯定した。だが、その笑顔はすぐに曇る。

「実は……以前まで皇帝陛下にも欠かせないものだったんです。僕がほぼ毎日のように確認して、補充していました」

「えっ、そうなんですか？」

「毎日サプリに頼って眠られるのはよくないので、各部屋に常備しておくよう指示された者たちは心配だったと思いますよ。伴侶が見つからず不安定になると、まずはよく休めなくなると言います。不調に悩まされ、それがずっと続いて、おかしくなっていくとか……」

彼は声をすぼめた。

(伴侶がいないと……確かに大変みたい)

つまりカイルは、すでにあまりよく眠れなくなっていたのだ。もしかしたら眠りを助ける以外のものも常用していた可能性もある。

それで切羽詰まってあんな契約をもち出したのだろうか。

そう考えた時、真後ろから本人の声がした。

「サラ、目の前のものにも触らない方がいいぞ。お前には弛緩剤になる可能性が高い」

耳に降ってきた美声にびっくりした。

「手、手でじかには触るつもりはありませんっ、私は間の埃を払っているだけですっ」

バッと振り返ってみると、目が合った途端カイルが楽しげに笑った。

「くくく、まったく、目が離せないな」

言いながら、カイルが歩いてくる。補佐官が珍しいなと横目に眺めつつ、距離を置くと、彼がいた場所にカイルが入りサラの隣に立つ。

「面白がっているだけですよね……?」

「幼子のように手間がかかる、とも言う」

「私、獣人国のこと初心者なのであたり前じゃないですか」

その時、サラはカイルが例の発情を促す興奮剤に手を伸ばしたのを見て、慌てて彼の腕にしがみついた。

「な、何をしているんですかっ」

「瓶に触れたくらいでは問題ないぞ」

「でもっ、そのっ、本当に危なくないんですか？　大丈夫なんですかっ？」

何せサラは、男性のそういう反応すら未知だ。うっかり媚薬が作用して目の前で発情とやらを見ることになったらと思うと、想像もできないし怖い。

するとカイルが、腕を伸ばしたままじっと見てきた。

サラは今になって彼の腕にしがみついていることに気づいた。顔が熱くなってきて、そろりそろり手を離す。

「えーと……ごめんなさい」

「何を謝る？」

「そ、その、腕に突撃？してしまったことです。ぇぇと以前まで眠るために使っていたんですよね。また必要だから取ろうと……？」

「いや？　最近は手に取ることもなかったと思ってな」

「……とすると、体調はいい？」

上目遣いにうかがうと、彼が小さく噴き出した。

「そういえば、すこぶるいいな」

「本当？」

「ああ、本当だ」

サラが子供みたいに問い返したら、カイルの目がどこか優しく微笑んだ。

「魔力だけは無駄にもっているから、契約紋で安定してくれたんだろう」

「異種婚ができる仕組みもそれのおかげなんですよね……人型になったり……獣人族の魔力って他にも色々と関わっているんですね」

「すべてに、と言った方がいいな。魔力は獣人族の強さにも関わりがあるとされている。自分で使えない代わりに、肉体を保護してくれている感じがある。強い獣人ほど、打たれ強い」

交渉してもいいともちかけた時、彼は不調を感じて我慢していた。

そして今、笑って、とても調子がいいと感じていると教えてくれた。

とするとサラは、彼の体調の役には立ったみたいだ。

（よかった）

ほっとした時、胸をくすぐられる甘やかな心地がした。

これまでサラは、実の家族にすら必要とされてこなかった。

そんな自分が、カイルの役に立てていることがうれしい。

ここにいるみんなに感謝されるたびに充実感を覚えていたが、彼に対してはそれとはまた違っている気がした。

（出会った時の彼を思い返すと……教えてくれるイメージもなかったけど……）

ちらりと見上げると、他の備品にも手をすべらせているカイルの美しい横顔があった。

小瓶などに触れていく指も長くて、所作が綺麗で、あの時市場で出合い頭のような乱暴な感じだったとは思えない手だった。

彼が、自分たち獣人族のことをこうして教えてくれるのは、サラを国民として受け入れたからなのだろうか。

でも、わざわざ彼がする必要はあるのか。

「……拾ったから責任をもって、とか……？」

うーんと首をひねった時、彼の顔がこちらを向いた。

「責任？」

「あっ、いいえ、なんでもっ」

考えていたことがつい口から出てしまったようだ。

するとカイルがサラへと身体を向けてきた。

「今、確かに聞こえたぞ。俺が責任をもって、何をしていると思っているんだ？」

ばっちり聞かれたうえに確認されて、サラは「うぅ」と困り果てる。

「その……私に色々としてくれるのは子猫を拾った感じなのかな？　とか思っただけで」

「サラは人間族だろう？　しかも子供ではない」

「……子供だと思っていない？　それなのに幼子みたいに甘やかすの？」

先程『幼子』と聞いたのだが、そう扱っていないらしいとわかってもサラはつい疑惑について尋ねた。

「甘やかす、か……」

カイルが顎を撫でながら繰り返し、数秒ほど考える。

「甘やかしたい――とは感じているかもしれない」

「えっ、どうして？」

驚いてつい聞き返したら、そのまま彼にじーっと見つめられてしまった。

そんなに見ないでほしい。彼は綺麗すぎるのだ。

サラは見られていることを意識してカッと熱くなった。思えば、彼に対して妙な質問ばかりしていないだろうか。

（意識してる？　まさか）

自分の中ですばやく否定し、あとずさる。

「え、えとっ、私があまりに無知だから心配してくれて、ですよねっ？　うん、きっとそうっ。拾う猫の方がかわいいしっ」

すぐそこの補佐官も、そして後ろの室内にいた男たちも興味津々で眺めている。

「いや？　お前の方がかわいいぞ」

「へ」

聞こえてきた言葉が信じられず、ぽかんと見つめ返した。

するとカイルは、サラの目を見据えてもう一度言った。

「俺は、お前をかわいいと思っている」

聞き間違いじゃなかった。

サラはあんぐりと口を開ける。しかし彼は、引っかかりでも取れたみたいなすっきりとした表情で
「なるほど」と勝手に納得した。

「言われて気づいたな。そうか、そう思うから甘やかしたくなるのか」

「カ、カイル？　どこかおかしいの？　茶化してるっ？」

「茶化さない。俺は、お前には嘘はつかない」

彼の目が真っすぐ戻ってきた。

（……こ、こんなこと、言う人だっけ？）

サラは困惑した。すっかり手を止めている補佐官たちも同じ顔をして固まっていた。

「俺も休憩に入った。お前も入るぞ」

「え、え、休憩？」

手を取られて、引かれ驚く。

「俺が休む時は、お前も休みだ」

「そういうルールは侍女長様から聞かされていませんけれどっ」

「さっき決めた。だから、迎えにきた。そうしたら休む時は一緒にいられるだろう？」

カイルのその回答に、サラは疑問符を頭にいっぱい浮かべた。

「あなたも苦労しますねぇ」

「ギルクさん！」

いつの間にか、ギルクがすぐそこまで来ていた。護衛部隊の男を数人率いていた彼は、同情っぽい目をサラに向ける。

「皇帝陛下が自ら進んで休まれることも滅多にありませんので、つき合ってくださると助かります。ちなみに、宰相閣下、ならびに先程まで皇帝陛下とご一緒だった側近の方々からも、そうお願いがきています」

そんなことを言われたら、カイルにつき合うしか選択肢はない。

恩人なのでサラも役に立ちたいとは思っている。普段休みもあまり取らないで仕事しているというのなら、カイルに休憩を取らせよう。

とはいえ、どうして休みを取ろうという心境に変わったのだろうか。

（……やっぱり甘やかしてる？）

考えられる要素としては、自分だ。

カイルは、サラにも休憩をと考えたのか。

でも、なんでとサラは困惑した。どうしてこんなにかまわれているのかわからなかった。

◇◇◇

その翌日、王都の北隣の都市では――。

アルドバドスが、森で鞄を拾ったか？と王城から知らせを受けたのは、昨日のことだ。

多忙すぎて、三週間以上前のことなんか記憶が曖昧になりかけていた。人間族の娘を拾った日のことだと、少しかかって思い出す。

ひとまずまだ忙しかったし『もっている』と簡単な返事を送った。

すると今朝、早速〝引き取り人〟が現れた。

扉を開けた瞬間、人身売買のリーダーであるハイエナ種のアルドバドス・サイーガは、その訪問者の整った顔立ちの真顔と突き合わせることになった。

「この前の皇帝付き護衛騎士じゃん……」

寝癖を髪につけたまま玄関に何気なしに出たアルドバドスは、口元をひくつかせた。

立っているところが、なぜかとてつもなく近い。

おかげで一気に目が覚めた。眼前に、怖い黒狼のベージュ色の獣の目があったら、心臓に悪いのはあたり前だ。

あの日、アルドバドスたちは法律に反していないのに留置場に放り込まれた。

狂暴な害獣も多く生息している獣人皇国では〝親なし〟〝保護者なし〟〝はぐれ子供〟というのは生存率が危ぶまれる。それを解消するため、金銭を発生させて保護へ動くよう仕向けた制度。

しかし、選んだ土地がまず悪かったらしい。

そこは個人がもつ労働力に値段をつけることに対して、渋い顔をした前皇帝の領地だった。

突然の死への弔いか、現在の狼皇帝が持ち主の名前を変えることを了承しなかった。もし彼が妃を迎えるなりした場合には、その者の領地としましょうと国の偉い連中も黙ることにしたのだとか。

前皇帝は若くして死んだ。その理由には、確かにアルドバドスも胸が痛い。

誰もが自分のことのように悲しみ、同情し、そして跡を継いだ現皇帝カイルにも深く同情している。

それもあって、皇族領の一つに空きがあることが異例にも認められている状態だ。

前皇帝のその領地には、未来の労働力に値段をつけるものではないという意見に賛同した連中が多く集まっていたようだ。

騎士団の世話になってしまったアルドバドスは、売買に反対している団体の圧力により抱えていた子供たちの人数分、そして仲間たちの分も含めて多すぎる罰金を支払わされることになってしまった。

もちろん、そんな金はなかったので〝ボス〟のアジャービに借りることになる。

皇帝が相手なら逆らえない。アジャービは理屈っぽく気難しい言い方でくどくどと語ってきたが、つまり簡単にまとめると『どんまい』と言われた。

それなら借金は大目に見てくれるかと期待したら、しっかり利息もつけられた。

なんと世知辛い。

基本的に、売った子供の教育なども労働力売買の管轄だ。引き取り先が見つかると次はそこから教育依頼がきて、そこに合わせた教育をするべく教師として派遣される。

こなした分だけ日当がもらえる、そして『彼にまた頼みたい』とリピートを受けた日の報酬は倍になるのだ。

悪くない。そこでアルドバドスたちも、売ったあとのフォローに力を入れる。

巨大蛇種のアジャービはかなり怖い男だが、うまく考えて仕事を生み出し、子供の死亡率も下げることに貢献している優秀な公正取引委員会長だ。

彼の下で働いている者たちは、細々とした仕事だが報酬を得られるチャンスも多く、進んで組織に所属した。

とにかくアルドバドスが罰金を払って王都の隣のこの都市に帰ってきたら、以前売った子供たちを引き取った先からアフターフォローの依頼が殺到していた。

講師として派遣され、教壇に立ち、おねしょを治してほしいという依頼に応えて数日がけで泊まり込みで保夫をしたり——であっという間に日は過ぎていった。

あの人間族の少女が、皇帝の婚約者になったという話はアルドバドスたちの耳にも入っていた。

アジャービからの利息つきの借金は痛手だったが、偶然にもあの狼皇帝と相性がいい稀有《けう》な存在だったようだ。

へたすると、運命のつがいである可能性が高い。

そんな相手を売って死罪ものの私怨を狼皇帝に向けられなくてよかったじゃないかと同業グループに言われて、アルドバドスも確かにと思えた。

相手は、最強の狼皇帝と言われている獣人だ。敵にしたくない。

そう思って、アルドバドスはあの日のことを綺麗さっぱり忘れることにしたのだ。

だが昨日、王城から封書が届いたとアジャービに手渡された。

そして今、まさかのアルドバドスたちの仕事用の寝泊まり部屋を来訪したのは、見覚えがある男だった。

「おはようございます。皇帝つき護衛部隊のリーダー、ギルク・モズドワルドです」

現皇帝の直属部隊は、黒狼に分類されているエリート戦闘種族が集められていた。第一から第二護衛部隊がカイルの率いていた軍の部下たちで構成されている、とは噂には聞いていた。

そんな狂暴な連中が護衛部隊なんて無理じゃね……とはアルドバドスたちは思っていた。

（見た目、とっても上品な感じに収まっていてびっくり……）

とは本人を前にしては言えないので、ひとまず返事をする。

「受け取りにいくとか手紙で書いてあった『ギルクさん』ね、なるほど……現場で指示していたしリーダーかなとは察してたけどさ……」

おかしい、とアルドバドスは話しながらますます困惑していた。

おはようと挨拶をされた時にも薄々感じていたのだが、ちょっと発言しただけなのに初対面の時ですら辛辣だなと感じた目つきが、さらに強まった気がする。

同じく朝が弱い種族が集まっている舎弟であり、仲間たちもすっかり眠気が飛んだみたいに部屋の奥からおそるおそるうかがっていた。

「……俺、午前中の眠りから叩き起こされたうえ、一番に男の顔を見る趣味はないんだが」

「俺もありません。ところで発言からも不愉快さを覚えましたので、一発ぶん殴って顔面の形を変えてもよいですか」

「なんでだよ理不尽すぎるだろ」

とすると見た目が不愉快なんかい、とアルドバドスは頭の中でツッコミを入れた。

鞄というと持ち主だった人間族の少女に関わることなのだろう。念のため回収しにきたのかどうか知らないが、ひとまず渡した。

「ほらよ」

偉い身分だからといって、媚びを売るつもりはないのがアルドバドスだ。

紐部分を掴んで投げて寄こせば、ギルクが両手で受け取って「確かに」と答えた。

「中身もそのままですか」

「もちろんだ。誰かがあの人間族の娘にあげたんだろ。人様が与えたものを、本人も触ってないのに勝手に見るもんかよ」

「本人が触れていないとわかったということは、中身は見たわけですね」

「……あれだよ、うっかり落としたら蓋がぽろっと開いたんだ。でも中は触ってないぞ。俺のにおいはついていないだろ」

同じ肉食種として嗅覚はかなりきくようで、ギルクは大きな包みにそれを丁寧に入れると、それではと会釈し後ろを向いた。

「あっ、おい待てよ。あいつは元気か？」

歩きだして数歩、ギルクが肩越しに振り返る。

「気になるのなら顔を見にこられてはいかがですか？　王城で侍女として〝元気に〟働いていますよ」

そう言って、彼がアパートメントの階段を下っていく。

「…………は？　皇妃の候補なのに、侍女？」

よくわからない。

会ったその日に連れ帰るくらいの婚約者だと、獣人族はかまい倒すうえ、甘やかして離れたがらない。

とはいえ彼の言い方からしてもあの人間族の少女は、普段から王城に出入りしている者なら簡単に会える感じであるらしい。

仲間たちがそろそろと出てきた。

アルドバドスは考えて数秒、「よし」と答えを出した。

◇◇◇

配置替え先の業務について、サラはようやく新ルールが一つわかった。

カイルの周りでの仕事については、可能な場合できるだけ彼と一緒に休憩すること。

もちろんサラに拒否権はないのだけれど、ブティカと居合わせた際にも『拒否しないでね！　絶対だよ!』みたいなことを念押ししてお願いされた。

カイルがかなり仕事ができるのは、そばで見ていてわかった。

彼の仕事が速すぎて、周りはついていこうとすると地獄を見る。休憩を取ってもらった方が一息つけるし、各部署に遅れが出ていた場合は取り戻せるので、部下たちの心にも余裕が生まれるのが見ていてわかってきた。

(うん、みんなの役に立てるのなら、私もいいのだけれど……)

おかげで、休憩においしいお菓子を味わうという罪悪感も、少しは薄れた。

意外と、カイルは甘いものもよく食べるみたいだ。

あれから三日、一日三食の邪魔をしない量で、休憩のたび紅茶と一緒に甘味もちょこんっと添えられていた。

それがまたとてもおいしくて大満足する品なのだ。

サラは食べるたびに幸せを味わっている。

カイルがじーっと見ていると気づいて、恥ずかしくなったら、なぜか上機嫌で彼の分のお菓子も勧められたりした。

(あれ? カイルはあまり食べていないんじゃ……?)

それと、彼が外出や社交ついでの食事がない場合、サラも一緒に食事をとるようだともわかった。

三日目の今日は、恐れ多くも皇帝居住区でランチに同席させてもらった。

侍女としてはどうなのだろうと考え、首をひねった時だった。

「ところでサラは、皇帝の婚約者なのにどうして働いているの?」

「ごほっ」

カイルが会議に入ってしばらく経った頃、侍女仲間からの突然の質問に、ついむせてしまった。

サラは先程まで皇帝居住区の第二図書室の掃除をしていた。それを終え、一階へ下りて外づけの洗い場で他の侍女たちとタオルなどの掃除用具の汚れを洗い落としている。

「し、知ってるの……⁉」

「ええ、とっくに」

そこにいる三人の同期の侍女たちは、けろっとした感じでサラを見つめている。

「あ、あのねっ、私っ」

「どうしたのサラ？　ふふ、もしかして身分とか人間族なのにー、と気にしてるの？」

まさにその通りで、わかってくれている侍女仲間にこくんとうなずいてみせる。

「獣人貴族は確かにお見合いもあるけど、互いが決めた婚約者の契約魔法よ。身分差とかないし、気にしないでいいのよ」

「……そういうの、ないの？」

「そもそもね、お互いが好きなのに結婚できないなんて、つらすぎるでしょ？」

彼女たちは当然の顔だった。そういえばバルローもそんな感じだったと、サラは思い出す。

異種族が運命みたいに恋に落ちて伴侶となるのだから、と。

（たしか――運命のつがい、と言っていたわ）

カイルは迷信だと嫌っていたみたいだけれど、それが獣人皇国では浸透している考えなのだ。

だから、サラが彼の相手でも問題ないんだと思ったら、ほっとした。

直後、サラはそう考えた自分にびっくりした。

自分とカイルの関係は契約だ。彼女たちのような恋人関係にはなくて、カイルは拾った小動物を保護している感じで――。

（そもそも私と彼はそういうロマンチックな関係じゃないしっ）

込み上げたここ数日のかまい通しみたいなカイルことを、無理やり頭から追い出す。

「考え事してるのに手際がいいわ。さすがねー」

「ふふっ、サラったら青春してるのねぇ」

「し、してない」

サラは逃げるみたいに、ささっと洗い物を絞ってバケツに放り込んだ。

「皇帝陛下から髪の毛まで愛してるー、なんて言われたんでしょ？　素敵よねぇ」

持ち上げたそれをガシャッと地面に落としてしまった。

廊下、そして同じく外にいた騎士たちも一人だけ立っている侍女のサラを注目してくる。

「なっ……ち、ちが……っ」

「違うの？」

言われたのは『美しい』だ。

けれど、カイルに髪を触られていた場面を思い出した一瞬で、サラは真っ赤になってしまっていた。

どうして、こんなに過剰反応してしまうのかわからない。

「あ、愛している、なんて……ううんっ、そもそもなんで知ってるのっ」

「カツラをつけた日の話？」

「カツラのことまで……!?」

「それなら宰相閣下がすごく大きな声で自慢してたわよ」

「ドレスもすごく似合ってたって、ガート将軍様も部下たちとお喋りしていたわ」

サラは感情がすごく出るブティカを思い返した。

「まさかガート将軍様まで……」

「私もサラのプラチナブロンドの髪、好きよ。ドレスがよく映えるだろうし、見たかったなーっ」

「というか飾りたいわよね！　どんな髪型も絶対に似合うっ、もうゴージャスに着飾らせてみたい！」

同じくタオルを絞ってバケツに入れた彼女たちが、立ち上がって何やら話に盛り上がった。

侍女なのに、侍女に着飾らせてもらってどうするんだろうとサラは少し思った。

けれどサラが入れる隙もなく彼女たちは話していた。ひとますバケツを持ち、一緒に廊下へと上がる。

「そうそう、バルロー様も、焦げ茶色の髪も似合っていたけどどうして髪色を変えているのかって、首をひねっていたみたい。先輩たちが見たんですって」

「獣人族は目もいいから、まつ毛の色と違っているとすぐバレるわよ」

ということは、バレるとわかっていてカイルもしたのか。

あの時、サラは初めての婚約者役で緊張していて気が回らないでいた。

考えてみれば貴族を偽るのはリスクが高い。しかし皇帝の婚約者であると、カイルも堂々と紹介していた。

（とすると……あれって少しでも私の緊張がほぐれるように……？）

気になって侍女仲間に確認する。

「でもこの国にもカツラがあるんですよね？　意味はあるんですか？」

「ファッションの一つじゃない」

なるほどと安心すると同時に、気が抜ける。

（つまりは気休めのファッションでカイルも……）

たしかに本来の髪色がわからないのであれば、侍女として働いている時すぐに声をかけられずに済むという安心感もある。

「ふふっ、そう考えたら私たちってすごく得だわ！」

廊下を歩いて数歩、三人の侍女仲間がくるっとサラを振り返る。

「得？　どうして？」

「サラの綺麗な髪を、初めからずっと見られているし！　王城勤めの特権よねぇ」

「時々下ろしてるのも見られるもんねー」

「私たちサラの髪、好きよ。瞳もきらきらしていて大好き！」

彼女たちの笑顔が本物なのは、見てわかる。

サラは胸が熱くなった。

言葉がすぐ出ないでいると、顔見知りになった若い騎士たちも足を止めて、そのうちの一人も言ってくる。

「俺も好きだな。すごくきらきらして、カラスの目にはすごく魅力的に映る」

「……そう」

そういえばカラスは光るものを集める習性があったな、とサラは考える。獣人族独特の褒め言葉だが――やっぱり、くすぐったくなるくらいうれしくなった。

「ありがとう」

どうか涙が出ませんようにと祈りながら、笑い返した。

ずっと気になっていた髪と目の色だった。それを自分でも好きになれた。

獣人皇国が、そこに住んでいる人たちもみんな、大好きだ。

そんな思いを込めてにっこり笑ってみせたら、見知った人たちも足を止めて、微笑みを返してきた。

「んもうっ、かわいいわねサラは！」

そう言った侍女たちの目が、ふとサラの後ろへと上がって、輝いた。

他のみんなも「あ」という感じでそこを見る。

なんだろうとサラは思った。すると後ろから伸びた腕が前に回るのが見えて、気づいた時にはぐいっと後ろへ引っ張られていた。

「コレは俺の花嫁だ」

ちょっと拗ねたみたいな声が聞こえた。

見上げると、片腕で抱え込んでいるのはカイルだ。

「……はい？」

サラは呆気にとられた。また、どうしてここに来たのか。

侍女たちが「きゃーっ」と声を潜めて意味深な笑みを送ってきた。周りからも「おぉ」と頬を赤らめた声がもれている。

そもそも正しくは花嫁ではなく、伴侶の〝候補〟だ。

（いえ、そうではなく）

彼自身の口から婚約関係を言ったことにも驚いていて、サラはカイルの袖をつんつんと引っ張った。

「ん？　なんだ、サラ？」

彼が両腕をサラの前に交差させて、上からじっと見つめてくる。

さらに密着度が上がったうえ、雰囲気も偽装にしてはおかしい気がしたのだが、その驚きをどうにか押し込めてサラは言う。

「あ、あの、カイル？　その、候補なのは隠すのでは……」

「皇帝として発表はしていない。俺が告げただけだ」

あとで『嘘でした』と、婚約関係を終える時に大変なことになったりしないだろうか。

サラはこの先のことを心配した。

だが、彼はそんな先の予定なんて忘れたような態度で、サラを隣に置き、彼女の手を自分の大きな手でそっと包み込む。

何か用があったのかなと思って、サラは言葉を待った。

カイルは何も言わず、ひたすら見つめてくるだけだ。

（何か用件があったのではないの……？）

彼は会議に参加していたはずだ。見つめ合っている感じは恋人同士みたいで、サラは落ち着かない気分になってきて尋ねた。

「えぇと、会議は終わったの？」

「終わったから、次の場所に移動する前に一度顔を見にきた」

「見に？　というか、どうしてここがわかったんですか？」

「契約紋は、花嫁の場所へと導いてくれる」

サラは目を丸くした。

「え、えぇぇ、それは知らなかった……」

「俺も知らなかったよ。サラのことを考えると不思議とその感覚が強まって」

その時、彼がつられたみたいに首筋へ鼻を寄せた。

距離が近くて下がろうとしたら、取られている手で引き留められ匂いを嗅がれた。侍女仲間たちがわくわくとして見守っている。

「カ、カイルっ」

なんでそんなに匂いを嗅いでくるんだろう。

恥じらいを覚えて咄嗟に声を上げたら、カイルがこちらを見て、ニヤリと意地悪な笑みを浮かべた。

「なんだ、意識しているのか？」

「あ、あたり前ですっ。……私、今年十八歳になるんですよ」

ひとまず、やめてもらえないかという思いでちょっと恨めしげに睨んでみる。

するとカイルは、なぜかますます愉快そうな目をした。

「ふうん。それなら、十八歳らしい反応ができるか確認してみようか」

背中を大きな手で支えられ、身体を彼の方へぐんっと引き寄せられた。

「ふぇっ？」

直後、サラはカイルに両腕でしっかりと抱きしめられていた。

温かい腕に包み込まれ、男性らしい胸板が頬に触れる。

それを意識した瞬間、サラは真っ赤になって悲鳴を上げた。

「ははっ、動揺しすぎだろう。したことがないのか」

わかっているのに聞かないでもらいたい。周りから侍女仲間たちも含めて声援みたいな黄色い悲鳴とどよめきまで聞こえて、目撃者の多さにも恥ずかしくてたまらない。

サラが恥じらいで耳まで赤く染めると、カイルはますます気分をよくしてかき抱く力を強め、滅多にない笑い声も上げていた。

きっと、からかっているんだろう。

なんだかとてつもなく楽しそうだとはサラにもわかった。

（ただの〝肩書き婚約者〟ってだけなんですよねっ？）

子供ではないと思っているようなのに、どうしてこんなことができるのか。安易に抱擁するなんてあり得ない。

最近の彼がよくわからないなとサラは思った。

◇◇◇

真っ赤になったサラが、腕の中で固まった瞬間もカイルは胸が満たされるのを感じた。

（見ていて面白い）

言葉も出ない様子にも、気分がよくなった。

サラは、かなりかわいい。

一度『かわいい』と自覚してからは、すんなりその感情を受け入れている自分にもカイルは驚いている。

けれど、本人を前にしたら、そんな思いは二の次になった。

サラを前にすると、カイルの五感はどんな些細なことでも拾おうとしてすべて彼女に向いた。

かわいい、そして甘い匂いがする。

嗅覚を誘われて鼻先を寄せていた。なぜだか、すぐそこにある肌を舐《な》めたくなった。

サラが戸惑って、迷って、言葉をためらうのもカイルの男心をくすぐった。

とはいえ彼が許したように、サラがどうにか言い返してくる姿はもっとたまらなかった。

「反応が癖になるな」

次の仕事の移動が迫ってしまい、待たせていたギルクたちに合流すべく、カイルはサラと別れた。

なぜか離れがたかった。時間が許す限りかまい倒したい。

目が、離せなくなるのだ。

それから、カイルはもっと見ていたいと感じる。反応が面白くて、必要以上にちょっかいをかけたくなった。

それから、サラには自分だけを見ていてほしいと感じた。

カイルは彼女にはいつだって自分を注目していてほしいと、そんな子供みたいな欲求を日増しに強くしていた。

（この欲求はいったいなんだろうな）

いったいどこから湧き上がってくるのだろうと、カイルは不思議な思いで自分の左手首についた契約紋を見た。

わからない。考えるよりも先に、カイルの五感はいつもサラを捜したから。

会ったばかりなのに、またすぐにでもそばに行きたくなる。

少し離れているだけで、様子を確認したいとどこか落ち着かない気分になった。

健気で、がんばり屋だ。

そしてサラは、驚くほどに何も知らない。

「ギルク、急な変更をすまなかったな」

「いえ」

護衛部隊に合流したカイルは、予期していたみたいにギルクから冷静な眼差しを返され、訝った。

「なんだ、何か言いたいことでもあるようだが」

歩きながら確認する。

「お迎えになって三週間もとうに過ぎましたし、さすがの皇帝陛下にもそろそろくるだろうと思ってはいましたが、ようやく〝そういう時期〟がきたのだなと」

「どういう時期だ？」

「つまり――〝まだ〟婚約者であることです」

珍しく遠回しで言ってくるギルクに顔をしかめた。

婚約者の期間に決まりはない。

成婚のため〝仮の契約魔法〟から〝契約魔法〟へと変えて伴侶となるタイミングも、各々の都合だ。

獣人族は伴侶となってから、結婚、初夜へと進む。

（もしかしたらギルクは、彼女と交わした契約のことを言いたいのか？）

何かあればサラをサポートしろと指示していたが、思えば関係を隠すため、カイルが彼を走らせることは一度も起こらなかった。

必要なのは、婚約者としての関係性だけだ。

その立場で彼女が苦労するようなことは何もしないと、カイルは決めていた。

それなのに、おかしなことにカイルは『サラは皇帝である自分の婚約者だ』と公言して隠そうと思ってもいない自分に気づかされた。

先程、サラの髪を好きだと褒めている声が聞こえて、彼女もうれしそうで微笑ましい気持ちがしたのだが、直後には相手への苛立ちが込み上げていた。

彼女に、好きだと言わないでくれ、と。

そうして、気づいたらカイルはこの腕にサラを奪い取っていた。

『コレは俺の花嫁だ』

あの時、自分の口から飛び出した言葉には驚いた。

コレは自分のだと、獣の本能が騒いだ。

周りを牽制《けんせい》したことへ一種の満足感を覚えていた。誰もがサラを、カイルの花嫁として認めている視線に優越感を覚えた。

自分がよくわからない、不可解だ。けれどそう悩んだところで、カイルはこれは契約関係だったと思い出す。

そして自分が、結婚の意思がなかったからこそ、そのあとのことについて考えるのを失念していたと気づく。

（――もしサラが、普通の身分の男と結婚したいと言ったら？）

ずぐりと、ドス黒い感情が重く腹の底を満たすのを感じた。

サラがこの国にいられるようにすること。

当初はそれだけで頭がいっぱいになっていた。獣人族の女性と同じく彼女が家庭をもちたいと相談してきたら、どうすればいいのか。

その〝相手〟は、自分でいいのではないだろうか。

カイルは本能にじわじわと支配されていく頭で、サラとの結婚についてあれこれ思いを巡らせた。

先程近くで見た、彼女の白いうなじが思い浮かぶ。

本来、人型の時には〝触れ合うためにある〟獣の歯。

これまで興味もなかったのに――サラのそこに触れたらどんな感触なのだろうと想像すると、カイルの獣の歯が疼《うず》く。

「皇帝陛下」

囁くキルクの声に、ハタと我に返った。

視線を上げてみると、正面にある衛兵が立つ通路の前に側近、それから同じくそこで足を止めて悩み込んでいるブティカがいた。

「どうした」

そちらへと向かうと、ブティカが深刻そうな顔を向けてきた。

「陛下！　ああ、ちょうどよかったです。実は《癒やしの湖》の件で急ぎご相談したいことが……いえ、報告したいことがございます」

すると、ブティカが止める間もなく一人の老人がカイルの前に飛び出してきた。

「どうされた、ギディック町長」

カイルはギルクたちには手を出さないよう合図し、その老人が喘《あえ》ぐように伸ばしてきた震える両手を、自分の両腕で受け止めた。

「ああ皇帝陛下っ、とうとう……っ、とうとうヘオスの町の《癒やしの湖》が……手で、すくえる分しかなくなりました……」

「なんだと」

ギディック町長の声は震えていた。

見回すと、彼に同行していたのはカイルが軍人だった頃から土地と《癒やしの湖》について見てきていたヘオスの町の要人たちだった。

「祖父の報告した通りです」

カイルも面識があるギディック町長の孫が、そばから申し述べる。

「このまま我が国は徐々に滅びていってしまうのでしょうか……？　我が町で起こる消失を皮切りに今後――」

「滅多なことは言うものではない」

側近が「皇帝陛下の御前だぞ」と告げたが、ずっと気にかけていた土地だったこともあり、戸惑いと悲壮感を隠せていない。

ヘオスの町は、王都の周囲に位置している町の一つだ。

一昔前までオアシスと呼ばれていたが、今や三つ存在していた《癒やしの湖》の貯水量は都市近辺で最低量を更新し続けている。

「《癒やしの湖》の消失はまだ確認されていないが、もしかするとヘオスが一番手に……」

ブティカも難しい顔をしている。

「町は移したから、まだ誰も気づいてはいないな？」

「はい、宰相閣下様。一部我々と残っている者たちには騒ぎ立てないようお願いしています」

「しかし、なぜそこまで少なく……雨も降っていただろうに」

呻くような側近の言葉、誰もが黙り込む。

「減少をくい止める手にはならない。《癒やしの湖》にある水は〝魔力〟を含んでいる。魔力によって生み出されるため、天からの恵みもなんら影響を与えない」

希望を抱きたい側近の気持ちはわかり、カイルはどうにかしたいと解決を願っている彼の気持ちをくんで、改めて教えるような口調でそう言った。

獣人皇国は水源にも恵まれていた。

《癒やしの湖》は、まったくの別物なのだ。

ギディック町長が、自分を受け止め支えてくれていたカイルをぐっと見上げた。

「近日中に、各地の《癒やしの湖》の件で、獣人大貴族会議を開くご予定だとは知らされておりました。現状を先に見ていただけませんか。これほどまで進んでしまったら、もう、我が町の現状を広く知らせることも考えなければ……」

何も知らず遠方から足を運ぶ者たちのことを考えれば、必要になってくるだろう。

「しかし宰相とも話していたが、陛下は同件で本日と明日も、視察の予定が」

側近も含めて難しい顔をした時、カイルは手で制し、ギディック町長に答えた。

「わかった。これから共にヘオスへ行こう。足を休め、しばし待っていてもらえるか。急ぎの用件を済ませたらすぐ戻ってこよう」

「ありがとう存じます皇帝陛下！」

ギディック町長だけでなく、同行していた者たちも深い感謝を告げた。頭を下げた彼らは震えていた。

それをブティカも、とても痛々しそうに見ていた。

「彼らのせいではないのにな……」

カイルにいったん彼らの案内を頼まれたギルクたちが、一緒になって移動していく姿を眺めてブティカがたまらずもらした。

「ああ。住民にも、領主の責ではないと発表の際には説明をしなければな」

この件に関してはカイルが引き受けることにした。

少しあとに入っていた予定の件は頼むと伝えると、側近は任せてくださいと頼もしく答えて早速歩いていった。

「それでは皇帝陛下、視察に早く出られるようわたくしがお供いたします」

「ありがたい。頼むぞ」

「はっ」

カイルはブティカと共に、警備が敷かれている通路へ進もうとした。

その時、後ろからドロレオ騎獣隊の男が駆けてきた。

「陛下！　ちょうどいいところに、この前のドロレオのことなのですが気になる話が――」

「あとにしろ」

カイルたちは一瞥しただけですぐ踵を返した。


ドロレオ騎獣隊の男は、衛兵たちに急ぎの用があるのだと知らされて肩を落とした。

「それにしても、相変わらず怖いお方だなぁ」

サラと一緒にいる光景を見慣れていたせいか、凍てつく視線に彼は改めて思い出したと言わんばかりに身震いする。

「ゾイ将軍から、気になるので話しておいてほしいと言われたんだが……まぁ《癒やしの湖》のことのようだし、仕方ないな。あとにしよう」

「重要か？」

「いや推測というか、意見というか」

忙しいのなら仕方がないと言って、彼はついでの用件はいちおうは済ませたと言わんばかりに、続いて本来の仕事をこなすべく軍の倉庫へと向かったのだった。

◇◇◇

翌日、サラは久しぶりにドルーパと会えた。

「ゾイ将軍様！」

今日は朝一番でカイルは出かけていた。皇帝つき侍女について仕事をしていたサラは、午前中の休憩を終えて一階の通路を歩いていたところで、大きな狸の尻尾を人々が行き交う中に見つけた。

「またお会いできてうれしいです。お元気でしたか？」

「おー、俺は元気だったぞ」

ドルーパはサラに気づくと振り返り、出会った時の第一印象のまま片手を軽く上げてニカッと笑いかけてきた。

「五日前に、サラの手伝いはしばらくなしだと指示されてなぁ」

廊下の中央で合流したところで、彼は「いいブラッシングの腕だったのに」と残念そうにため息をもらした。

「ごめんなさい。配置替えになってしまってしばらくは難しそうです」

「そう気にするな。人が多いと助かると言ったのを真に受けてくれたんだな、ありがとう」

しゅんっとしたサラに、ドルーパは頭をぽんぽんと叩いた。

「ありがとうなんて……」

すると通り過ぎていく女性たちが「あっ、またあの女タラシっ」などと、ちょっときついことを言った。

サラは気になって、すれ違っていく女性たちを横目に追いかけてしまった。

だがドルーパは聞こえていないみたいに言う。

「女性の助っ人はなかなかいないんだ。体験みたいな感じで王城から一部、ほとんどは外部からだよ。力仕事は軍人の体力作りにもいいからな」

「私もドロレオたちに会いたいです」

「ははは、サラもすっかりドロレオ好きになったなぁ」

みんなが言っていた通り、優しい生き物だとわかってしまったからだ。

あのあとサラは、他のドロレオたちにもすっかり気に入られて仲よくなっていた。

「あっ。ところで先日のドロレオは元気そうですか？　名前はイジーでしたっけ、何か話を聞いてます？」

「あー……後日に家族と来てたよ。すごく礼を言っていた」

一瞬、ドルーパが不自然なこわばりを見せた気がした。

不思議に思って見つめたら、彼が愛想笑いに、困った感じの表情を滲ませた。

「あのさ、自分以外を治癒したのはこの前が初めてだと言っていたよな？」

「はい」

「後日に話を聞いたんだが、翌日はちょっと調子が悪かったんだって？」

「ええ、そうです」

「治ったのは皇帝陛下と会ったタイミングとかかな。たとえば、触れたあとだったり？」

「どうしてわかるんですか？」

すごいですねというニュアンスで答えたら、ドルーパが腕を組んで首をひねってしまった。

「……治療した時に、何か普段と違って変な感じはしたかな」

「変な感じ、ですか？」

ドルーパが両手を不自然な位置に上げ、説明に窮したみたいに固まる。

「うーん、俺たち獣人族にはないことだから、なんと言えばいいのか……あっ、そうだ、皇帝陛下と契約魔法をしたよな？」

「はい」

「それと似た感覚はあったか？」

サラは、言われてハタと思い出した。

「ええ、そういえばありました」

答えた瞬間、ドルーパがかすかに息をのむのを感じた。

けれど彼はサラに悟られないうちに、へたな作り笑いを浮かべてなんでもないと態度で伝えてきた。

何かあるみたいだ。ものすごく嘘がへただと、サラはかえって困ってしまった。

（あ、尻尾を出しているせいかも？）

本能、つまるところ感情がむき出し状態だとはカイルに聞いた。

その時、二人の間にいかつい大きな男が割って入ってきた。

「こんな目立つところで立ち話か？」

ひょこっと首を伸ばし、左右にある双方の顔を見てきたのはガートだ。

「ガート将軍様！」

「ん、俺だよ」

彼が調子よく指にピースサインを作る。けれどすぐ、おどけるようにしてそれを唇の前に移動して、人さし指を立てた。

「でも皇帝陛下に嫉妬されるから、あまりうれしがらないようにな。いや、俺だってこんな綺麗《きれい》な女の子に会うだけで喜ばれるのはうれしいぞ？　俺はゾイ将軍と違って、女ウケはすこぶる悪いからな。なんでだろうな？」

ガートがドルーパを見る。ドルーパは、途端に困ったぞという表情を返した。

「その質問、何度かされてます……」

「マジか」

「あなたは調子がいいというか、いい加減だから」

「それ、お前に言われたらおしまいじゃないか」

「なんでですか」

サラは二人の会話の中でわかったのだが、何度も離婚と結婚を繰り返しているからでは……と思う目でドルーパを見上げていた。

「うーん、俺の方がウケがいいとは感じてないんですが……先輩の雰囲気がだめなのでは？」

「だめだしがひでぇな」

どうやら二人は先輩後輩の仲でもあったらしい。

「あの、ガート将軍に聞きたいことがあるんです。聞いてもいいですか？」

「お、なんだ？」

彼と一緒に、ドルーパの視線まで戻ってくる。

廊下の中央に大きな軍人が二人だ。しかも一人はデカい狸の尻尾付きで、そこにサラがセットになっていると余計に通行人から注目を集めていた。

「実は、カイルを知っている人に話を聞きたいと思っていて、その……最近、カイルが少しおかしい？　ような気がするんです」

ガートの笑顔が初めて不自然に固まった。

「えーと……どういうふうにかな？」

「とにかく私にかまってくるというか、離してくれないというか……？　それによく唐突にくっつくことも増えている気がして」

昨日なんて、顔を見にきただけなのに後ろから抱きしめられた。

あの距離感はさすがにおかしいと思うのだ。

「それから、やけに素直に感じる時もあるような気がするんです。……かわいいとか、私には嘘をつかないとまで口にしてきて……」

サラは二人に話して聞かせた。彼らは驚くでもなく、困惑するでもなく、じーっと見ているだけだった。

「……まぁ、がんばれ？」

聞き届けて数秒後、うん聞いたよ、といううなずきを表明してドルーパがそう切り出した。

「婚約中は、とくに求愛アピールすごいから」

「え？」

「おい勝手なこと言うなよ。個人差もあるって。ただ、まぁ、オスの方が欲しくて夢中になるのは共通してるから、相手を落ち着けたい場合には、とっとと成婚するとかくらいしか対策はないな」

「成婚……!?」

ガートの言葉に、サラは頬をさっと朱に染めた。

「ははは、つまりは伴侶になったらマシになる」

偽装の婚約関係なのに、結婚はなんの解決にもならない。

とんでもないとサラが慌てて手と首をぶんぶん振ったら、ドルーパが目を丸くして、それからガートと同じく大笑いした。

「あっはっは、サラはかわいいなぁ」

二人は知らないだけで、サラはカイルとそんな関係ではないのだ。

けれどガートも知った顔で、腕を組んでうんうんと微笑ましくうなずいた。

「人間族だから、獣人族の感覚はわからないだろうしな。うむ、子供のように初々しい。そういうのはよくあるよ」

「獣人族にはよくあるの……!?」

「え? いや、そうじゃなくて婚約者を見つけた獣人族」

サラは混乱した。彼女が聞きたいのは〝普通の獣人族〟だ。

彼らがよく知っているカイルを心配して相談しているのに、全然そんな感じを受けていないところにも困惑した。

「獣人族の感覚なら教えてやらないとな。まず、相性がいいと甘い匂いがするんだ。俺らは、それを相性がいいつがい相手だと思っている」

ドルーパが微笑ましそうな顔で、先輩風を吹かせてそう言った。

「みんな迷信だとか言うけど、ほんと、たぶん魔力なのかな？　俺は甘い匂いは好きじゃないんだか、心地いいと感じるような、ほっとするようなそんな甘い匂いがするんだ。離したくなくて、もっと求愛したくなる」

「……それ、何度かしてきた結婚の経験談ですか？」

「そう。今まで結婚してきた相手は、みんなそうだった」

ちょっと彼だと見本にならない気がしてきた。

サラは、そもそも獣人族だけに感じる甘い匂いだろうと思った。だってこの国にも、普通に香水などもある。

「なんだ、信じてないのか？」

ガートが目ざとく、ニヤニヤと見つめてきた。

「甘い匂いと言われたって、溢れている香りの中から見分けるなんて嗅覚は私にはありませんし、無理ですよ。実際男性でも甘めの香水はしていますし……ほら、カイルだって上品な甘い香りでしょう？」

二人の余裕ぶった笑顔が、揃って見事に固まった。

「……なんだって？」

ガートがそう聞き返し、耳を澄ます。

「ですから、カイルの香水の匂いですよ。柔らかなのを好んでいるじゃないですか」

「は」

ドルーパがあんぐりと口を開けた。

彼らは同性の香水はあまりチェックしないのだろう。サラはカイルの意外な面であり、それでいて女性としては好ましい香水の使い方について教えた。

「珍しいですよね。カイルは皇帝ですし、その前は軍人だと聞いていましたからてっきり殿方がよくされている香水が好きなイメージがあったんですけど、花のような、ここで食べたおいしい砂糖菓子のいいところだけをうまく調合したようなほのかな香りで、女性の私でも欲しくなるような香水なんです」

社交界でも嗅いだ男性向けの香水は、どれもスパイスがきいたようなツンとくる力強さがあった。

この国はみんな嗅覚が鋭いせいか、女性たちの香水も柔らか味があってサラはどれもいい匂いだと感じた。

けれどカイルのはこれまで嗅いだことがない、作られた香水という感じがしない自然美も思わせる素敵な香りなのだ。

「強調しないのにあんなに記憶に残る香りも初めてで、そういえばどんな香水を使っているのかちょっと気になっていたんですよね。あれって男性用の香水なんですか？　この国だけの香料だったりします？」

ああいう香りだったらサラも欲しくなる。ガートだったらカイルが使っているものを知っているかなと思って尋ねたところで、ふと二人の様子がおかしいこと気づいた。

「ガート将軍様？」

「……そ、それ、もうばっちりなのでは？」

「はい？」

問いかけがよくわからなくてサラは小首をかしげた。食い入るようにこちらを見ているドルーパが、たまらずといった様子でガートのそばから覗き込んできた。

「そもそも契約魔法しただろ？　互いの左手首に契約紋ができて、婚約者になった」

「そうですね」

「たぶん、いや絶対そうだと思うんだけど。そうすると種族とか関係なく嗅ぎ分けられるものなんだと思うんだよ。だって、魔力でつながってるわけだし？」

するとそばでガートが「あーっ」とうるさい声を上げ、頭を抱えて上を見た。

「うわーマジかっ、あいつ一発で当たりを連れ帰ったとか、さすが皇族。やっぱ皇族が間違えるわけがないんだよっ」

「やっぱりそうですよね先輩⁉　カイル・フェルナンデ・ガドルフ皇帝陛下は血筋もいいと言われているし、みんなが騒いでいるように俺もそうだと思ってました！」

「あの……？」

何やら興奮気味に早口で二人は話していて、よくわからない。サラは、大きなムキムキの男二人をどう止めたらいいのか困ってしまった。

両手を小さく上げ声をかける間を探していたら、背中がもふっと何かにぶつかった。

「おっと、これは失敬」

「あ、いえ私の方こそごめんなさ――ええぇぇ！」

振り返りざま、思わず大きな声が出た。

ガートとドルーパが「ごほっ」と言って会話が止まった。げほごほいう声を聞きながらも、サラは後ろから目をそらせない。

「リ、リスの尻尾だわ……」

紳士の背中に寄り添うようにしてもっふもっふと揺れているのは、ドルーパよりさらに大きくて毛も長いリスの尻尾だった。

サラは唇をきゅっと閉じはしたが、その目は見開かれ、金色の瞳が潤い輝いている。

「えーと、サラ……?」

「おいサラ、頼むから触るなよ? 出してる俺が言うのもなんだけど、獣人族っていうのは、尻尾だけはだめ――」

サラは、紳士が歩くたびふさっふさっと揺れ動く尻尾の弾力に見入って、ドルーパの話し声も途切れてしまった。

なんともさらさらとした触り心地のようだと想像が止まらない。

(なんてさらさらで、ふわっふわ……こ、これはちょっとだけお願いしてみたいかもっ)

そんな欲求に、ごくりと唾をのむ。

「うぅっ、でもゾイ将軍様もだめだって言ってたし……!」

紳士の後ろ姿を追いかけてしまいたい気持ちを、ぐっとこらえた。

そんな自分たちよりずいぶん小さいサラを、ガートとドルーパが「ははあん」と顎に手を添え、左右から見下ろす。

「つい口に出てしまうくらい葛藤しているわけか」

「先輩、なんなら先輩の尻尾を出してあげればどうです？　毛が長くてさらさら、ぴったりじゃないですか。俺のはもこもこタイプなんで」

「馬鹿言えっ、俺にはかわいい伴侶がいるの！　匂いがついたら嫉妬されて、帰宅と同時に家庭内戦争が勃発するだろ！　俺は伴侶にブラッシングしてもらって『さらさらしてる～っ』って言われて、ぎゅっと抱きしめてもらえるのが最上級の癒やしなんだ！」

「うわー、先輩ってほんと……肉食種が草食種を娶るとそんな感じなんですね」

「こら、残念そうに見るな。それに俺は尻尾が弱いんだ！　抗《あらが》いようもなくきゅんときたら、伴侶に合わせる顔がなくなるだろう！」

「性感帯の情報とかいりません、気持ち悪――いったぁ！」

ガートが「ふんっ」とドルーパを両手でもち上げ、投げ捨てた。

大変だ、尻尾一本で喧嘩が起こってしまった。

気づいてサラは振り返ったが、プラチナブロンドの髪がその動きに合わせて揺れ、広がった直後だった。

その一瞬の刹那に、彼女は横から伸びた腕にさらわれていた。

腕に抱かれる光景を見るのは何度目だろう。

それは覚えがある感覚だった。腕がサラに触れ、抱きしめて、引き寄せられた際に甘い匂いが鼻先をかすめる。

（あ――カイルだわ）

そう思った時には、サラの軽い身体はその人の胸へと抱かれていた。

「悪いが、サラは連れていくぞ」

静かな声が後ろから落ちる。

こちらを見たいかつい顔のガートとドルーパが、揃って口元をひくっとした。

「ふぁい……」

なんだか変な声が二人の口から出る。

実は、とっても仲良しだったりするのだろうか。

サラは胸の下にある腕に手を添えて、顔を上げた。すると顔を下げたカイルと視線がぶつかった。

「休憩しよう。いいな？」

アッシュグレーの髪をさらりと長いまつ毛にかからせた彼の、明るいブルーの瞳に一瞬とらわれたような錯覚を受けた。

普段よりも感情が読めなくて、いつもより目の色が冷たく見えた。

（なんだか……少し不機嫌なような……？）

サラがうなずくと、どこからともなく現れた護衛部隊たちが人を左右によけさせた。珍しくその中にギルクの姿はなかった。


カイルの片腕に抱かれたまま移動することになった。

ちょうど仕事も次の指示をもらうタイミングたったし、彼が休憩ならサラも休憩になるのでつき合うのはかまわないのだが——。

（大丈夫なのかしら？）

ろくに挨拶もできなかったガートとドルーパが気になった。

ついてくる護衛部隊の方をちらりと見ると、カイルの腕が少し強くなった。違和感を覚えてそこにある顔を見上げ、驚く。

カイルは歩きながらサラをじっと見ていた。

どこか拗ねたみたいな顔で、それでいて少しだけ怒っている感じだ。

「カイル……？　あの」

「どうしたらお前の視線を引き留められるんだろうな」

「え？」

よくわからないまま初めての部屋に通された。

そこは内装が豪華な部屋だった。彼が普段座っている場所よりは手狭で、大きな家具は中央にはガラスの円卓が一つ、そしてカーブを描いたおしゃれな感じの寝椅子が一つ置かれていた。

「休憩所の一つだ。ここが、あそこから一番近い」

サラは彼に導かれて、寝椅子に共に座った。

室内を進んでいる間にも、やや小さめの続き扉から侍女たちが現れて、茶器一式をのせたワゴンを押し、目の前で紅茶を淹れていく。

室内の扉側と、そして四方の壁に広がって数人の護衛騎士たちがついた。

侍女なのに、侍女の世話になっていることに慣れなくて、サラは上品な湯気を立てる紅茶を見つめてしまう。

「サラ」

「はい、なんでしょう」

視線を移動すると、膝に腕を置き、手を組んでこちらを覗き込んでいるカイルの姿があった。

「尻尾に触りたいか」

その途端、警備についている護衛騎士たち全員から「ごほっ」と聞こえた。

普段完璧な仕事をする皇帝つき侍女たちも、手元が少し揺れて、わずかに動揺していた。

「……えっと、触って大丈夫なんですか？」

室内の空気からすると『いい』とは思えなくて気が引けた。先程、ドルーパたちのやり取りからだめだという感じを受けたばかりだ。

「かまわない」

すると、ふわっとした風と共に、二人の間に上質なクッションでも置かれるような感覚があった。

いったい何かと驚いて確かめ、サラは目を見開く。

それはアッシュグレーの狼の大きな尻尾だった。

少し視線を上げると、隣からこちらを見ているカイルの人間の耳はなくなって、頭にやや長さのあるイヌ科の獣耳がピンと立っている。

「近くで見ると大きいわ……」

そんな、ぽかんとしたつぶやきがサラの唇からこぼれ落ちた。

カイルのその姿を見たのは、町で人身売買の男たちを制圧すべく動いていた際だ。威嚇《いかく》するような動きをしていた時とは、ずいぶん印象が違う感じがした。

（まさにもふもふ、毛はふわふわそう、そして大きい……）

感想がとりとめもなく浮かぶ。しかもスカートに少し触れている尻尾は、毛が長くてさらさらしていて、先程一瞬で引きつけられたリスの尻尾が、サラの頭から飛んだ。

「そうか。自分ではそう思ったことがなかった」

「これ……魔力でしまっている感じなの？」

「俺たちは感覚を掴んでしまえるようになるが、恐らくは魔力が関わっているんだろうな」

ついまじまじと見てしまったのに、カイルは機嫌を損ねるどころか、ここに来た時の拗ねたような感じはいっさいなくなって親切に答えてくれる。

侍女たちが速やかに出ていった。

サラは淹れられた紅茶に気づいたが、そわそわと二人の間にある大きな尻尾へすぐに目を戻してしまう。

そこにある尻尾は、もっふんとした感じで置かれていた。

ボリュームがあるから大きく見えるのかもしれない。毛も、さらさらして長くて――。

「先に触ってもいいぞ」

カイルの獣耳が、ぴこんっと小さく揺れる。

失礼にならないか心配になって上目遣いに確認したら、見つめている彼の目はどこかわくわくしている感じがあった。

（『触っていい』も本心、なのよね……？）

本来の姿になっている時には、感情をさらけ出している状態みたいなものだとは彼に言われていた。

とにもかくにも、脚に触れている大きな尻尾への欲求をこらえるなんてできない。

サラは、どきどきしながら両手ですくい上げた。

「す、すごいわ……っ」

こんなにも気持ちのいいもふもふとした感じは初めてだ。手に触れた瞬間に、それはふわんっとしていて、それでいてもっちりとした感触を伝えてきた。

自然に自分の正面にきた尻尾を、両手で撫でて毛並みの艶やかさを確認した。

目を輝かせているサラの一方で、護衛騎士たちは緊張して背筋を伸ばし、少し目線を上げていた。

「抱きしめてもかまわない」

尻尾の先が、ぴこぴこと小さく動いてサラの腕を包み込むようにして撫でてきた。

「えっ、いいの？　本当に？」

「サラは、俺のものだったら自由に、好きに触ることができる」

挑発するみたいにカイルの尻尾の先が動いて、逆にサラを抱く感じになった。

カイルから触れさせてきたことで、遠慮も一気に吹き飛んでしまった。

ずっとうずうずしてたまらなくなっていたサラは、許しを得たと確信した直後、尻尾をかき抱いた。

「ああ、柔らかい……幸せなもふもふの感触だわ……」

とてつもない感動を覚え、徐々に抱く腕に力を込めていく。

うっとりとため息をもらすと腕の中で尻尾がぴくんっと揺れた。触れて形を変えられている胸が揺らされて、ちょっとくすぐったい感じがあった。

「ふふっ、気持ちいい」

「……そのまま、もっと抱きしめてみてくれ」

「いいんですか？　それなら」

答え終えてすぐにそうした。ぎゅぅっと次第に力を入れ、頬でも堪能する。

やはり尻尾はボリュームまであるみたいだ。

ふわふわとしているのに、柔らかな感触に加えて幸せしか感じない弾力があった。

(尻尾まで甘い匂いがするなんて、すごいわ)

香水をかけると、獣姿を出した時にも反映されるものなのだろうか。

サラは匂いを嗅いでうっとりとした。カイルが手を顔にあてて「ふー」と細く息をもらす。

「カイル？」

「…………思っていた以上に、よくて」

「抱きしめられると、カイルも気持ちがいいんですか？」

どちらにとってもいいことずくめなのだろう。サラはそれならと思って、今度は顔も埋めて思いっきり尻尾をむぎゅっと抱きしめ、堪能する。

「だがサラ、俺以外の尻尾にしてはだめだ」

ハッとしたようにカイルが忠告する声が聞こえた。

「うん？　わかっていますよ、それが作法なんですよね」

抱き心地にうっとりした。このまま眠ってしまえそうだ。

いい匂いを肺いっぱいに感じてみる。すると腕の中で、尻尾がびくびくっと震えた。

その時、そっと肩に手を置かれるのを感じた。

サラは誘われたように隣を見上げた。

「歯にも触ってみるか？」

カイルが顎に触れ、支えてそっともち上げ、サラの目を覗き込んできた。

雰囲気が変わった気がした。

「……歯を？」

そういえば、以前にもそんなことを言われていた。

「獣の歯のことですか？」

「そうだ。指だと触りにくい。獣人族の獣の歯を触るのなら――もちろん、舌だ」

「えっ？」

サラは顔を赤らめた。

知らなかった。とすると以前『触ってみるか』と言った時、カイルはそれを頭に浮かべて発言していたのだろうか。

「それが作法だ」

でも、訳がわからない。

（舌だけでどうやって獣の歯に触れるの？　し、舌って……だってその、どうがんばってもキスになるのでは……）

あの時、侍女が微笑ましげに笑っていたのは、仲睦まじいと思ったからみたいだ。

けれどサラは、カイルとは一般的な婚約者の関係ではない。

混乱し、そして恥ずかしさに目も潤ませて黙り込む。

すると顎を支えている手が、もう少し上げられた。カイルの顔が近づく気配にどきっとする。

「サラの歯も見せてくれ」

「カ、カイル？」

上げさせられた視線の先で、彼の顔が迫る。

「お前の歯にも、触れてみたい」

すぐそこまできた彼の口が開けられ、尖って伸びた犬歯が覗いた。

「――わ、私、獣の歯はもっていませんけどっ」

そもそも作法とやらで触らせる獣の歯などはもち合わせていない。パニックになったサラは、咄嗟に彼の胸板を両手で押し返した。

相手は皇帝だと思ったらそこまで強く押せず、弱々しい力になってしまったがカイルは止まってくれた。

護衛騎士たちの方から、露骨にほうっと細く息がもれる音が聞こえた。

「困らせたな。すまない」

数秒の沈黙ののち、カイルがやや早い仕草でサラから離れた。

「俺も、少し訳がわからないでいる」

視線をそらされた彼の頭の上から獣の耳が消えて、サラと同じ位置に人の耳が現れた。尻尾も、ぽふっと音を立てて消える。

その途端に、彼の表情には冷静さが貼りついた。

「明日は来なくていい」

カイルが立ち上がった。

「ど、どこに行くんですか？」

「急ぎの用を思い出した。サラは、紅茶を飲んで一休みしてから皇帝付き侍女のところへ――俺は明日、外出があり一日城を空ける」

「あ……」

カイルはそのまま出ていってしまった。

直前まで、彼は獣化していた。

本能をむき出しにするようなものだと以前言っていた。

（つまり茶化しではなく……本音を言っていた？）

とすると、彼は『キスしてみるか』と誘ったのだろうか。

歯に舌が触れる行為を思い浮かべ、サラは再び頬がぼふっと熱をもった。

サラだって訳がわからない。

どうしてカイルが、ただの契約相手であるサラに獣人族の作法らしい『獣の歯に触る』を提案して、サラの歯を触りたいと言ったのかも――。

その時、遅れて室内のぎこちない空気にハタと気づいた。

「あ、あの……」

護衛部隊の騎士たちが視線をそらしている。

彼らの顔は総じて若干赤い。カイルの色気にでもあてられたみたいだ。色事なんてしそうにない人のそういう姿にはどぎまぎさせられたことだろう。

「……ご、ごめんなさい」

なんと言っていいのかわからない。いたたまれなさにますます赤面し、サラはうつむく。

一人が同僚たちに視線でせっつかれる形で、仕方ないから自分がというように咳払いをして歩み寄ってきた。

「サラ様、獣人族が尻尾を触らせるのは親愛の証なんです。皇帝陛下は、よほどあなたと仲よくなりたかったのでしょうね」

「えっ……？」

「尻尾を触らせるのも、獣の歯に触れさせるのも、つがい合う相手へのスキンシップです。婚約者であれば一般的によく見られることですし、……ですから謝らなくていいです」

まさか皇帝が、という驚きがあっただけだと、彼らの珍しい照れた感じのぎこちない態度が語っていた。

それはサラも同じだった。

（だってカイルは結婚する気はなくて、私は一時的な婚約者というだけで……）

それとも、歯に触ってみるかと尋ねた時、彼はサラとキスをしてみたいと思っていたのだろうか？

彼はサラの歯にも触れたい、と言って――。

そう考えたところで思考はパンクしてしまい、サラは真っ赤になった顔を両手に押しつけて隠したのだった。

◇◇◇

エルバラン王国の、バルクス家領地内。

国境のほど近くにある町の片隅、国境の森側に狩人ジョン・シータスの住まいは位置していた。

「あなた、気分が優れないみたい……どうしたの？」

食卓で組んだ手に口元をあてていたジョンの肩を、妻が気遣わしげにもんだ。

「いや、なんでもないんだ」

「そう？　この前から時々、深く傷ついているみたいな顔をしているわ……お仕事でいつもより多くの獲物を仕留めて、毎日のように解体までしているし疲れているんじゃないの？　神父様のところへ行く？」

ジョンは「大丈夫だ、問題ない」と答え、妻の手を上から軽く握った。

狩人という仕事上、食べるために生き物の命を奪う。

彼らは狩った動物を市場へ引き渡す前に、生きるために無駄なく食べさせていただきますと、鎮魂と神へ祈りを捧げた。

たまに無性に懺悔《ざんげ》したくなり、狩人たちも教会で話を聞いてもらっていた。

『あなた方がいるから、我々は食べて健康でいられています。ありがとう』

月に一回、狩人たちの所属する組織に神父が供養のため弔いを行ってくれる。

昨日、神父はジョンたちにそう言った。

けれど『健康』と聞いて、ジョンの胸は深く沈んだ。胸にあてていた帽子を強く、ゆっくりと握りしめた。

（あの子は……そうではかった）

彼が運んだ十七歳のサラ・バルクスが生きている可能性は、とても少ない。

ジョンは、領主の末娘であるサラを国境の森へと運ばされるという仕事を行った日、周辺の動きを注意深く見ていた。

領主である辺境伯の騎士団は、そんな時に限ってきちんと監視していた。数日は夜も休まず、入れ代わり立ち代わり森の前の道に居座った。

それを一日、二日と見ていて、ジョンは気分も悪くなった。

命からがら森から出てきたサラをつかまえ、無情にも森へと放り込むつもりなのではないか、と森へと投げ込む光景が浮かんだ。

——なんて、冷酷で、残酷。

そんな想像をすると食欲も失せ、一週間目には体調を崩した。

町の者たちは、ジョンを心配した。家族が不在の頃を見計らって辺境伯の騎士団がまた来た時は、くそったれと彼は思った。

『誰にも話していないだろうな?』

わざわざ、そんな確認をするために再び来訪したらしい。

騎士団の団長エイビス・フォッツのことが、ジョンは初見で大嫌いになった。偉そうにするのが好きな男なのだ。人里から離れた場所にジョンの家があるから訪ねやすいのだろう。

エイビスは領主の犬で、媚を売るためにサラが死んだ証拠になりそうな遺品を探せないかと森の外から部下たちに調べさせてもいたようだ。

狩人仲間に様子を知らせてくれるように頼んでいたところ、珍しく森を時々覗き込んでいたと聞いて、ジョンはエイビスの魂胆を察した。

胸糞の悪さが増した。エイビスのことがさらに嫌いになった。

血濡れの何か、もしくは肉片でも見つけようと？

それを平然と思いつく男が理解できない。いや、したくもない。

ジョンは口が堅い方だ。狩人としての功績からも辺境伯はジョンを買い、だから彼に依頼があったのだ。寡黙にただただ仕事をこなす、と。

（くそったれ）

心の中まで、そうであるわけがない。

この国で勇敢な男は貴重だ。いざとなった時に、ジョンたちのような男が必要になる。

戦う術をもっている者たちは国にとって戦力になった。

辺境伯も無闇に口封じはできないとわかって、ジョンは約束を守っていることを盾にエイビスたちをとっとと追い返した。

森にサラを置き去りにしてから、三週間をとうに過ぎた。

時々、その過ぎた日を数えてジョンの胃はやはり重たくなった。

妻や子などを守るために、誰にも言えないことも、苦しくて仕方がない。

金の髪と瞳をもっていただけで、サラという令嬢が、名前さえ教えなかったジョンの事情を察し、困らせないようどうにか微笑んだ。

心清らかな普通の少女だということを、話すことさえもできないのは、苦しくてたまらない。

「ごめんください」

ちょうど妻と子が馬車を動かして町に出かけたあと、扉がノックされた。

訪問のタイミングのよさに警戒したものの、その声は嫌みっぽいいつものエイビスのとは違っていた。

まだ夕刻まで数時間ある。誰だろうなと思いながら玄関を開けて、ジョンは驚いた。

「……こりゃあ、たまげたな」

そこにいたのは、ローブを羽織った三人の男だった。

先頭にいたのは黒髪の端正な顔立ちをした男で、フードを取った彼の日中の明るさに晒された目は、獣そのものだった。

いつも見てきた、狩られる動物たちの目だ。

ジョンは一目で気づいた。そして感銘したような気持ちを抱いた。

「なんて、綺麗なんだろうな」

思わず口から言葉が出た。

「それはどうも。同じオスに褒められるのは趣味ではないのですが」

「あっ、すまない」

「いえ、理解が早くて助かります。我々が何者か悟ったうえで拒絶がなかったことにも感謝します。命の恩人というだけはある。良き人間族のようですね」

「命の……？」

「この鞄、あなたのものですね？」

匂いが同じですと言って、彼がもち上げて見せてきた鞄に、ジョンは驚愕の声を上げそうになった。

それは、サラに手渡した荷物だ。

「そ、そうだ。俺の——とりあえずどうぞっ」

ここに、あの異形の地から訪問者があったことも信じられない。

だが、今はそんなことよりも、優先すべきことがあった。

ジョンは、目立っては困るだろうと思い、三人を匿《かくま》うようにして急ぎ家の中へと入れた。窓も全部閉める。

「ど、どうして渡した時のままなんだっ？　ま、まさか、あの子は死んでしまったのか⁉」

彼らの元に歩み寄りながら急ぎ聞いてしまった。

「落ち着いてください。私はギルク・モズドワルドと申します」

「あ、お、俺はジョンだ。狩人のジョン・シータス」

「そうですか。それで『狩人さん』と、——きちんとご挨拶申し上げないのは失礼になりますね。私は元王弟直属部隊で、現在は皇帝つき護衛部隊兼部下の〝群れ〟のリーダーを務めております」

「皇帝……⁉　え、なんだってっ？」

規模の違いに目眩まで覚えた。

「落ち着きを」

ギルクが言い、顎で指示して彼の部下らしい男たちによって食卓の椅子が引かれる。

その男たちに、丁寧に椅子の方へと促され、ジョンは礼を言いながら腰かけた。

「まず申し上げますと、その人間族の娘は生きています」

ギルクの言葉に、ジョンはぐっと息を止めた。

その事実をきちんと消化し、感情が追いつくまで数秒の時間をかけて、息をつく。

「……そうか。生きて、くれているのか」

重くのしかかっていた胸から、何かがぼろっと落ちていくのを感じた。

けれどほんの少しの間ののち、ジョンは自分の目から涙がこぼれていることにハタと気づいて、そっと目頭を手の指で押さえた。

「すまない」

「いえ、あなたはまるで父親のようだ」

「そんないいものじゃない、俺はあの子を運び、あの森に置き去りにしたんだ……」

「ですが、救おうとあなたがあの時にできる限りは尽くされた」

そう言われて、少しだけ救われる思いがした。

「騎士団の連中が依頼をしてきたあの日、何かしなければと思ったんだ。今できる限りのことをしようって……当日、彼女を迎えに屋敷に行ってその姿を初めて見た時に、俺は『ああ、この子は殺されてはだめだ』と、失ってはいけないと強く思ったんだ」

理由はわからない。心と身体を突き動かすようなそんな思いを、同時に感じた。

「ある意味では、神の導きかもしれませんね」

「……神」

「おや、我ら獣人族が神を信じるのは不思議ですか」

「あ、ああ、そちらにも祈りはあるのだな」

ジョンは向かいに座ったギルクの見透かすような目を見て、勘のよさに驚かされた。

「ありますよ。思いを抱くのも、行動するすべて意味があってつながっているると信じられています。我が皇国では、運命という言葉がよく使われます。まぁ、最も信じられているのは〝運命のつがい〟ですかね。種族が違う中で我々は庇護し、友情を育み、恋にも落ちますから」

それは、確かに結婚することも運命だという言葉が似合いそうだと、ジョンは思った。

「サラさんは、皇帝陛下が保護いたしました」

じっと見つめていたギルクから、さらっと語られた言葉にジョンは「はぁあ⁉」と叫んでしまった。

「ま、まさか、……偶然お会いになられたのか？」

「そうです。偶然でした。そして皇帝陛下の婚約者、人間族でいうところの婚約者となりました」

ジョンは唖然とした。残る二人の騎士へと目を向けると、事実だと肯定するうなずきが返ってきた。

「それは……まるで運命みたいな話だな」

ジョンは身体から力が抜けるのを感じ、椅子に体重をかけ直した。

「そうですね」

「そちらの国の王は……彼女を大切にしてくれているのか？」

「ええ、とても」

能面みたいな男かと思ったら、ギルクの口元にささやかな微笑みが浮かんだ。

「彼女があなたの身を心配していると言い、皇帝陛下は我々をこちらに寄こしたくらいです。我々は、彼女のことを知る必要もあります」

これから先も守っていくために、という言葉をジョンは感じ取った。

彼らは誰からも愛されず、家族の冷遇がトラウマにもなっているはずのサラの心まで癒やしたいのだろう、そう感じた。

「すべては皇帝陛下が最もよきように考えてくださいます。尽力されたあなたにも、何かできることがあればしたい考えのようです」

ギルクが「ああ、そうだ」と思い出したように言った。

「この二人は国境の森からあなたをしばらく守ります。家が近くてよかったです」

彼は手短に彼らの名前を紹介した。

「誰からサラさんについて依頼を受けたのか、そのすべてを話してくださいますね？」

「ええ、もちろんです」

ジョンは迷わずうなずいた。

「俺が知るサラ・バルクスについて、できる限りのことをお話しします」

エイビスという嫌なリーダーを知っているおかげで、ギルクがどれだけいいリーダーかジョンは感じられた。

こんなにも身分が高い軍人に、丁寧な物腰で対応されたのも初めてだ。

妻と子が帰ってくる前までなら話すと約束し、ジョンはサラのこと、そして依頼を受けてから現在に至るまでをできるだけ詳細に語っていった。

第六章　サラの特技の秘密、魔力をもっていました

翌日、サラが出仕した時にはすでにカイルの姿はなかった。

サラは皇帝つき侍女たちの仕事につき合った。

丁寧さが求められる仕事内容で、力も水仕事もなくて、休憩に入ってようやく侍女仲間たちと再会することができた。

「エリート中のエリートだもん。私たちと仕事内容は全然違うわよ」

「でも、サラもよくついていけてるよね」

花瓶、そこに挿す花、飾り具合——それはどれもサラがよく知っていることだった。

「あ、あはは……まぁ、教えてもらいながら……」

「サラって品があるし、すんなりこなせそう」

「そうか、確かに！　洗い物も得意だけど、細かい備品の整理とかも上品さがあるもんね」

上品さ……とサラは繰り返してしまった。

なんとなく、私用書斎の棚で小物を触っていた時のカイルの手を思い出した。そうすると続いてあの手が顎にかかり、キスされそうになった昨日のことがよみがえった。

「そ、それじゃあ、またあとでっ」

じわじわと身体が熱くなってきて、無理やり頭から追い出すように立ち上がった。

「うん、またね！」

「夕食楽しみねーっ」

今日は一日カイルがいないようなので、食事もみんなと一緒だ。同僚たちに笑顔で手を振り返し、次に夕刻に会うことを約束した。

主が不在の間、皇帝つき侍女たちは急な仕事も入らない。

戻ってきた場合のことを考えて私室や個人図書室を整えたり、寝室のシーツを替えたりと急がされることもなく仕事をした。

(ここが、カイルの寝室……)

キングサイズよりも大きそうなベッドには驚いた。

愛らしい小物や柄のついたものなどはいっさいなくて、男性らしいシンプルな感じにもサラはどきどきした。

「ああサラ様、そちらは媚薬です」

「きゃあっ」

ベッドのサイドテーブルの上を一緒に整えていたら、中身の見えない香水瓶をそう教えられ、サラは飛びのいた。

てっきり、カイルから漂っているあのいい感じの甘い香りの香水だと思った。寝香水にもしているなんて上品だな、としか。

「な、なんでここにもっ」

「皇帝陛下が休まれる部屋にはたいていあります。以前まで寝つけないことがありましたので常備しているのです」

「あ、たしかそうでしたね……」

「サラ様は人間族ですし、どんな反応が出るかわかりませんから、次からは先に言いますね」

「それだと助かります」

発情期を促す、イコール媚薬と呼ばれているみたいだが人間もその〝発情〟とやらをするのかサラは気になった。

けれど、あまりにもみんな平気そうなので一つ気になっていることもあった。

「あのっ……眠りたいこと以外の用途だと、発情を促すものになるんですよね？」

「そうですわ」

「結構あたり前に使われている感じがするんですが……その、これって必要とされるよく出回っているものだったりするんですか？」

「獣人族の発情期は、種族により時期が違っているのです。伴侶と合わせるために、自分も発情するために飲むと言いますか」

「それは……獣人族らしい優しい対応ですね」

サラはなんとなくそう感じた。侍女たちが、優しい目を返してくる。

「私たちは、伴侶のことをとても愛していますので」

「……皆様ご結婚はされている、んですよね？」

「ふふ、もちろんですわ」

「三十歳までには相手がいて当然ですから。人間族は違うのですか？」

これまでプライベートな質問は避けるよう心がけていたようで、彼女たちが珍しく興味津々で覗き込んできた。

「うーん、違いますね。貴族でも独身はいたりしますし、……庶民もそうです。ずっと独り身だって普通にあります」

彼女たちはいいところのお嬢様方なのか、口元にそっと手をあてて、小さく驚きを表現した。

早めに伴侶を見つけないと短命になってしまう。

発情期がある特殊性からも彼女たちにとっては、大人になったら結婚する相手——つまりつがい合う相手を見つけるのは、至極自然な流れなのだろう。

「ところでもう一つ気になっているんですけど……」

「はい。なんでも聞いてくださいませ」

「私は人間族だけど、婚約者でもあって……その……人間も発情したりするんでしょうか？」

「すると思いますわ」

断言されて驚く。

「成人されているのでしたら、当然子は欲しくなるかと」

子供が欲しい感じになるもののようだ。

なんとも獣らしいストレートな感覚というか、言い方と言うか——。

サラには男女の行為さえ未知だ。けれど不思議に思って侍女たちの言葉を少し考え、彼女はみるみるうちに赤くなってうつむいた。

「……き、聞いてしまってごめんなさい」

皇帝つき侍女たちは不思議がっている顔だった。

子を欲しがって夫と愛を育むのは、彼女たちにとって恥ずかしくはないようだ。しかし未婚のサラには刺激が強すぎた。

寝室にいると、カイルにもあるという発情期のことを妄想しそうになる。

そうすると頭からそれを追い出すのに必死になってしまって、サラは何かお使いはないかと大慌てで尋ね、ワゴンにのせてあった洗濯場行きのシーツを寝室から持ってきて一目散に運び出したのだった。


サラに会いにきた者がいる、と教えられたのは空にしたワゴンを押して廊下を歩いていた時だ。建物の外から顔見知りの衛兵に声をかけられたのだ。

彼が戻しておくと言うので、ワゴンを頼んで、サラは王城の正面から左側に位置している商人出入り口の方へと駆けた。

そこにもまた大きな門があり、開放されたそこから貴族以外の人たちの出入りがあった。

その門の柱側から、見知った者たちが厳しい表情で中を覗き込んでいた。

「あっ、この前の人身売買さん！」

「名前じゃねぇよ⁉　あと、言い方がひどいっ、労働力販売だ！」

叫んだ声にも覚えがあった。うるさいと怒鳴ってきた彼だ。

「俺はアルドバドス・サイーガだ」

彼はぶっきらぼうに名乗ったかと思えば、舎弟兼仲間だというメンバーをサラに早口で紹介した。

一つのグループだという。

（意外と律儀……）

と思った瞬間に、アルドバドスのつんけんとした感じの眉が上がった。

「なんだ？」

「いえ、なんでも。私はサラです」

握手しようと手を差し出したら、彼は手を上げて丁重な感じで断ってきた。

「知ってる。狼皇帝の婚約者『サラ』だろ。噂になってるから名前だってよく耳にする。弱肉強食なんだ、強いボスの伴侶に手ぇ出せないし、においつけて怒られでもしたら嫌だし、握手はなしでいこう」

においい、とサラは内心繰り返して首をひねる。

そもそも、どうして彼はここに来たんだろう。

高い位置にある顔をじっと見つめると、彼が顔を背けたままたじろいだ。すると後ろから彼の仲間が口の横に手を添え、言う。

「兄貴は、元気にしてるか気になったって」

「おい！」

アルドバドスがすばやく振り返り、叱るような声を出した。

「まぁ、ありがとうございます。それでわざわざ顔を見に？」

「べ、別にお前の境遇を知ってむちゃくちゃ同情したとか、一人で生きていけないくらいピュアすぎんだろって感動してしばらく気にしていたとかじゃねぇし！　その、俺らが拾ったんだ、どうしたかなぁと気になるのはあたり前であって……というかさ、俺らのこと悪人かなんかだと思ってるだろ。

それなのに警戒心ゼロか？」

「今は何も悪いことをしていないではないですか」

何やらアルドバドスが頭を抱え、色々と言いたいことがあるぞ、と立った濃い髪をぐしゃぐしゃとかき混ぜた。

「わざわざ訪ねてくださったのですから、悪い人ではなさそうだなって」

「うへぇ、丁寧な言葉がなんかぞわぞわするぜ……あんた、人がよすぎって言われないか？　それでよく生きてこられたな」

「私が生きて、それでいて初めて楽しい、幸せだと思えるのは獣人族の皆さんのおかげです」

「なんだと？」

「だって、みんな素敵でいい人たちばかりですもの。私と話してくださいますし、種族も、それから髪や瞳の色も気にしないでいてくれて」

アルドバドスが目を丸くする。彼の後ろで仲間たちが「あっ……」と細い声を上げ、そうだったと思い出したようにあわあわと手を口元へと運んでいく。

「…………毛色がなんだよ。とびっきり綺麗なだけじゃん」

「兄貴、それ褒め言葉だよ」

「知ってるわ、んなこたぁよぉ！」

彼が尖った犬歯を見せて怒鳴った。出入りしている通行人が「ツンデレか」「言い方がへたすぎか」なんて感想を素直に落としていった。

サラは、うれしさに唇をきゅっとつぐんでいた。

綺麗なんて、言われ慣れないとてもうれしい褒め言葉だった。美しいとカイルに言われた時の感動がよみがえってくる。

「あんなひどい話を噂でどんどん聞かされたら、向こうの人間族の目が節穴だってことをわからせるために、きちんと言わなきゃならないだろうが！」

「兄貴こっそり情報集めてたもんなぁ」

「あ？　やめろ、しめるぞコラ」

「兄貴かっこいい！　さすがだぜ！」

「遠距離のつがいと、今年こそ子宝が恵まれるよう祈ってます！」

「じゃかあしい！　そしてありがとうよ！」

途端に仲間たちがわっと盛り上がって抱きつき、通行人たちと衛兵もじっと見ていく。

「皆様も伴侶がいるんですか？」

「いるよ。出張みたいな感じかな。俺らの伴侶たちは、故郷から離れないタイプだから」

「長距離移動するのはオスだけ」

「色々あるんですね……」

「まぁな。種族が違うから発情期がきても子供に恵まれるとも限らねぇし。だから発情期がきたら、夫婦休暇が申請できるようになってる。皇帝陛下となると、跡取りとかとくに大事だし、妃業も含めてがんばるためにも栄養つけて、元気で居続けなきゃだめだぞ」

アルドバドスが、サラの頭をぽんぽんとする。

門の左右にいた衛兵がギロリと睨んだ。アルドバドスが、サッと両手を上げて降参のポーズをとる。

「兄貴……」

「すまん、低い位置にあるからつい……」

優しい手だったとサラは頭に触れつつ思う。違法ではないというし、サラの知っている人身売買とは少し違っているのだろうか。

そんなことより彼女は、少し心がそわそわとする。

「あ？　なんかあったのかよ」

仲間たちと共に、アルドバドスが目ざとく察してサラを見る。

カイルとの結婚を前提にしている彼の発言を聞いて、サラは恥じらいで落ち着かない気分だった。なんと答えていいか悩むと、すぐ促される。

「ほら、さっさと言っちまえよ。気になった時が聞くタイミングだし、タイミング逃すと仕事に集中できない時間が続くだけだぞ」

確かに、正論に思えた。

知っている人には余計相談できなくて、言葉がたくさんたまっている。サラは、思いきって言ってみることにした。

「あ、あのっ、カイル……ぇぇと皇帝陛下に、歯に触りたいとか言われたんですけど……どういうことなのかな？　て、ずっと考えてて……」

つまりキスしたいということなのは理解したんですけど、とサラは恥じらいで赤面しつつ疑問符をいっぱい浮かべた。

瞬間、アルドバドスたちが揃って「えっ」と固まった。

仲間たちの表情はなんと言いたいのかわからない。ただ、アルドバドスだけは『露骨に嫌な顔をしている』というのはわかった。

「な、なんですか？」

「のろけを聞かされてもな」

「の、のろけ……!?」

「まぁ健康で元気そうで、何よりだ？」

「ち、ちがっ、だっておかしいんですっ、カイルが私とつまり、そのっ……キ、キスを試したくなるなんてっ」

アルドバドスが、今度は心底わからないという顔で首をかしげた。

「試したくなった、じゃなくて、キスしたいって言われたんだろ？」

「ぴゃっ」

「お～、その反応図星そう。というか『歯に触りたい』なんて言われたらそうだろう」

なんだかなと彼は腕を引き寄せる。

「というかさ、伴侶にキスしたくなるのは普通だろ？　俺も嫁と会ったらキスするぜ？」

「ま、まだ伴侶じゃないですっ」

「本能で惹かれた婚約者なら、キスくらいしたくなるだろ。というかまだしてないのか？」

かえって質問を振られてしまった。彼の仲間たちも「まだ？」と不思議がっている。

「し、して、ないですけど……というか、本能？」

「異種族でつがうんだ。惹かれたということ以外、他にどんな求婚の理由があるんだよ？」

違うのだ。

カイルは、サラを助けただけで――。

（でも、本当にそれだけなの？）

これまでのことでサラもおかしいとは思い始めていた。

仲よくなりたいのだろうと言っていた、昨日の護衛騎士の言葉を思い返す。

カイルは、サラを甘やかしている。かまっているのも一緒にいたいからなのではないだろうか。

『話せば涙も止まると思わないか？』

出会った時、カイルはそう言ってサラの涙を指で拭った。

（思えば、出会った時から彼は優しかった）

先日だってそうだ。感情が暴走して『狩人さん』のことについて無茶を口にしたのに、カイルはサラを抱きしめ、不安も全部預けろと迷うことなく言ってきた。

それだけのことを平気で背負うのに、ただ助けて保護しているだけというのは、おかしいのだ。

これで特別な想いがないなんて、果たして言えるだろうか。

拾った小動物を保護する気持ちだったら、キスしてみたいなんて思いは湧かないはず。

（彼が提案した契約は、現状を思えば理にかなっている、けど……）

だからサラだって納得したが、でもそれが感情に突き動かされただけの結果であるとしたら？

カイルも『少し訳がわからない』と言っていた。

カイルが何かを感じて、話す中で『サラがいい』と自分をもし選んでくれていたのだとしたら――

そう考えた瞬間に、サラの全身はどっと熱くなった。

（え、え？）

そうだったらいいなと、期待してときめいたのを自覚して、驚いた。

『サラ』

彼に名前を呼ばれたのを思い返して、胸がとくんっと鳴った。

その人だけを意識して、胸が高鳴っている。

これは一般的に、恋と呼ばれているものではないのだろうか。

だってサラは、そんな素敵なことが起こるのかしらと、乙女みたいに恥じらっているせいで顔が熱くなっているのだ。

「ふふっ、ほら、あんただって恋してるだろ」

サラはアルドバドスの飾りけのない指摘が、すっと胸にしみるのを感じた。

皇帝の婚約者として意識しているのか、彼の仲間たちは敬語交じりで「微笑ましいっス」と言って笑った。

「で、でも私に、そんなことが起こっていいはずは」

「おいおい、また人間の国のことか？　ここは獣人皇国だぜ。最強の狼一族フェルナンデ・ガドルフ皇族が治める国、ガドルフ獣人皇国だ。あんたが自信なさすぎても、認めようとしなくとも、獣人族が本能で選んだのならそいつが与える幸せからは逃げられねぇぞ」

「……幸せを、与える？」

「言っておくが、本能で伴侶を決めた獣人族は、これでもかというくらいかまうし、離れたがらない。すべてをかけて幸せにする。皇帝陛下があの時、あそこで見つけた瞬間に本能であんたを選んだ。それがもう答えみたいなもんだ」

かわいい、かまいたい、そうカイルに言われたことがよみがえる。

胸が熱く震える。彼はサラを特別だと、少しは思ってくれているのだろうか。

そんなこと、本当にあるのだろうか？

「不安なら、今すぐ皇帝陛下に確認すればいいんじゃないか？　俺らは伴侶のためなら何もかも放り出して駆けつける種族だぜ」

でも昨日、カイルは先に席を立って離れていってしまった。

カイルも初めてのことで困惑している感じだった。サラは自分には魅力がないと思っているので、また弱い心が顔を覗かせた。

だが思い返してハタと気づく。

「あ、だめ、今すぐ確認なんてできないわ」

「おいおい、なんだよ、また遠慮か？」

「違うんです、彼……外出していて」

「そうか。まぁ、それはそうだよな、何か騒ぎがあれば解決するのがうちの王だし」

国内の騒ぎを鎮めるのも〝王〟の役目なのだ。

だからこの前、カイルが自ら人身売買を押さえにきたのだとサラは悟った。そこは人族の国と違っている。

「じゃあまた何か騒がしいことがあったのかしら……怪我がないといいのだけれど」

思わず心配したサラに、アルドバドスがあきれたように両手を腰へとあてた。彼の仲間たちも「怪我？」と信じられない感じだ。

「あの人は強いぞ。怪我一つするもんか。生まれながらに強い獣人は決まっているんだ」

「……魔力の関係で？」

「お、勉強しているんだな。そう言われてはいるぜ、俺らは難しいことはよくわからねぇけど」

「兄貴も魔力量はまぁまぁあるって、検診で評価受けたって自慢してる」

「うるせぇあれは婚約者にアピールしたくて言いふらしてたんだ！　今じゃあとんだ黒歴史だよ！」

騒がしくなって、出ていく商人たちがうるさそうに見てきた。

アピール、と聞いて、サラは獣人族のことを教えてくれていたカイルを思い出した。

自分たち獣人族がどんな種族なのか教えてくれたのも、そう……なのだろうか。

「ん？　というか検診？」

ハタと顔を上げる。

「測る方法があるのですか？」

「おおよそわかるってだけだ。どれくらい弱くて、どれくらい強いのか。特殊な植物から採取した染料で、それを加工して作ったやつ。すげぇ高いから子供の時に無料検診で受ける。もちろんうちで引き受けた子供も組織から支給されて実質無料でさせてる」

「引き受けた……？　支給？」

「アフターフォローだ。当然だろう？」

人身売買、とはうまく噛み合わない気がして困惑する。

その時だった。門の外側が騒がしくなった。衛兵たちが駆けて、サラたちの横を通過していった。

「なんだ？」

アルドバドスたちも衛兵たちが駆けていった方を見る。

向こうをひょこっと覗いて、サラは驚いた。

兎の耳を頭にもった女性がいた。目が合うなり、彼女はハッとして衛兵を押しのけこちらに来ようとする。

「あなたですよね⁉　ズドさんのところのドロレオを治した、金色の人間族！」

「え？　あ、ああ、足を怪我していたドロレオの……？」

「そうです！　あなたを捜してきましたっ。どうか息子を助けてください！」

衛兵の制止も待たずに女性が走ってきた。獣耳が出ているということは、よほど感情がむき出しに
なっている状態なのだろう。

助けて、なんてよほどのことがあったのかサラも心配した。

「ひ、ひとまず落ち着いてください」

飛び込むようにしてやって来た女性を、サラは両手で優しく受け止めた。

だが、ぬるっとした何かが侍女の制服の袖にしみるのを感じた。

「え」

見て、驚いた。

その女性は、両手が血だらけだった。

「どうしたのこれっ、何か大きな怪我をされたの⁉」

「ち、違うんです、私ではなく」

彼女は、心配したサラに心打たれたみたいに、獣の目をくしゃりとした。

アルドバドスが声を投げる。

「チッ――おい衛兵さん、どういうこった」

「そ、それが、彼女が連れていたのは血だらけの子供で。ここは病院でないとお伝えしたのだが」

ぎこちなく衛兵が答えるそばから、アルドバドスが彼の同僚の方へすばやく視線を移動し、絶句して目を見開いた。

同じく気づいて、彼の仲間が走った。

彼らが膝をついた先を見て、サラは息をのむ。

そこには泣き崩れて声も出ないでいる少年がいた。彼は母親から受け取ったのか、その腕に息も絶え絶えの幼い子供を抱えている。

「こ、こりゃひでぇ！　何があったんだっ」

「お、落ち、落ちちゃったんだ。仮の、アパートに引っ越したばかりで、慣れてなくて」

「どっから来たんだ」

「ヘオスの町です」

サラが支えている女性がそう答えた。

衛兵たちの顔がこわばる。子供のところに駆け寄っていた途中、アルドバドスが足を止めて不可解と言わんばかりに「はあ？」と振り返った。

「そこから引っ越したのか？　すぐそばにヘオスがあるんだ、そこに運んだ方が早いだろう。あそこには《癒やしの湖》が――」

「もうほとんどないんですっ」

女性は涙声で叫び、嗚咽をもらした。

「私たちのように自然治癒力も低い、弱い獣人族にとって必要な《癒やしの湖》は、もう子供一人分の水さえもなくなってしまって……」

「なんだと？　この前までもう少しあっただろっ」

「ええ、この前までは子供程度なら……ですが、もう両手ですくえる分があるかどうか……この子の傷にかけ続けるだけの水は、ありません」

女性がサラをすがるように見た。

「その時に、すれ違った人たちが話していたのを思い出したんです。ズドさんを助けた人間族の娘がいる、と」

いつの間にか、そこに居合わせた全員が足を止めていた。

商人も、使用人も、近くまで歩いてきていたらしい貴族も、門の外側を歩いていた人たちもざわめいてサラたちを注目している。

衛兵たちが何やら逡巡《しゅんじゅん》するような、苦しそうな表情をしていた。

「それ、事実なのか？　お前が怪我を治せるって」

彼らの様子から何か勘繰ったらしいアルドバドスが、すぐサラへと確認した。

「は、はい。私もよくわからないんですけど、ドロレオの傷を治せたんです」

「……できそうか？　見たところ、あの子供はもうもたない」

彼の静かで、真剣な声に、サラは胸がぎゅっとした。

「子供は弱い。わずかな効能をもった薬草も調合サプリメントだって効かない。止血はしているが、血が止まっていない様子がないことから応急処置は間に合わねぇ。たとえ《癒やしの湖》の水が大量にあったとしても、失われた血液は戻らないからな」

母親らしき女性が、頭にあるウサギ耳を垂れて「うっ、うぅ」と泣く。

子供の死亡率は高いみたいだ。

それが、この皇国での常識なのだとサラは絶望しきったみんなを見て気づいた。

「してみますっ。手伝ってください！」

女性も、そして野次馬たちもハッとサラを見た。

真っすぐ視線を受け止めたアルドバドスが、強がったように笑った。

「居合わせたんだから、つき合うしかあるめぇな。やれることをやってやろうじゃねぇか」

門の外にいた者たちも協力してくれて、まずはこれ以上出血しないよう慎重に子供を門の内側へと運び込んだ。

貴族が使ってくれと言って、上等な羽織りを下に敷いてくれた。

居合わせた年上の侍女たちが応急処置になりそうなものをためらわず渡し、商人が荷馬車から水の入った容器を走って持ってきた。綺麗なタオルも必要になるだろうとみんなが言い、もち合わせていた物を次々にアルドバドスの仲間たちに渡していく。

助けたい一心のためらわない姿勢に、サラは感銘を受けた。

（それなら私も、――できることをするだけ）

その子供は、どこが傷口かを特定するのが難しいくらいに血だらけになっていた。

「よし、上着は全部切れたな」

「アルドバドスさんの獣の爪って鋭いんですね……」

「まぁな。そっちも押さえろよ」

「わかってるって、兄貴」

「あんた、そのスカーフをくれ。いい止血用になる」

「ああわかったっ、使ってくれ！」

誰もが戸惑う中で、アルドバドスが冷静に次の行動を指示してくれるおかげで、全体が一まとまりになって動いていた。

サラは、彼がここにいてくれてよかったと思った。

気づけば子供を囲んでいるアルドバドスや仲間たちだけでなく、サラの両手も真っ赤に濡れ、緊張で流れてきた汗を拭った頬にも血がついた。

でも、そんなことは気にしていられない。

「これで時間が稼げる――できそうか」

「集中してみますっ」

みんなの協力があってすばやく準備が整った。あとは、サラががんばるだけだ。

「いい返事だ」

隣のアルドバドスからそんな返事を聞きながら、サラはシャツ越しに子供の身体に触れた。あの時に感じた〝熱〟を、思い返そうとする。

そばで息子にしがみつかれた母が「どうか神様」と祈っていた。

その時、どこからかドルーパの声が上がった。

「いったいなんの騒ぎだ！」

「実は、この前のドレロオの治癒のことを聞いたヘオスからの移民の者が……」

急ぎ説明する声が聞こえてきた。

アルドバドスが「お偉いさんの登場か？」と首を伸ばす。

サラは、手を濡らす血の温かさとは別の熱が、身体の中から腕を通って手に向かっていくのを感じた。

すると不意に、珍しい大声が聞こえた。

「だめだ！　そんな大きな傷をサラに治癒させようとするな！」

「おいおい、どこの誰かは知らないけどな、彼女がやるって言ってんだから水を差すなよ」

「お前は誰だ！」

「彼女の顔見知りです」

アルドバドスが面倒くさくなったみたいに一言で答えると「こういう時に茶化すな！」とドルーパの怒声が飛んできた。

ずんずん向かってくるのが声からわかった。

「その軍人を押さえろ」

アルドバドスの意見に、居合わせた人々が賛同して動いた。

ドルーパがこちらに来ないよう足止めをする。彼らと押し合いになった軍人たちが「待ちなさいっ」と言って、何やら騒ぎが大きくなっていく。

サラはアルドバドスに心の中で感謝し、そこに気を取られないよう目の前の子供に集中した。

（この前、ドロレオを治せた時みたいに……）

両手に集まった熱が、子供の身体に入っていくのをイメージした。

子供が「こほっ」と初めて小さな咳をこぼした。

意識が戻ったみたいだ。朦朧《もうろう》とした獣の目が、何かを探すみたいにサラへと向けられた。

「足、い、たいの……」

「折れちまってるからな……」

「坊主は見ない方がいい」

そう言ったアルドバドスの仲間の一人が「怖くないからな」と告げながら、視線をさまよわせたその子供の頭を上から両手で包み込み「ほら、お兄ちゃんのことを見てな？」と囁く。

サラは涙が込み上げた。

（よかった）

この子は、まだ、生きている。意識があり、声だって聞けた。

（もっと、もっと治って……っ）

このまま目の前で死んでいくのを見るのは、嫌だ。絶対に。

サラは集中を強めた。熱い感覚が子供に流れていくことを、ひたすら念じる。

その時、どくんっと心臓が苦しくなるような違和感を覚えた。

一瞬、息ができなくなった。足の先がすぅっと温もりを失っていくような脱力感がした。

「サラ！　やめるんだ！」

切羽詰まったようなドルーパの声が向こうから聞こえた。

（なぜ彼は必死に止めてくるの……？）

先日、ドロレオの傷を治せたことはサラにとっても謎だった。

けれどそういえば、ドルーパは先日会った時にしつこく当時のことを聞いていた。

もし、この〝特技〟に、説明のつくカラクリがあったのだとしたら……？

大きな傷ほど、何かリスクがあったりするのだろうか。

サラはそれを考え――先程のアルドバドスの笑みを真似て、唇を引き上げてみた。不思議と勇気が絞り出せる気がした。

（それでも、やめないわ）

カイルは出会ったあの檻の前で、助ける手段が提案できると言った時にはすでに、婚約者の契約魔法をすることを頭に浮かべていた。

――何か与えられたのなら、与え返す。

彼が帰ってきていないこの城で、子供が死ぬなんて悲劇は起こさない。

自分を受け入れてくれた好きな人たちもがんばってくれている。サラも、最後まで諦めない。

（この子には、心配して待ってくれている親も、兄弟もいる）

救いたい。奇跡が、起こってほしい。

続けていると感覚を掴めた。身体の中に湧き上がった熱は、強くイメージすると手へとどんどん移動してきた。

「けほっ」

サラの乾いた咳に、アルドバドスがすばやく反応した。

「おい、今の咳あやしいぞ。病人の〝ソレ〟だった」

「平、気です」

「何が起こって――」

その時、サラの両手の下から光が起こってアルドバドスが「うわっ」と声を上げた。

周りも騒々しいくらいに騒いでいる。

この光がなんなのか、サラにもわからない。

けれど、感覚でしかなかった期待が、確かな予感へと変わった。

それで子供を治してくれる、と。

熱がぶわっと起こって子供へと注がれていくのを感じた。可視化できた治療の進行を見た人々が歓声を上げる。

その中でアルドバドスが「おいっ」と焦ったような叫びを上げた。

「これ、本当に大丈夫なのかっ？」

子供ではなくサラが、と彼の覗き込んできた目と焦った態度が伝えてきた。

けれどサラは、目の前に集中して彼の視線には返さなかった。

「アルドバドスさん、私、森で死ななくてよかったです」

「なんだって？」

「たった数分で、あなたにさらわれてよかったんだと思います。人を救えて死ねるのなら、私が生まれてきた意味もありましたよね？」

予感がした。子供は助かる。でも、自分の中の熱は〝空っぽ〟になってしまうだろう、と。

光が徐々に弱まっていく。

子供の呼吸はすっかり安定していて、誰もが固唾をのんで注視した。

サラが、ゆっくりと手をどかす。アルドバドスの仲間が、おそるおそる顔から手を離す。

すると――子供が、自分から起き上がった。

「んー、ママ、ここどこなの？」

その次の瞬間、周囲から割れんばかりの歓声が上がった。

母がさらうようにして子を抱き上げ、兄らしき少年もウサギ耳をぽんっと出し一緒にかき抱いていた。

無事を喜んで、貴族も庶民も関係なく抱き合っている。

「すごいものを見たぞ！　奇跡だ！」

「失った血まで回復しているっ」

「皇帝陛下が選んだ伴侶は、人間族の国の聖女だったのか！」

その光景をぼうっと眺めていたサラの肩を、アルドバドスが掴んだ。

「お前はよくやったよっ、ほんと、すげぇよ」

そう、よかった、と答えたいのに脱力感で唇が動いてくれない。

どうしてか、褒めてきたのに覗き込んでいるアルドバドスの目は悲しそうだった。

「なぁ、まさかと思うけど、俺はとんでもないことをしてしまったんじゃないよな？　お前は、平気なんだろ？」

答えなくちゃ、とサラは思う。

平気だよ、と。あなたの声も聞こえているよ、と。

どこも痛くない。ただ、とても寒い。足の感覚がなかった。

「カイ、ル……」

温かな彼の尻尾が思い出された。

「サラ？　おい、サラっ」

「と、ても……寒く、て……」

ようやく手が動かせたかと思ったら、彼の袖をつまんだ手がカタカタと震えていることにサラは気づいた。

誰かが悲鳴を上げた。

一緒になって喜んでいたアルドバドスの仲間たちが、何か悲痛な声で叫んだ。

彼らが慌てて走って戻ってくる。

その動きが、サラにはゆっくりに見えた。

ドルーパが「どけ！」と声を荒らげる声がした。たくさんの人たちがどんどん向かってくるのを感じながら、サラはアルドバドスの腕の中に崩れ落ちた。


次に目を開けた時、そこはとても静かだった。

（でも、どこか見覚えが……）

大きすぎるベッドの上の高い天井をぼんやりと目に留めて、先程逃げ出したカイルの寝室だと気づく。

「どうして私、ここに……」

記憶を手繰り寄せようとした。

だが、何気なく顔を横に向けてみると、そこには掛け布団を潰すようにして横になり、サラと手をつないで眠っているカイルの姿があった。

（え、……えぇぇ⁉）

カイルは、普段のかっちりとした衣装ではなかった。

就寝するために上着は取られ、ベストも脱ぎ、シャツ一枚でサラの隣にいた。

寝るために首回りは楽にされていた。シャツのボタンは何個か開けられ、横向きに静かに眠る彼の引き締まった胸板がちらりと覗いている。

その色気にもどきっとして、サラは反射的に逃げようとした。

しかし手を引き抜こうとした瞬間、つないでいた手が、息でも吹き返したみたいにサラの手をガシッと握って引き留めた。

それと同時に、カイルの目がぱっと開く。

「カ、カイル……」

どうやら彼は眠ってはいなかったみたいだ。目を閉じて少しだけ身体を休めていたようで、彼のブルーの目には疲労感がうかがえた。

「よかった。ようやく目覚めてくれたっ」

彼の目が喜色を浮かべた次の瞬間、サラはそのまま強くかき抱かれた。

サラは口から情けない恥じらいの悲鳴が出た。彼に触れられているのを強く感じる。いったいどういうことだろうと思ったら、サラはナイトドレス一枚の姿だった。

もっと大きな悲鳴を上げた次の瞬間、とんでもない冷静な声が聞こえた。

「大丈夫です。二人きりではありません、我々もいます」

「は……え、ギルクさん？」

カイルの腕の中で首を回すと、ベッドの横に、胸に片手をあてて立っているギルクの姿があった。

そこには彼だけでなく、大勢の人がいてサラは驚いた。

ブティカは手を組んで感涙しているし、目が合った瞬間に、ガートは涙腺が決壊して彼に抱きついていた。

ドルーパも腕に目を押しあてて「よかったっ」とくぐもった鳴き声をもらした。

カイルの仕事の時に顔を見た側近たちや騎士もいた。向こうにいた皇帝つき侍女たちも、互いに静かに涙する。

すると、上等な衣装を着た側近の一人が進み出てきた。

「目覚められてよかったです。あれから五時間、意識を失っておいででした」

「えっ」

とすると、子供や、アルドバドスたちはどうなったのだろう。

カイルが片腕でサラを抱きしめたまま起き上がった。

共にぺたんと座ることになってしまったサラは、掛け布団が足元に落ちて、ナイトドレスだけで彼の腕の中に納まっていて恥ずかしくなった。

「あ、あの、カイル――」

「サラと二人にしろ。意識がある方が契約魔法のつながりも強い」

カイルの言葉を受けて、全員が互いを慰めながらよかったと言いつつ出ていく。

ベッドの上にカイルと残されて、サラは戸惑いが収まらない。

「あの時、何が起こったのかわかるか？」

尋ねようとした矢先、締まった扉から、カイルの静かなブルーの瞳がサラへと戻ってきた。

彼のその清らかに澄んだブルーの目に映し出された瞬間、彼がまとう穏やかな空気が身体の中にしみてくるみたいに、サラは動揺が収まっていくのを感じた。

「……私の特技で、子供の傷を治すことができたんですよね？」

「そうだ。――あれは、魔力だった」

「えっ？」

思ってもいなかった言葉を聞いて、驚く。

「ま、魔力って……」

「つまりは魔法だ。サラは、あの子供に癒やしの魔法を使ったんだ」

「嘘……じゃあ私……」

金の髪と瞳には〝魔力〟が宿っている。

そう言い伝えられていたエルバラン王国の話は、正しかったのだ。

「じゃ、じゃあ私は、魔女――」

「サラ、違う」

先程よりも強い声に、びくっと身体が反応した。

カイルがサラの両肩に手を置いた。言い聞かせるみたいに顔を寄せる。

「お前は救うための魔法を使った。途中で、本能的に何かまずいと気づいたんだろう？　それでも我が身をかえりみず子供を救うことにした――そんな心優しい人間が、魔女であるはずがないだろう」

彼の言葉一つひとつが、胸に陽だまりのように降り注いできた。

そして最後の一言で、サラは自分をずっと縛り続けていた呪縛が消え飛ぶのを感じた。

サラの金色の瞳からぽろぽろと涙がこぼれた。

髪と目の色だけで差別されて、清く正しくあろうと努めたことさえも理解してもらえなかった。けれど全部、カイルは理解してくれていた。

「臣下たちが、皆お前に礼を言っていた」

カイルが指で涙を拭い、流れていく残る涙を拭うようにサラを抱きしめた。

彼が温かくて、背を抱く大きな手が優しくて、サラはもっと涙が出てきた。

この人のそばに、こうしていたいと思った。

自分が悪い象徴ではないのなら一人の女性として、彼を愛したい、と。

皇帝だとか獣人族だとか、その全部をひっくるめても、彼といたいという願いが込み上げて止まらなかった。

「……シャツ、濡れちゃいますよ」

震える手を伸ばし、彼のシャツの背をゆっくりと握りしめた。

「かまわないよ。お前の涙が拭えるのなら、全然いい」

カイルがサラの後頭部に大きな手を回し、撫でながらいっそう強く自分の胸に抱き寄せてくれた。

彼が好きだ。

サラの胸から、そして全身からそんな気持ちが湧く。

彼によって癒やされ続け、意識せずにはいられなくなり——そしてかまってくる彼が、いつの間にかサラの幸せのすべてになっていたのだ。

サラにとって、この獣人皇国の大好きになった象徴は、カイルその人だった。

「俺がいてもきっと子供を救えなかった。皇帝として言わせてくれ。子供を救ってくれて、ありがとう」

「私の方こそ……ずっと、ありがとう」

好きだと言葉が溢れそうになって、サラは彼の胸板に顔を強くこすりつけた。

頭を撫でる彼の手が一瞬止まって、もっと優しい手つきへと変わった。

「けれど一人の男として言わせてくれ。駆けつけた時、ぐったりしているお前を見て……失ってしまうのではないかと思って、とても怖かった」

語る声は最後にはかすれた。カイルにそのままぎゅぅっと抱きしめられる。

「まるで、魂の半分を奪われたかのような痛みを覚えた」

「カイル……」

「好きなんだ、サラ」

肩に埋められた彼の顔から、自然と出された言葉に思考が固まる。

「出会った時から、ずっと特別だった。失ってはならないと魂が叫びを上げるのを聞いて、お前は、俺の運命のつがいなのだとようやく理解した」

彼が、そっと腕から力を少しだけ抜く。

顔を突き合わされて、サラは真っ赤な顔を彼に見られてしまった。

うれしさで胸がはちきれそうだった。心臓がどっどっと鳴って、体温が上がり、赤面をこらえきれない。

カイルが、逃げられないだろうかと遠慮するような動きで手を伸ばしてきた。

サラはその動きをただ見ていた。彼の指がプラチナブロンドの髪に触れ、ひどく優しい仕草で頭を包み込みながら髪を後ろへと流し梳《す》く。

「かわいいと思ったのも、守りたいと思ったのも、俺にとってサラが特別だったからだ」

「……じゃあ、歯に触ってみるかと聞いたのは？」

どきどきしながら、聞く。

「愛おしくてキスをしたくなった。舌で獣の歯をくすぐられたいと思うのは……獣人族の愛情表現だ。尻尾でくすぐり合って、キスをしながらそこに触れてもらうと、好きだと言われていることになる」

その時、ふわふわとした触り心地に腰を抱かれるのを感じてハッとした。

見てみると、カイルの尻尾が出ていた。それはサラの腰を包み込むように抱くと、尻尾の先がぴこぴこと揺れて背中をくすぐってくる。

カイルが契約紋のある自分の左手の指を絡めて、サラと優しく手を握り合った。

どきっとして視線を戻したサラは、柔らかなものに唇を塞がれた。

（これって……キス……）

理解したのを感じたのか、つぐんだ口を彼が食んだ。

ちゅっと吸われ甘やかな心地がした。じっとこらえていたら、了承を取ったように彼が続いてついばんでくる。

初めての感触に驚いて、身体を反射的に後ろへ引こうとした。だが彼の尻尾がしっかりと背中を支えて、サラを彼の方へと引き寄せる。

「ン――はぁっ」

息継ぎの仕方がわからなくて苦しくなった頃、彼の唇が離れた。

「伴侶を決めた獣人族の愛は、重いぞ」

サラの手を握る手に力を込めて、カイルが真っすぐ見据える。

「俺は、もうサラしか見えない。お前が別の誰かと恋に落ちたいと望んでも、この仮の契約魔法を解くことはないだろう」

「カイル……」

「ずるいと思われてもかまわない。少しでも可能性があるとわかったから、俺は、サラに好きになってほしい。結婚して伴侶になってほしい――そして俺の子を宿してほしい」

ねだるような優しくキスを顔にされて、ぴくんっと身体がはねた。

言葉を聞いて身体が熱くなる。うれしさで胸がはじけてしまいそうだ。

サラが恥ずかしくなって顔を少し横に向けたら、今度はカイルはそちら側にもキスを落としてきた。

「あっ……カルロ……ぁ……」

応えるみたいに甘い吐息がもれるたび、彼はいっそう強く唇を押しつけてくる。

「かわいい、サラ……声も、反応も、全部愛おしい、俺のつがい」

彼の唇が口の横に触れ、顎に触れ、そして甘い吐息を上げてひくんっとのけぞったサラの首に吸いついた。

お腹の奥が熱くなるみたいな甘い感覚がした。

もっと、彼に触れられたいと思った。

心地よさに自然と首筋を差し出すと、そこをカイルにちゅぅっと強く吸いつかれた。

「あ……っ」

ひくんっと腰骨が甘く痺れる感覚がした。

強く望んでくれているとわかる彼の言葉も、行動も、とてもうれしかった。

逃がさないと言わんばかりに包み込んで離さないでいる尻尾にも、どきどきとした鼓動が止まらないでいる。

彼がサラの肩を優しく押して、ベッドに押し倒した。

ちゅっちゅっとねだるみたいに首にキスされて、サラは彼の肩を軽く押す。

「待って。もう、わかってるから」

「何をだ。まだ足りない、俺が鈍いせいで好きだと意識してアピールできなかった。これから、していくから」

「できています、知っていますから、あっ……ン、伝わっていました」

拒絶ではなく、話がしたいのだと伝えるために彼の胸板を撫でる。

するとカイルが左右に手をついて、見下ろしてきた。

「……もう……ちゃんと好きですよ」

聞いてほしくて勇気を振り絞り、言った。サラは心臓がどきどきして、今にも声が震えそうになる。

「あなたを好きに、なってしまいました……これって契約違反ですか？」

カイルが目をゆるゆると見開く。そして安心したような、それでいてたまらなくうれしそうに微笑んだ。

「光栄だ。サラは、俺と夫婦になりたいのか？」

「はい」

「伴侶として、ずっとそばにいてくれるか？　俺のつがいになってくれるか」

「そばにいたいです。カイルが、いいんです」

サラは、伝えてくれた彼に自分も伝え返すべく手を伸ばした。

彼の美しい顔の左右に手を添える。

カイルが少し驚いたような表情を浮かべたが、そのまま引き寄せ、唇を重ねた。

彼が驚いて固まるのを感じた。ぽふっと音がして、彼の人間の耳があったところからアッシュグレーの髪がさらりとこぼれ、後頭部に大きな狼の耳が生える。

サラは、自分の心臓がばくばくと音を立てるのを聞きながら、たどたどしく舌を伸ばした。

そっと探しあてたのは、やや丸みを帯びて長く伸びている彼の〝牙〟だ。

ぎこちなく舌先を使って形をなぞった。

切れないかどきどきしながら、先っぽにも触れてみる。

（あ、先も丸っこいわ……）

右の牙のあと、続いては左の牙も同じように触れた。

カイルが唾をのんだ。その拍子に、動いた舌がかすかに触れ合って、サラはどきりとした。

思わず舌を自分の口に引っ込めた。すると今度は彼に顔を包み込まれ、離れることを拒まれてしまう。

「サラ。触れたい」

どこを、とは聞かなくてもわかった。

ぎらぎらとした強い目に見つめられて、サラがどきどきしながらこくりとうなずき返すと、カイルが荒々しく唇を奪った。

数回、求めるように吸いつかれた。つられてサラも同じ仕草をすると、その薄っすらと開いた口にぬるりと熱が侵入してくる。

「……ん、……んぅ、ン……っ」

はねて腰が浮いた一瞬、ベッドとの間に尻尾が押し込まれ、サラを抱いた。

舌が触れ合って、溶け合うみたいに互いの口の中で交ざる。

時々、導かれるように彼の獣の歯へと誘われ、サラはたどたどしいながらも撫でてあげた。

そうすると、彼の尻尾がふるっと震えた。喜んでいるのだろう。

そんな反応をされるとサラは喜びが込み上げて、恥ずかしくても、彼がねだるたびに牙を撫でてあげた。

「サラ、うれしい。夢みたいなほどに幸せを感じる」

カイルが「はっ」と熱い吐息をもらし、口を離して熱く見つめてくる。

それはサラも同じだった。腰から背に感じる彼の尻尾の温かさは、癖になりそうだ。

心のままにふんわりと微笑みかけた。カイルも穏やかに目を細めて、シーツに広がったサラの髪に指を通す。

「私も、幸せ……」

「サラ、お前が倒れたのは魔力を使い果たしたからだ。幸いにして契約魔法でつながりがあったから、俺の魔力を注いで足すことができた」

契約魔法は伴侶同士を〝つなげ〟る。

候補状態の〝仮の契約魔法〟の場合、一度で注げる量は半減するものの、数を増やせば問題にならないという。

「数？」

「魔力を失った伴侶は、触れ合うことで相手から魔力を補う」

「えっ、じゃあ、今のも……」

サラは察して、自分の唇をそっと撫でた。

「気分はいいだろう？」

「え、ええ、起きた時より調子がいい感じがします」

「意識がある方がつながりは強まるんだ。それでいて手で触れるよりも、唾液で皮膚か口腔摂取してもらった方が魔力は補える」

カイルが動き、ぎしりとベッドがきしんだ。

そのままのしかかられて、近くから甘く見つめられたサラは嫌な予感がした。

「あ、あの、まさか……」

「安心してほしい。幸いにして俺は魔力をたくさんもっている。舐めて、いくらでも注いであげよう」

「な、舐め……!? でもっ、休んで自然に治ったりはっ」

「しない。だからこの前も、俺と触れ合うまで不調だったんだ。ゾイ将軍の魔力説はあたっていたわけだな」

二人の間でそんな話があったようだ。

「狼は一夫一妻だ。伴侶に奉仕するのも当然なことだ、気にしないでいい」

「させることに気を使っているのではなくってっ――」

サラが恥じらって抵抗したら、その手をあっさりとつかまえられ、ベッドに逆戻りさせられてしまった。

カイルの綺麗な顔が寄せられて、恥じらいに身体が固まった。

「全部は見ない。安心してほしい」

彼はキスをするわけではなかった。サラのナイトドレスの襟紐をぱくりとくわえて、引っ張り、ほどいた。

全部は見ないとはいえ、肌を舐めるということは完全には安心できない。

どこまで舐められるかにも、よる。

「大丈夫。怖くないから」

おそるおそる見つめ返したら、すぐそこで彼のブルーの獣の目が微笑んだ。

気のせいでなければ、捕食者の笑みだった。サラがどう拒んだものかと考えている間にも、彼が再び首筋へ顔を埋め、二人の身体がベッドの上で重なり合った。

それからしばらく、サラは魔力の補充という治療を受けることになったのだが、恥ずかしくてくたくたになるくらいカイルに舐められることになってしまったのだった。


翌日、とてつもなく恥ずかしい思いで目覚めた。

太腿まで舐められた時、下着を見られたのではないかと今になって理性が戻ったし、カイルの寝室での起床も淑女には心臓に悪い。

しかし、カイルに寝顔をずっと見られていたことも朝一番の赤面だった。

そのうえサラが起きるなり、彼は幸せそうに頭や顔にキスしてくるのも恥ずかしかった。

何よりサラは、カイルと相思相愛になってしまったのだ。

恋人同士になり、結婚を誓い合った本物の婚約者同士になってしまった。

偽装について知っているのはギルクだけなので、二人で仲よく寝室を出ても、周りはまったく驚きもしなかったけれど。

カイルが言った通り、魔力を十分補えたのかいつも以上に身体の調子がよかった。

サラはお仕着せではなく、慣れない日中用のドレスを着て、まずはカイルの執務室でブティカたちと再会した。

ブティカには大袈裟に安心され、泣かれてしまった。

ガートも、そしてドルーパたちもうれし涙を浮かべていた。そこには特別にアルドバドスたちも招待されていた。

「無茶をするなよ！」

涙目で彼に怒られ、そして泣き顔で仲間たちと共に笑って生還を祝われた。

「……ありがとう」

サラの方も、つられてうれし涙が浮かんでしまった。

誰かに心配されて無事を心から喜ばれる経験も、初めてだった。

皇帝の選んだ花嫁は、子供を救った奇跡の人間族だとして一躍有名になってしまったようだ。

一夜にして国中のほとんどの者がサラの力のことを知った。

そのためにも今日、早急に話したいとして、サラは侍女の仕事も休みとなってカイルたちの話し合いに加えられたのだ。

「だが、癒やしの魔法は使わせない方向で皆と話した」

《癒やしの湖》が危機に瀕している今、治癒の魔法は大変重宝するものだ。

しかしたった一人を救おうとして、サラは命と引き換えになるところだった。それを知ってみんなの意見は、その方法は使えないと一致したそうだ。

皇帝がようやくみつけた、運命のつがい。

サラを失えば、彼は今後二度と娶らないだろうと集まった側近たちも言った。

「狼は一夫一妻です。皇族は、一度決めたら生涯たった一人だけを愛し続けます——愛するあまり、前皇帝陛下が後を追ったように」

老いた側近が、そこで重い口を開いてサラはカイルの兄の早すぎる死の理由を知った。

前皇帝は、婚約者が見つからないまま、今のカイルと同じ二十七歳になった。

戦闘にはあまり向いておらず、カイルよりも身体が弱く、しかしながら聡明で賢い愛される皇帝だったという。

だが、カイルが二十歳になった時、彼はとある人の死を偶然知ることになる。

その名前を聞いた瞬間に、彼は静かに涙をこぼしたという。

『ああ、彼女は——私の、運命のつがいだったのか』

出会う前に、出会うことなく二人の道は隔たれた。

そして兄は早急に弱っていった。

まだカイルが少年だった時代、母が亡き父を追って衰弱し、あっという間に逝ったのと同じ症状だった。

カイルは、出会ってもいないのにおかしいと言ったそうだ。

『俺はそんな迷信は信じない！　兄上しっかりしてくださいっ、生きてください！』

成人したカイルが泣いて取り乱したのを見たのは、あれが初めてだったと当時を知る者たちは言いづらそうに言葉をこぼした。

カイルは話を止めなかった。それはサラに聞かせたかったからだろう。

（ああ、だから——……）

サラは以前、迷信だとつっぱねた時のカイルの気持ちをようやく理解した。

彼がなかなか自分の感情を受け入れられなかったのも、七年前の兄の逝去が一番大きいのだと悟った。

生まれ変わったのなら、まだ出会うこともなかったその人に会いたいと言って、カイルの兄は息を引き取ったそうだ。

そして二十歳で、カイルは皇帝に即位した。

その話はかなり有名だという。アルドバドスは、サラが皇族兄弟の話を知らなかったことに驚いていた。

「けど、……まぁそうか。突然の逝去だったからショックだったというか。内容も聞いているだけで胸が痛くなるし、みんな口にしたがらないからなぁ」

七年前なら、カイルの胸にまだ重たく当時の記憶は残っているのだろう。

いつか、癒える時がきますようにとサラは願った。

そばにいて、彼自身も兄の思い出を語れるように、彼に寄り添いたいと思った。

続いてサラは、この皇国が抱えている問題についても教えてもらえた。

それは《癒やしの湖》が干上がりつつあるということだった。獣人族に効く薬はなく、大昔から奇跡の癒やしの水として使われてきた。

ガドルフ獣人皇国にしか生息していない動物には、唯一の薬といってもいい。

「この前、ドロレオを癒やせるだけのものが近くにないと聞いたけれど……このことだったんですね」

侍女たちが深刻化していると言っていたのは、ここの国土中が等しく同じ現象に悩まされているという《癒やしの湖》のことだったのだ。

「《癒やしの湖》は魔力で生み出される」

集まった者たちと一緒に立ったカイルは、静かな声色で語った。

「雨量は関係なく、昔からずっと我が国に存在し続けていた。だが——水量の減少問題は、俺が生まれた時にはすでに無視できないほど深刻化していた」

　消滅の危機に瀕しているのがヘオスの町だ。

　ヘオスの町には、三カ所も《癒やしの湖》があるという。

　複数ある土地は他にない。その歴史からここに都市がつくられ、王城が構えられて周囲は発展し都会群となった。

「底が見え始めてからの減少スピードがすさまじい。先日視察にいったら、コップ数杯分あるかどうかだった」

「そんな……じゃあ、私の癒やしの能力は必要じゃないですか」

「使わないでいい」

　カイルがきっぱりと言った。部屋にいる全員が同じ目をしていた。

「昨日、子供を救った。この行動でサラ自身が、この問題に初めて解決の可能性という光を差してくれたんだ」

　いったいどういうことなのかと思って話を聞くと、サラが他人の傷を治せたのは〝魔力を放ったから〟だという。

　癒やしの魔法というよりは、癒やしの効果をもった魔力を相手に注いで回復させた。

　サラも体内を〝熱〟が移動していくのを感じていたので、その仕組みを聞いてとても納得できた。

《癒やしの湖》の水は、魔力によって生み出されている。

　水量の減少については、魔力の活動が弱まって生み出さなくなったことが原因だと推測されている。

　もし、そこに回復の作用をもったサラの魔力を注げば、再び水量が戻る可能性を専門家たちも推測していた。文字通り湖は生き返る。

「サラ様は魔力量が少ないようですので、もし魔力を使うとしたら、そのたび契約紋がついている皇帝陛下から回復してもらう必要もあります。成功しない可能性だってございます。もし成功すれば、時間をかけて各地を見ていただく必要も――」

「私は平気です」

サラは申し訳なさそうにしている調査委員会と専門家団に、きっぱりとそう述べた。

「まずはしてみましょう。この国の助けになれるのなら私はなんでもします。私を救ってくれた、私の大好きな人たちもたくさん住んでいる素敵な国ですから」

与えられたから、今度は与え返したい。

救えることがあるのなら、サラは役に立ちたかった。恩返ししたい気持ちでいっぱいだ。

するとギルクが小さく手を上げ、認識を確認してきた。

「皇帝陛下の〝治療〟とセットになりますが、よろしいのですね？」

「……カイルが、いいのなら」

「俺はかまわないぞ。よし、決まりだな」

カイルがやけにいい笑顔で言った。アルドバドスたちが、サラの身を案じると同時にあきれたような視線を送っていた。

「試すのはヘオスの町だ」

カイルの決定に異論はなかった。その湖が完全消失してしまうまで、時間がない。

ブティカは一日休みを置くことを提案したが、サラも自分の魔力が効くのかどうか、すぐにでも確認したい思いがあった。

「体調は万全です。……何かあれば、きちんと言いますから」

これから行く、とギディック町長に知らせが出されることになった。

そこへはギルクたち護衛部隊、ここに居合わせたガートとドルーパが同行することになった。

「そんな話されたら気になるだろ！　俺らももちろん行くぜ」

アルドバドスが、同じ気持ちだという仲間たちを従えてそう言った。

「護衛くらいできるしな。あと、雑用とか！」

どーんっとそう主張した彼らに、側近たちは戸惑いつつ「使用人の代わりに連れていかれてもよいでしょう」と了承し、彼らの分もドロレオを手配すると言った。

外出の支度を急ぎ整え、ドロレオ騎獣隊で集合した。

なぜかドロレオたちはサラをとても歓迎していた。狂暴そうな巨大動物であるのに、頭を低くし器用にもすりすりとサラに頭をすり寄せた。

「賢い動物だから、仲間を救ってくれたことを感謝しているのだと思います。昨日の子供の件も聞いて、無事を喜んでもいるのかもしれません」

手綱を用意していくドロレオ騎獣隊の一人が、そう言った。

「ふふっ、私も、また会えてうれしいです」

サラはカイルと乗ることになったドロレオの顔を、ぎゅっと抱きしめた。

全員騎獣したのち、カイルを先頭にして出発した。

ドロレオに乗ると王都を抜けるのはあっという間だ。

ヘオスの町は出てすぐの場所にあった。三つある《癒やしの湖》の水量の大幅減少を受け、住民たちは避難退去を勧告されていた。

残っていたのは、町のためにと調査協力に応じていた一部の男たちと、老いた小柄なギディック町長だった。

「来てくださってありがとうございますっ！」

ギディック町長は、涙を浮かべて駆け寄ってきた。

数日前にさらなる水量減少が見られてから、ずっと参ってしまっていたのだと、男たちはこっそり教えてくれた。

絶望が、先程の知らせでわずかに希望を吹き返したのだ。

サラも絶望は経験があったので、胸が締めつけられるような気持ちがしながら、どうにかがんばってみます、と心を込めてギディック町長とも握手を交わした。

案内を受けて、建物ではなく木々がある方角へと歩いた。

間もなく広々とした土色の土地が開けた。

「これは……湖の跡地……？」

そこは窪地で、目を凝らせば中央に小さな水たまりのようなものが見えた。

「本来、ここまで水で潤っている場所だった」

皇子時代からこの町を見てきたというカイルに案内されて、水の方へと向かった。

元は水に浸っていたという場所の土は、植物も生えないままカラカラに乾いていた。

最後はカイルに手を引いて導かれ、サラはその中心のすぐ手前に立った。その光景を見た彼女は、思わずしゃがみ込んだ。

「たった、これだけ……」

そこにあったのは、サラの手でも浅くてすくえなさそうな水だった。

水は、ほんの少しだけたまっている状態だ。

魔力の影響なのか、それでも澄んでいてとても綺麗なのがわかる。

「ここに魔力を移動してみればいいんですね」

「ああ、そうだ。だが無理はするな、まずいと思ったらやめるんだ」

その時、ガートたちよりも前に立っていたアルドバドスが言った。

「皇帝陛下、そいつの限度は見破りました。今度やったら承知しません。次は倒れちまう前に、俺が引っ掴んで集中を解きます」

あの時のことを相当怒っているみたいだ。

アルドバドスは舌打ちする顔で言いながら、指の関節を鳴らしていた。彼の仲間たちも、そのためにここで見ていますから、と頼もしいことを言ってくれる。

サラは胸がとても温かくなって、泣きそうな顔で微笑んだ。

(私にも、大切だからと、無茶を怒ってくれる人ができたんだ)

うれしいから出る涙というものを、この国に来てから知った。

「無茶はしません」

サラはカイルに、そしてアルドバドスたちに、ギルクたちやその向こうに見えるガートやドルーパたちにも笑って約束した。

一度やったから感覚は覚えている。身体の中にある魔力を動かしていたのだとわかった今なら、もっとイメージもしやすいだろう。

そして自分の限界も、どれくらいなのか想像がつく。

「……い、いきます」

雨水の残った水たまりのような、とても貴重な水に手が震えそうになる。

実際、ここにいるみんなにとって大変貴重だ。

自分なんかが触れていいのか緊張した。けれど隣に、同じくしゃがむ人の気配を感じてサラはハッとこわばりが解けた。

「皇帝陛下っ、御身の裾が汚れてしまいますっ」

サラの隣に並んだカイルに、後ろから護衛部隊の者たちが焦ったように言った。

「かまわん。俺は元軍人だ、気にしない」

「しかし――」

「俺の花嫁もドレスの裾を地につけてる。なら、俺もそうするべきだ。それ以外に俺に何もできることはない、頼む」

カイルが最後に、ギルクの方を見てそう言った。

できることは、ある。

そこにいてくれるだけで、勇気が生まれて心が震えた。

(ありがとう、カイル)

好き、支えたい、大好きだ。

これからも彼の隣で、自分ができることを精いっぱいがんばりたい――。

いろんな温かい想いが胸に次々に浮かんできて、気づいた時にはサラの手は水に触れていた。

「あっ」

「どうした？」

「いえ、何かしら、とても不思議な感じがして……」

見た感じは綺麗な水だ。

しかし、触れるとまるで違うものだと感じた。

それはサラのもつ〝熱〟に同調してくる感じがあった。

まるで『待っていたよ』と伝えてくるみたいに、自ら気配を寄せてくる感覚がある。

（これ……もしかしたら本当に、私の魔力で息を吹き返すかも）

水に触れてみてそんな予感がした。サラの脳裏に、その際にカイルが口にした『聖女』という言葉が浮かんだ。

人間の国にいるという、不思議な力をもった者。

そして――運命のつがい。

獣人族たちは巡り合わせる運命を信じていた。

サラも、信じていいのかもしれない。これまでとてもつらかったけれど、カイルに会うべくしてここへと導かれたのではないか、と。

【ありがとう】

【信じる力が、大事だよ】

ふと、幼い子供のような中性的な声が、触れている水から頭の中へと響いてきた。

【君がもつのは、浄化の力】

【我々が長い年月をかけて疲れてしまったものを、すべて癒やして、元通りにしてくれる力】

【ありがとう、とても元気が湧いてくるよ――】

サラは、水に浸かっている手へ、熱がぐぐっと引き寄せられるのを感じた。

（あ、この感覚――）

そう思った直後、彼女の手がまばゆい光を放っていた。

カイルがまぶしそうにし、場が驚いたようなたくさんの声で包まれた。

サラは、まるで水が自らのみ込んでくれるみたいに反応しているのを感じた。

まるで待っていたかのように、水がサラを受け入れ、互いが調和しているのだ。

「お、おぉ……っ」

ギディック町長たちの嗚咽のような感動の声が聞こえた。

ぽこぽこっ、と水の中央から息吹きのような動きが現れた。小さかったそれは、サラの光に反応して徐々に勢いを増した。

間もなく光がやんだ。水面に不思議な揺れがある。

それをサラが眺めていると、カイルとアルドバドスが同時に左右から彼女の手を引き上げさせた。

「大丈夫ですっ、大丈夫……この水は私を傷つけない、みたいです……」

うまく説明できない感覚なので、そうとしか言えなかった。

すると、水の中央が静かに盛り上がった。

中央から――水が湧き出しているのだ。

それはまさに〝栄養をとって水が元気よく生まれていっている〟と言うに相応しい現象だった。

「なんと……」

ドルーパがそんな声をもらし、感動に包まれたみたいに胸に手をあてた。

つられるようにして呆然としたままガートが、そしてギルクも同じ姿勢をとれば、彼の部下たちも次々に右手を左胸にあてて見守った。

アルドバドスも、瞬きもせず凝視していた。彼の仲間たちは「うわー」と子供みたいに眺めている。

「こりゃすげぇな。奇跡でも見ているみたいだ」

アルドバドスが言えば、カイルがようやく呼吸を戻した。

「まさに奇跡だろう」

水は、あっという間に周りの土へとしみ出した。

カイルに支えられて、サラも彼と一緒になって水の動きを見ながら、後ろへと徐々に下がった。

水は、勢いある水面の動きを日差しにきらきらと輝かせながら、どんどんその範囲を広げていく。

ギディック町長が皺のある手を合わせ、涙を流した。

「まさに私が子供だった頃に見ていた光景です……」

「町長、見てみな、これはもっと大きくなるぜ。我々の父や母が見ていたよりも前の、先人たちが見ていた光景が今、よみがえっているんだ」

ガートがその肩を支えてみんなと一緒になって下がりつつ、感動したみたいにうっかり鼻をこすっていた。

たった一度、魔力を足しただけだ。

それなのに《癒やしの湖》は、命を吹き返したみたいに、乾いた窪地をすべて埋めるような勢いでずっと水を生み続けていた。

「……よかった、成功です」

いまだに生まれ続けている水を前に、サラは遅れて心が踊った。

「これならこの国の《癒やしの湖》を全部救えますよねっ？」

ぱっと振り返られたカイルが、目を丸くした。

「あ、ああ、そうだな」

「このヘオスの町の、残る二カ所もやってしまいましょう！　たしか、町の建物の向こうにあるって——あっ」

サラは不意にくらりとした。それを見越していたみたいに、カイルが困ったような顔に笑みを浮かべて受け止めた。

「逸る気持ちもわかるが、今日はここまでだな。魔力が足りない」

「そ、そうでした、私魔力が少ないんでした」

どうやら、あれほど小さくなってしまった《癒やしの湖》を回復させる分の魔力を注ぐ場合、一度が限度みたいだ。

「でも……魔力の回復を挟んだら何回できるのかとか、二回はいけるのではないかと試してみたいような……」

考えていた言葉を口から出してしまい、アルドバドスが目ざとく睨みつけてきた。

「おい、無茶すんなって言ったろ」

「で、でも、この皇国のみんなが困っている問題なのに」

「あなた様が希望そのものになったのですから、ご自愛ください。時間は、まだまだあります」

ギルクが優しい顔をして言った。

「よみがえらせることができるとわかっただけで、とても大きな吉報だ。ありがとう、サラ」

腰に添えるようにして回していた腕で、カイルがサラを優しく引き寄せた。

大切に、いたわるみたいな優しい抱きしめ方だった。

(――とても、うれしいんだわ)

サラは見上げた彼の穏やかな笑みを目に留め、思った。

彼の笑顔は少年のような無垢さを感じた。念願が叶ったことを噛みしめ、国民たちを思っている――そんな表情だ。

なんて優しい王様なのだろう。

これまでがんばり続けていた彼は、サラが知らないだけで出かけていた用事の中には《癒やしの湖》の問題も考えていたに違いない。

「私、この国が大好きです」

よかったですねと伝えるように、彼女もまた優しくカイルを抱きしめ返した。

「そうか。そう言ってくれると、俺もうれしい」

「それから私はカイルのことだって大好きなので……何か困ったことがあれば、また頼ってください」

大胆にも告げ、心臓はかなりどっどっと音を立てていた。

「それでは続けてできそうか、試してみるか」

「えっ、いいんですか？」

ぱっと見上げたら、にっこりと美麗な顔で笑いかけられた。

カイルがそんなふうに微笑むのは意外だった。サラは頬が熱をもったが、ふと、そういえば失った魔力を回復させる方法がまた大変だったと思い出した。

思わず言葉を返せないでいると、ガート将軍がわざと大きな声で、いったん休憩するとみんなに伝えた。ギディック町長が会合所をお貸ししますと提案すると、ドルーパもそれはありがたいと言ってすばやく対応に回った。

というか、みんな逃げるみたいに離れている気がする。

サラはカイルが背後に回した腕でガッチリと押さえ込まれてしまっていて、そちらを見るために動くことさえできない。

「俺はぜひ試してほしいが、それはサラ次第かな」

「あ、あの、まさか外で……？」

「伴侶が舐めれば回復する」

カイルが頭を下げて、サラの頬をぺろっと舐めた。

サラは思わず固まった。すぐそこから意地悪な顔でにーっこりと笑いかけてきたカイルが、別の方向へと視線を投げた。

「ギルク、そこの木の後ろでしばらく休む。人払いを」

「承知いたしました」

カイルがサラを横抱きにし、ガートやドルーパたちがギディック町長に続いてぞろぞろと歩いていく方向とは、反対側へと向けて歩きだした。

「え、え？　ちょっと待って」

「待たない。疲れた伴侶を癒やしたいと、俺の本能が言っている」

歩いている間にも、顔にちゅっちゅっとキスが降ってくる。

(またアレをするの？　外で⁉)

サラは、たくさん舐められるうえキスもされ、バレないと思っているのかついでに服の上から触れたことも思い出して真っ赤になる。

「でも、そのっ、なんか昨日足が立たなくなっちゃったし……！」

「立てるくらいで留めよう」

「た、立てないとわかってしたんですかっ？」

「回復を挟んですぐに実行できるか、試してみたいんだろう？　国のことを思ってくれて、王としてはうれしい限りだ。精いっぱい舐めてあげよう」

「回復させてあげよう、の言い間違いですよねっ？　そうですよね⁉」

「ああ、そうだった。回復させるために、舐める」

唇の上にちゅっと軽くキスをされた。

カイルはものすごく楽しそうだ。サラは本当なのかなと半信半疑で困ったように婚約者を見つめていて、こちらに背を向けた男たちが肩を揺らして笑いをこらえているのには気づかなかった。

「あの、でも、やっぱり自信がないかなぁと思ったり――」

「うまく回復できたら、褒美で尻尾を触らせようと思ったんだが」

「尻尾はいります」

あの時の感動を今一度味わいたくて、サラは即答した。

歩きながら見下ろしているカイルのブルーの目が、満足そうにゆったりと細められた。

「サラ、ほらおいで」

木の後ろに腰を下ろしたカイルが、膝の上にサラをのせた。

「まずはキスをしよう。唾液接種の方が、疲れも速く飛ぶから――」

顎を支え、彼の唇が寄せられる。

それは正論なのだけれど、今のカイルが言うと説得力がない気がした。

けれど、どきどきしながらもサラはそれに従った。はむ、と唇を軟らかく食まれて、緊張を溶かされていく。

間もなく唇が深くくっつき、二人の境界線がなくなって熱がとろけ合った。

木の向こうから、いまだ生まれ続けている水の音がしていた。

この〝回復〟が終わった時には、とても素晴らしい湖の姿がそこにあったりするのだろうか。

（わからない。ほっとして、くらくらして……）

緊張から解放された身体が、カイルの触れ合いを素直に受け入れて、喜んでもいるのを感じた。

運命の相手だから、キスでこんなにも気持ちいいのか。

彼の服をぎゅっと握ると、カイルが『ここにも触って』というように、サラの舌を自分の獣の歯へと導く。

そこに触れると、愛おしい気持ちが込み上げた。

サラは獣人族ではないのに、左手首のお揃いの契約紋が反応するみたいに身体がじんわりと甘やかな熱をもった。

身体の元気が戻っていくのと同時に、お腹の奥がじんっと甘く疼く感覚がした。

間もなく、慣れないキスに呼吸が苦しくなって喘ぐように酸素を吸った。

「ほら、次は舐めてあげるから」

カイルがくったりとしたサラを引き寄せ、襟に指を引っかけて引っ張り、ぺろりと舌を這《は》わせた。

「んっ……ン、ぅ……」

座っている彼の上で、サラはびくびくっと身体を震わせた。

(声、我慢しなくちゃ……)

昨日、散々『聞かせて』と言われて、口から出るようになってしまった、なんだかとても恥ずかしい声。

けれど、カイルは意地悪にもサラの我慢を呆気なく崩してしまった。

そうして人払いされた奇跡の湖のそばで、しばらく恋人同士の甘やかな吐息が上がっていたのだった。

終章　捨てられた令嬢は、狼皇帝と幸せいっぱいに嫁入り報告をする

ヘオスの町の《癒やしの湖》を筆頭に、サラたちの水量を豊かに戻すという活動の切り出しは大成功で進行した。

徐々に少しずつ、水が潤っていた風景が戻り始めた。

獣人族たちは、それを奇跡だと言って大喜びした。

カイルは各地から声を上げてもらい、一番困っているところから〝皇帝夫婦〟で実地調査をしていった。

ヘオスの町の奇跡が知れ渡ったその日、サラは婚約者から、皇帝カイル・フェルナンデ・ガドルフのつがい相手である伴侶となった。

誰もが、今のうちに伴侶にと皇帝へ望む声を上げ、それを受けたヘオスの町の《癒やしの湖》の回復発表の日、急きょ伴侶になる儀式もすることになったのだ。

――何者にもとられてはいけない。

――彼女こそ、最強の獣人皇帝カイルの伴侶に相応しい、と。

王城の神殿の間で、今度は正式に〝契約魔法〟を行った。

それは成婚式と呼ばれる、つがい合って伴侶になるための儀式だ。

獣人族はそのあとに挙式を行って、初夜を迎えるのがしきたりだった。

カイルは、急がずサラの気持ちが整うのを待つと言った。その気持ちをサラはとてもうれしく受け

止めた。

成婚式は、司祭と、そして進行をブティカが執り行った。

見届け人として、共にへオスの町から戻ってきた者たちが付き添った。

魔法を宿した木の下で愛を誓うと、左手首の紋様は消えた。

そしてチリッと走ったわずかな熱と共に、サラの下腹部に、カイルとお揃いの契約紋が刻まれた。

同じ相手には一度しか使えない契約魔法だという。

これでサラは、いつでもカイルの子を宿せるようになった。

「これは——兄上が、もし俺が伴侶を見つけたらとデザインしてくれていたものだ」

後日、完成した二人の結婚指輪が届けられた。

それは心を示すハート柄に、獣人族のトップに立つ最強の狼、フェルナンデ・ガドルフ皇族の強さを象徴する、狼の走る紋様が描かれたものだった。

強いお前にぴったりだろうと、兄はカイルの成人祝いでそれをデザインしたという。

そしてそれは獣人族を率いる賢さと知性を象徴する、天の高みを見据える狼の横顔のデザインだったとか。

サラは、それをカイルが語ってくれたこともうれしかった。

「素敵な結婚指輪をありがとう、カイル」

「当然だ。伴侶にできることがあれば、とことん甘やかして幸せにするのが夫の役割なのだから」

結婚指輪をつけ合ったのち、サラは彼に抱きついてキスをした。

それを皇帝の間で見ることになってしまった側近たちは、護衛騎士のギルクに「後ろを向く」と指示され、そのようにしていた。

周りに見守られながら、サラは皇帝の伴侶としての道を進むことになった。

この時、サラが後ろめたさもなく愛情を表現できたのも、その前に決まっていた別のうれしい知らせがあったからだ。

サラに『とことん甘やかして幸せにする』と告げたように、カイルは徹底して幸せにする構えだった。

人間に怯えていることから解放するため、彼は最高に素晴らしい女性を妻に娶ったと、大々的にエルバラン王国に伝えることを決めたのだ。

「価値を理解しなかった人間族共に、俺の伴侶はどれほど素晴らしいのか知ってもらおう」

彼はサラを抱き上げ、髪にキスをして美しいと褒めた。

そして愛情を伝えるように肌を舐め、月から舞い降りた妖精のようだと、そして好きだ、愛していると隙あらば伝える。

自分は醜いのだと思っていたサラも変わりだす。花が雪の中で春を待って懸命にこらえていたように、自分も生きようと——。

彼に巡り合えた幸せを噛みしめて日々を過ごす。

侍女は、伴侶になったことで卒業してしまった。

時々侍女に戻ってみんなの役に立ちたいのだがと悩みを口にしたら、ドルーパたちにも大笑いされてしまう。

「国中の《癒やしの湖》を回るんだろう？　そんな時間はないと思うなぁ。皇帝陛下も、君をそばから離さないだろう」

皇国内の《癒やしの湖》の件は、アルドバドスたちのグループが特別顧問となった。

側近たちとの話に召集されるたび彼は渋った顔をしていた。

「お偉い連中ばっかりで歩き慣れねぇ場所だなぁ……」

「そんなたまか」

「先輩やめてください、サラの前です」

あの日の同行で打ち解けたのか、王宮ではガートとドルーパに加えて、グループの代表で来たアルドバドスが一緒になって話している姿がよく見られた。

「アルドバドスはすごいよなぁ。サラのところにしょっちゅう顔を出せる神経の図太さは、うちで一番だぜ」

「第一印象のせいか、保護対象の子供みたいな感じなんだよ」

「どちらも神経の図太さはピカイチですよ。あなた方、勉強中のサラのところに行っては菓子食ってるって話、また流れてきてましたよ」

結婚の話がもち上がったと同時に、サラは祖国への訪問計画を提案された。

それはサラの要望だった狩人を守ることも含まれている。

カイルから教えられて名前を知ったのだが、狩人はジョン・シータスといった。彼は森で別れてからギルクが訪ねてくる時まで、サラのことを心から思ってくれていたという。

カイルはそのあとバルクス家の末子サラを娶ったことをエルバラン王国に宣言、そして獣人皇帝が感謝と共に、バルクス家領地に在住しているジョン・シータスを〝友人〟として認定する声明を出した。

彼はエルバラン王国を代表するガドルフ獣人皇国と狼皇帝の友人であり、その友人を困らせることは以降いかなる者でも許さない――と結婚の報告と共に訪問予定を知らせる文書に添え、エルバラン国王に送っていた。

堂々と人間の国に、みんなで行くなんて、とんでもない案だ。

けれど――とても素晴らしい人たちに巡り合えたのだと、自慢したい。

そして恋をして、素敵な人の伴侶になったのだと、今は幸せだとジョンにも見せられる日がサラは楽しみでもあった。

サラにとってこれは、人生で初めての晴れ舞台となる。


そして間もなく、エルバラン王国の出身である貴族令嬢を娶って結婚したのだという、訪問を予告していた当日を迎えた。

王城に集まったのは、見たこともない数のドロレオの騎獣だった。

勇敢な獣人族たちが名乗りを上げて同行を希望したのだ。

「さあ、今日は無礼講だ。各自戦闘に臨むものとして構えよ」

サラを前に抱え、ドロレオにまたがったカイルが好戦的な笑みと共に、獣の耳と尻尾を出現させた。

するとそれを合図に、全員が〝しまっていた〟獣の姿を解放した。

軍人は肉食獣種が比較的多い。人化を解くと戦闘本能もむき出しになり、場の空気は圧巻でサラは見とれた。

「我がガドルフ獣人皇国で、サラが幸せで、俺が運命のつがいを伴侶として迎えられた喜びを〝壮大な護衛〟をつけて、皆で人間族に自慢してくるとしよう」

集まった者たちが一斉に雄叫《おたけ》びを上げた。

エルバラン王国へと抜ける森から近い国境部隊をもっているバルローが、喜びに満ちた顔で先導を請け負った。


獣人皇国から、皇帝と伴侶の花嫁を連れた盛大な行進があった。

ドロレオの脚力は馬をぐんぐん引き離すほどに、速い。

その狂暴そうな地響きを立てる謎の巨大動物の群れを見て、人間たちはあんぐりと口を開けて走行路を見送っていくしかなかった。

護衛騎士たちだけでなく、同行する全員が『獣人族である』とわざと見せつけるように獣耳や尻尾を出していた。そのうえ巨大生物ドロレオの迫力もすさまじく、王都の軍人たちも揃って震え上がった。

騎獣のまま王宮を進み、王の間で迎えた国王たちも腰を抜かしていた。

集まっていた貴族たちの中にいたサラの家族、バルクス家の者たちも、あんぐりと口を開けて固まった。

婿に迎え夫となったバフウット卿に腕を絡めていた長女のマーガリーも、アドリエンナもフラネシアも、父や母と同じく言葉が出ない様子だった。

大注目で人々の間を進んでいくサラは見目麗しい。

圧倒的な皇妃としての存在感と美しさに人々の印象がガラリと変わるのもすぐで、三人の姉たちは次第に青ざめ、震える。

両親のバルクス辺境伯夫妻も断罪を恐れるように、互いの手を握り合う。

まさか始末したと思っていた末子が、祝いのごとく獣人族たちの盛大で派手な行進をされ、美しく着飾って獣人族の皇帝の妻として王の間に来ることがあるなんて思ってもいなかったことだろう。

サラは豊かに波打つプラチナブロンドがとてもよく似合う上品で、深い紺色とブルーのグラデーションが美しいドレスを着ていた。

金の刺しゅうが施された白い礼装のカイルに支えられたその姿は、大変美しい皇帝とお似合いで見る者すべてを圧倒する。

並んでいると見目麗しい夫婦のさまは明らかで、貴族たちも獣人族と獣を恐れつつも、息をのんで見入ってしまうほどであった。

「ご成婚された狼、いえ、その、皇帝陛下ご夫婦に祝いの拍手を……」

進行役も、顔をひきつらせながらそう声を絞り出していた。

獣の耳や尻尾がついた者たちの姿や、おとなしくしていろと指示されていたのに、アルドバドスと一部が威嚇するように見るせいでもあるのだろう。

それから、同じく『サラをいじめた』と人間族に嫌悪を抱き、そんな彼らをうまそうだと唸るドロレオへの怯えもあったのだと思う。

「今後、何かあれば〝友人〟から話は聞く」

「か、かしこまりました」

国王がごっくんと唾をのみ、どうにかといった様子で答えた。

「……えー、バルクス辺境伯の、末子が〝隣国の〟皇帝の花嫁として迎えられたことを喜ばしく思う。その、あー……し、幸せかね……?」

形式上の台詞も思い出せなくなったのか、国王が間の抜けた問いをした。

「はい、もちろんです」

サラは、幸せいっぱいに愛らしい微笑みを見せた。

するとカイルは尻尾で彼女を包み込み、片腕でしっかりとサラを抱き寄せて、不敵な笑みを浮かべた。

「世界で一番美しくて、愛おしい伴侶だ。俺の人生で見つけた〝至宝〟だ。――うらやましいだろう?」

「へ? あ、は、はいっ、そうでございますね……」

脅しでも受けたみたいに、国王が首をすくめてそう答えた。

ギルクがぼそっと「自慢したかっただけなんでしょうねぇ」とあきれつつ、同じく悪戯《いたずら》心でもくすぐられたみたいに口元に小さな笑みを浮かべていた。


その後、狩人ジョン・シータスが住まう町はバルクス領地から外れ、エルバラン王国では初となる獣人皇国との共有領地となった。

サラを通して、人間族に興味があるという獣人族が続出したのだ。

狼皇帝より獣人貴族バルロー・エゴリア伯爵が管理者の指名を受けて、獣人族と人間族の橋渡しとなる。

おかげでサラも祖国へ入れるようになり、《癒やしの湖》の件で休みを挟んだ際、カイルに連れられて恩人であるジョンへ会いにいった。

離れていた時間を父と子のように過ごし、たくさん話もする。

共有領地で彼に見守られながら、町の人々とも交流し友人も増えていっている。

「皇帝陛下、嫉妬されますか？」

「花嫁の幸せが一番――そうだろう？」

時間が取れたその日、カイルはあまり間を置かず三度目の共有領地の〝視察〟となった。

ジョンの家の前の牧草地には人間族の子供たちが溢れ、カイルは少し離れた柵の上に座ってその光景を眺めている。そばにはギルクが立っていた。

「ですが、成婚されたとはいえ挙式はまだですし」

「……お前は、俺が習慣に背いてサラを寝台に引っ張り込むとでも思っているのか？　挙式まで手を出さないと言っただろう」

「側近が『もう既成事実をつくってしまえばよいのでは』と話していました」

「よし、命令だ。今度耳にした時には止めろ、全力でだ」

するとギルクが嘆息をもらす。

「やはり痩せ我慢ではありませんか。何が『女には困っていない』ですか」

花嫁に迎え、皇帝の妃とはしたが寝所もまだ別々だった。

そこを側近たちは『お世継ぎがあぁぁ』といちいち涙を浮かべてねだってくる。

だがカイルは、その手には乗らないときっぱり告げていた。柵の上で片膝を少し立て、そこに肘をついた気楽な姿勢でギルクを見る。

「祖国への結婚報告、共有領地の制度の調整を開始したばかりだ。湖の件もある。俺はサラを大事にしたい、だから、待つ」

獣人族は挙式を経て、子宝に恵まれるよう祈りをして初夜を迎える。

国民の声があまりにも大きかったし、カイルもサラを自分の花嫁であると守りたくて結婚を先送りにした。

だがその祈りの儀式と初めての夜は、おあずけだ。

臣下たちも《癒やしの湖》の件を引き合いに出して、渋々《しぶしぶ》今は引き下がっている。

「泣かせてしまうのが怖いですか」

しつこい、とカイルはギルクに言う。

「……ベッドで泣かせたくなるから、困るんだ」

正直なことをこぼせば「正常な感覚です」やら、「安心しました」やらと涼しげに言われる。

正常なものか、花嫁を幸せにすることが至福だ。

それなのにどうして、結婚したらしたで毎日がんがん余裕が削られていく感じがするのか——そうカイルが思った時だった。

「カイル！」

向こうで楽しそうにしていたはずのサラが、ドレスのスカートを少しもち上げて駆けてくる。

「あ」

そう口にしたギルクと、カイルの声は重なっていた。

軽めのドレスとはいえサラだと足元が危うい、なんて思っていたら予想通りなことになった。

サラが転びかける。それが見えた瞬間、カイルは反射的に獣の耳と尻尾を出して、風のように牧草を走り抜けていた。

「――っと、目を離していられないな」

抱き留めたら、サラはびっくりしているのか固まっている。

「う、ご、ごめんなさい」

「別にかまわない」

「でも……子供みたいじゃないですか？」

大丈夫なのかと、サラがおずおずと見上げてくる。

かわいい。ただひたすらに、この生き物がかわいい。

カイルはこの瞬間胸を貫いていった感情を、息を「ふぅ」ともらしてこらえ、獣の耳と尻尾をぽんっと消した。

「獣人族のように力がないことを気にするな。俺は、楽しんでもいる」

「楽しい、ですか？」

サラがいつもかわいい反応をするから、つい口から悪戯っぽくそう出てしまった。

「……かまうのも楽しいと言ったら？」

ひとまず調子を戻すべく、試しにサラに対して普段の素振りを心がけて、意地悪な笑みを浮かべてみせる。

するとサラが、予想外なことに信頼しきった笑顔を浮かべて自分から抱きついてきた。

「うれしいです。好きだからかまってくださるんですものね」

「………」

見ているギルクが口角を「ぶふっ」と引き上げたのを感じた。

（ああ、わかったぞ。彼女が俺の好意を受け入れてくれているせいか）

サラは無防備だ。家族に愛されなかった時代が長く、甘え方も知らなかった。

それを『気にするな』『自分にはしていい』とカイルは教えていっている。

誰よりも信頼を寄せてくれているからいっそう彼女が愛らしく、そしてうれしくて、彼のオスの本能は早く本当の意味で妻にしたいと欲してしまうのか。

（だけれどサラはまだ、俺をそういうふうに意識したことはなくて）

抱かせてくれ、という言葉を唾と共に腹の中へと押し戻した。

ここでそんなことを口に出したら雰囲気は台無しだ。

カイルは軽く腕を回し、サラの背中をぽんぽんと撫でてはぐらかす。抱きしめたくてたまらなかったが、そのまま彼女の肩を抱いてジョンたちのところへと進む。

「何か俺に言いたいことでもあったのか？」

「あっ、そうなんです！　カイルに一番に教えてあげたくて」

また、この伴侶はかわいいことを言う。カイルは一度視線を上に逃がし、眉間に小さく皺を作る。

「カイル？」

「ふぅ――なんでもない。それで？」

「ジョンさんの話だと秋の星は一番綺麗で、町内会で子供たちと一緒に、星空を見る行事をするらしくて」

歩いていく二人の後ろから、ギルクが続く。

これからたった一年ほどで皇国内の《癒やしの湖》も大昔の美しい姿を取り戻すことになるのだが、――それもまたのちの話だ。

一巻完

あとがき

百門一新です。このたびは多くの作品の中から、ベリーズファンタジースイート様からの最新作『冷酷な狼皇帝の契約花嫁～「お前は家族じゃない」と捨てられた令嬢が、獣人国で愛されて幸せになるまで～』をお手に取っていただきまして、本当にありがとうございます！

ベリーズファンタジースイート様から『引きこもり令嬢は皇妃になんてなりたくない！』に続きまして、異世界ファンタジーの新作を書かせていただけることとなりました！

意地悪な三人の姉がいる末っ子のサラと、獣人国の皇帝カイルの物語、お楽しみいただけましたでしょうか……？

今回は人間の国から捨てられてきた人、獣人国で拾った側の人たち、のことも交えて書いていきたいと思い「ページ数が増えても大丈夫なんで！」と担当様のありがたすぎるお言葉に甘えまして、サラだけでなく、彼女が『狩人さん』と呼んでいた人のことや、周りの人たちのことも彼らの視点で書かせていただきました！

私も狩人さん、大好きでございます。

彼も巻き込んで、味方もいなくて独りぼっちだったサラが新しい土地でたくさんの人たちと笑っているような『そんな人生を（物語を）書きたい！』と思い、彼女の交流も大切に書かせていただきつつ、原稿を執筆いたしました。

サラを取り巻く人たちのことも併せて、楽しんでいただけましたら幸いです。

このたびイラストを宵《よい》マチ先生にご担当いただきました！　カラーまで美しい、それでいてカイルのイケメンさと、サラの愛らしい美麗さにきゅんきゅんしてしまう素晴らしすぎる表紙イラストでございました！　本当にありがとうございましたっ！

挿絵の三人の姉たちまで最高でございました！　ドロレオとサラのシーンでは感動し「このシーンをもっとよくしたい！」とブラッシュアップいたしました。そのおかげでこうして、読者の皆様に最高の素敵な一作をお届けできました。

本当に最高に素敵なイラストたちと、たくさんの感動をありがとうございました！

このたびも担当編集者様には大変お世話になりました！「何か新作を書いてみませんか？」から始まった打ち合わせも、本当に楽しかったです！

改稿で「ここのシーンをこうしたい！」の打ち合わせもとても楽しくて、宵マチ先生のラフ画が届いた時、私が「先生のイラストに合わせてこういうふうにブラッシュアップしたい！」と相談した際にも「いいですね！」と言ってくださって、本文をああしようこうしようと一緒に磨いてくださった担当様にも感謝でいっぱいです！　本当にありがとうございました！

校正、デザイナー様、編集部様——作品作りにたずさわってくださった皆様や、刊行、発売まで一緒にがんばってくださったすべての皆様に心から感謝いたします！

そして出会ってくださった読者の皆様にも、心からお礼を申し上げます。

サラの物語、お楽しみいただけましたらとてもうれしいです。

百門一新《ももかどいっしん》

冷酷な狼皇帝の契約花嫁
～「お前は家族じゃない」と捨てられた令嬢が、獣人国で愛されて幸せになるまで～

2023年12月5日　初版第1刷発行

著　者　百門一新

発行人　菊地修一

発行所　スターツ出版株式会社

〒104-0031　東京都中央区京橋1-3-1　八重洲口大栄ビル7F
☎出版マーケティンググループ　03-6202-0386
（ご注文等に関するお問い合わせ）

https://starts-pub.jp/

印刷所　大日本印刷株式会社

ISBN　978-4-8137-9288-8　C0093　Printed in Japan

[百門一新先生へのファンレター宛先]
〒104-0031　東京都中央区京橋1-3-1　八重洲口大栄ビル7F
スターツ出版(株)　書籍編集部気付　百門一新先生